DANIELLE STEEL

Plus de 85 romans publiés, 800 millions d'exemplaires vendus à travers le monde : Danielle Steel est un auteur dont le succès ne se dément pas depuis maintenant plus de trente ans. Une catégorie en soi. Un véritable phénomène d'édition. Elle a récemment été promue au grade de chevalier de l'ordre de la Légion d'honneur.

Retrouvez toute l'actualité de l'auteur sur :
www.danielle-steel.fr

LES PROMESSES
DE LA PASSION

DU MÊME AUTEUR
CHEZ POCKET

DANIELLE STEEL

LES PROMESSES
DE LA PASSION

Traduit de l'anglais (États-Unis)
par Isabelle Saint-Martin

PRESSES DE LA CITÉ

Titre original :
PASSION'S PROMISE

Pocket, une marque d'Univers Poche,
est un éditeur qui s'engage pour la
préservation de son environnement et
qui utilise du papier fabriqué à partir
de bois provenant de forêts gérées de
manière responsable.

Édition originale en langue anglaise
© 1979 by Danielle STEEL
Tous droits réservés, y compris le droit de reproduction en tout ou partie

place
des
éditeurs

© 1988, Presses de la Cité, un département de
pour la traduction française
ISBN : 978-2-266-24106-9

À Dan
Avec tout mon amour
Pour m'avoir donné
Tant de bonheur et de chance !
À toi
D.

Je cacherai sous terre les blessés comme des chrysalides,
Je compterai et j'enterrerai les morts.
Que leurs âmes s'épandent en gouttes de rosée
Afin d'embaumer mon chemin.
Et moi, libérée de mon ancienne peau,
De ces bandelettes d'ennui, de ces faces fanées,
Je monterai vers toi du chariot noir de Léthé,
Pure comme un nouveau-né.

Sylvia Plath, *Ariel*

1

Edward Hascomb Rawlings s'assit à son bureau et déplia le journal en souriant. En page cinq s'étalait la photo d'une ravissante jeune femme descendant d'avion. L'honorable Kezia Saint Martin. Un autre cliché, plus petit, la montrait au bras d'un homme, séduisant et de haute taille, devant une voiture de maître, à la sortie de l'aéroport. L'homme en question était Whitney Hayworth III, le plus jeune associé du cabinet international Benton, Thatcher, Powers & Frye. Edward le connaissait depuis sa sortie de la faculté de droit, dix années plus tôt. Toutefois, pour le moment, ce n'était pas lui qui retenait son attention, mais la jeune femme à ses côtés, avec ses cheveux aile-de-corbeau, ses grands yeux bleus et son délicat teint d'Anglaise.

Elle était belle, même sur cette mauvaise photo de presse ; elle paraissait gaie, bronzée. Enfin, elle rentrait. Ses absences semblaient toujours interminables à Edward. L'article disait qu'elle revenait de Marbella, en Espagne du Sud, après avoir passé le week-end dans la résidence d'été de sa tante, la contessa di San Ricamini, née Hilary Saint Martin. Auparavant, Kezia s'était

11

retirée quelque temps dans le midi de la France, « dans un isolement à peu près total ». Cette dernière phrase arracha un petit rire à Edward. Toute la saison, il avait lu des comptes rendus sur ses faits et gestes à Londres, à Paris, à Barcelone, à Nice, à Rome. Son « isolement » n'avait rien que de très relatif.

Au paragraphe suivant, il apprit que trois autres personnalités avaient emprunté le même vol qu'elle, dont la puissante héritière d'un armateur grec qui venait de disparaître en lui léguant son empire, ainsi qu'une princesse de Belgique qui abandonnait la haute couture parisienne pour une boutique de fripes à New York. Kezia avait voyagé en bonne compagnie ; Edward se demanda combien, en joueuse hors pair, elle leur avait encore gagné au backgammon. Il nota qu'une fois de plus l'essentiel de l'article portait sur elle. Comme toujours, elle focalisait l'attention, avec l'attrait irrésistible d'une étincelle, d'un éclair, d'un phare, dès qu'elle pénétrait dans un lieu public. L'avait-elle assez cruellement ressenti quand, adolescente, alors qu'elle venait d'hériter de la fortune de son père, elle s'était trouvée sans cesse entourée de photographes avides du moindre potin à son sujet, d'une meute de piranhas insatiables. Depuis, ils s'étaient habitués à elle et la ménageaient davantage.

Au début, l'avocat s'était fermement interposé entre elle et la presse, afin de l'en protéger au maximum de ses possibilités ; surtout la terrible année de ses neuf ans. Les prédateurs furent bien obligés d'attendre. Pas longtemps, toutefois. Ils tombèrent d'un seul coup sur elle quand, à treize ans, elle commença de se sentir suivie dans chacun de ses déplacements. Au souvenir d'une petite journaliste aux dents trop longues, l'avocat serrait encore les poings : comment avait-elle pu faire cela à une enfant ? Lui parler de Liane, là, devant tout le monde :

— Qu'avez-vous ressenti quand votre mère…

La vipère se retrouva sans travail dès le lendemain ; encore Edward estimait-il que son directeur avait bien tardé à réagir. Avec lui, la chose eût été faite sur l'heure.

Ce fut le premier contact de Kezia avec la célébrité. Le Pouvoir. La Fortune. Un nom. Des parents à la vie agitée, des grands-parents tout aussi connus, riches et puissants. Neuf générations du côté de sa mère, trois seulement du côté de son père. L'Histoire. Le Pouvoir. L'Argent. À ce stade-là, nul ne pouvait plus usurper un statut. On naissait avec. Quand, en outre, la beauté s'en mêlait, ainsi que l'élégance, quand à tous ces dons s'ajoutait encore ce vif-argent magique qui vous dansait dans les veines, alors… alors seulement vous étiez Kezia Saint Martin. L'unique.

Edward remua le café dans sa tasse de porcelaine blanc et or, tout en contemplant pensivement la vue plongeante des fenêtres de son bureau. L'East River piquetée de petits bateaux formait un étroit ruban gris loin sur sa droite. Face au nord, il survolait le centre de Manhattan, au-delà des gratte-ciel, pour poser son regard sur les robustes forteresses privées de Park Avenue et de la Cinquième Avenue, entourant la touffe verte de Central Park qui s'étendait au loin jusqu'à la masse confuse de Harlem. Mais ce genre de spectacle ne l'intéressait pas longtemps. Edward était un homme très pris.

Il but une gorgée de café avant de se replonger dans la rubrique mondaine de Martin Hallam pour voir qui sortait avec qui, ces derniers temps, parmi ses nombreuses connaissances, qui recevait et qui était invité, qui répondait aux invitations et qui préférait ne pas trop se montrer en ce moment. Il s'attendait surtout à découvrir plusieurs potins sur Marbella, car il connaissait le caractère de Kezia et la savait assez prudente et consciencieuse pour parler aussi d'elle-même. En effet :

« Parmi les revenants de l'automne, Scooter Hollingsworth, Bibi Adam-Jones, Melissa Sentry, Jean-Claude Reims, Kezia Saint Martin et Julian Bodley. Branle-bas de combat ! Ils sont rentrés. »

Edward se plongea dans ses souvenirs et se remémora comment, il y a sept années déjà, en ce même mois de septembre, elle lui avait annoncé :

— Cette fois j'en ai terminé, Edward ! Vassar, la Sorbonne, et l'été dernier chez tante Hil. J'ai vingt et un ans, maintenant, aussi je compte bien faire ce que je veux. Les dernières volontés de mes parents, c'est fini, la vie « raisonnable » selon vos préceptes, aussi. Désormais, j'ai l'intention de profiter de l'existence…

L'air excédé, elle fit mine de quitter le bureau, le laissant s'interroger sur ce qu'elle entendait au juste par « profiter ».

— Qu'as-tu l'intention de devenir ? demanda-t-il alors.

Elle était si jeune et si jolie.

— Je n'y ai pas encore vraiment songé. Mais j'ai quelques idées en tête.

— Peut-on savoir lesquelles ?

— Ce ne sont que des idées, Edward. N'insistez pas.

Tournant vers lui ses prunelles à reflets d'amé-
thyste, elle lui parut plus belle que jamais. Quand elle
se fâchait, ses yeux prenaient un reflet violet et ses
pommettes d'albâtre viraient au rose ; le contraste n'en
devenait que plus saisissant avec ses cheveux noirs
brillants comme du jais. Pour un peu, on en eût oublié
sa petite taille. Elle atteignait à peine le mètre
cinquante-cinq mais il était facile de l'oublier grâce
aux proportions harmonieuses de sa silhouette, et
davantage encore avec cette physionomie en colère
dont l'intensité vous vrillait sur place.

Depuis la mort de ses parents, elle restait sous
la responsabilité d'Edward et de sa gouvernante,
Mme Townsend, supervisés par sa tante Hilary, la
contessa di San Ricamini.

Cette dernière n'aimait toutefois pas être dérangée.
Si elle recevait avec plaisir l'enfant à Londres pour
Noël ou à Marbella pour l'été, elle refusait de se
laisser incommoder par ce qu'elle trouvait « vulgaire ». La fascination de Kezia pour les coopérants,
médecins ou autres, était « vulgaire », ainsi que son
aventure avec le fils de l'ambassadeur d'Argentine qui
avait tant défrayé la chronique, trois années auparavant. Sa tristesse en apprenant le mariage du jeune
homme avec sa cousine avait provoqué la même
remarque méprisante de sa tante – « vulgaire » – ainsi
que tout ce qui suscitait l'enthousiasme ou la passion
de sa nièce, qu'il s'agît de personnes, de lieux ou de
manifestations quelconques. Vulgaire. En un sens,
Hilary avait raison puisque tous ces engouements
finissaient inévitablement par s'altérer puis disparaître.
En attendant, Edward devait s'en charger. À vingt et
un ans, la jeune fille représentait, depuis neuf années

déjà, le principal fardeau de sa vie, un précieux fardeau qu'il chérissait.

— Et cette école de journalisme à Columbia, avait-il repris, elle ne t'intéresse donc plus ?

— Plus du tout. Je voudrais travailler, maintenant.

— Voyez-vous cela !

Cette perspective le faisait frémir. Pourvu qu'elle visât au moins quelque organisme de charité !

— Et pour qui donc ?

— Pour un journal. Je poursuivrai mes études la nuit.

Un éclair de défi traversa ses pupilles bleues. Elle savait très bien ce qu'il allait dire, et pourquoi.

— À mon avis, tu ferais mieux de continuer à Columbia et de passer tes diplômes avant de travailler. Ce serait plus raisonnable.

— Une fois mes diplômes sous le bras, dans quel journal me conseillez-vous d'entrer, Edward ? Un mensuel féminin, j'imagine ?

Il crut voir ses yeux s'emplir de larmes ; elle n'allait pas lui faciliter la tâche ! D'année en année, elle se montrait plus entêtée. Comme son père.

— Pourquoi, Kezia ? Auquel songes-tu ? Pas à un magazine de rock, j'espère !

— Non, au *New York Times*.

Au moins faisait-elle preuve d'ambition. Ses entreprises n'avaient jamais manqué d'une certaine envergure.

— Je suis d'accord avec toi, ma petite, voilà une excellente idée. Néanmoins, je te conseille plus chaudement que jamais de ne pas abandonner ton école, d'obtenir tes diplômes et...

D'un bond, elle se releva, le regard étincelant de colère.

— Et d'épouser un gentil garçon de l'université voisine, c'est cela ?

— Pas du tout, sauf si c'est toi qui y tiens.

La fine mouche ! Elle en devenait dangereuse, comme sa mère.

— Il n'y a pas de danger !

Cette fois, elle était bel et bien sortie en claquant la porte. Peu après, il découvrit qu'elle avait déjà obtenu un poste au *Times*. Très exactement trois semaines et demie auparavant.

Tout s'était déroulé comme il l'avait craint. En tant qu'une des cinquante femmes les plus riches du monde, elle était devenue la proie des paparazzi. Chaque jour, un journal ou l'autre parlait d'elle, publiait sa photo, ou mentionnait un potin à son sujet. L'anniversaire de ses quatorze ans avait été complètement gâché par les reporters. Comme il arrivait souvent qu'Edward fût surpris à ses côtés, certains ne se gênèrent pas pour laisser insinuer les sous-entendus les plus ignobles. Jusqu'à l'âge de dix-sept ans, sa célébrité lui pesa comme un épouvantable boulet.

À dix-huit ans, elle la détestait, autant que la solitude qui en découlait, les précautions qu'elle devait sans cesse prendre, la discrétion qu'il lui fallait observer en toute occasion. De telles contraintes n'étaient ni normales ni saines à son âge, toutefois personne n'y pouvait rien, Elle avait une tradition familiale à respecter, la plus lourde de toutes, sans doute. En effet, il était impossible à la fille de lady Liane Holmes-Aubrey Saint Martin et de Keenan Saint Martin de passer inaperçue. Kezia valait à elle seule le budget de plusieurs petits pays, et elle était ravissante, jeune, intéressante. Malgré ce qu'elle en disait, rien n'y pourrait changer, jamais. Tout au moins selon les critères d'Edward. Mais il fut surpris par son habileté à éviter les photographes quand elle ne voulait pas les rencontrer, à faire taire les interviewers d'un sourire sans réplique, si bien qu'ils en venaient à se demander si elle se moquait d'eux ou s'apprêtait à appeler la police. Elle possédait la frappante autorité instinctive des puissants, tout en conservant un abord des plus avenants. Ce qui déroutait tout le monde. En fait, elle utilisait tour à tour chacune des qualités de ses parents, la délicatesse innée de sa mère et la force de son père.

Tous deux avaient autrefois formé un couple hors du commun. Kezia ressemblait plus à Keenan, son tuteur le constatait chaque jour, pourtant il s'effrayait de tout ce qu'elle tenait encore de Liane. Des siècles d'usage britannique, un grand-père duc, un autre comte, avaient donné à cette dernière une telle classe, une telle élégance d'esprit qu'il en était tombé fou amoureux dès le premier instant où il l'avait vue ; sans qu'elle l'apprît jamais. Il vécut un amour impossible. Si seulement elle ne lui avait fait endurer que ce doux tourment !... Mais le rêve s'acheva dans les pires affres de la folie et du chantage, pour devenir un véritable cauchemar. En prenant pour amant le précepteur français de Kezia, Liane n'avait fait que se rabaisser. L'aventure eût paru simplement grotesque si elle n'avait fini par tant coûter à tous. Jusqu'à la vie de Liane. Et des millions à son époux pour acheter le silence du séducteur. Au moins, le scandale avait-il pu être évité. Nul n'en sut jamais rien, sauf son mari et Edward... Comment la comprendre ? Qu'avait-elle trouvé à ce garçon qui n'arrivait pas à la cheville de Keenan ? Il était tellement... ordinaire, tellement rustre...

Après le départ de ce dernier pour l'Europe, il ne fallut pas un an à la pauvre femme pour disparaître, emportée par l'abus de champagne et de cognac, secrètement accompagnés de drogue ; elle payait le prix fort pour sa trahison. Dix mois plus tard, Keenan se tuait dans un accident d'auto. Mais Edward savait que, depuis la mort de sa femme, il ne prenait plus goût à rien ; selon lui, le malheureux n'avait certainement pas tenté l'impossible pour redresser sa Mercedes afin d'éviter l'intense trafic de l'autoroute. Peut-être était-il alors ivre ou à bout de fatigue ; on ne pouvait considérer vraiment cette fin comme un suicide mais, à coup sûr, comme un renoncement.

Au cours des derniers mois de sa vie, il ne s'intéressait plus à rien, même pas à sa fille. Edward le savait, comme il savait tout puisque chacun, dans cette famille, le prenait pour son discret confident, y compris Liane qui, un jour, devant une tasse de thé, lui avait administré le récit circonstancié des vicissitudes de son existence, le laissant littéralement au bord des larmes.

Il se faisait un tel souci pour elle, qui lui avait d'abord semblé trop parfaite pour qu'il osât la toucher... jusqu'à ces pénibles révélations, mais aussi pour son enfant ! Il s'était toujours demandé si elle n'avait pas trouvé une excitation perverse à se commettre avec un personnage d'un rang si inférieur au sien, à moins que celui-ci ne dût sa bonne fortune à sa seule jeunesse, ou peut-être encore au fait qu'il était français...

Edward se jura de protéger Kezia de ce genre de folie ; elle restait désormais sous sa responsabilité et il veillerait à son éducation dans les plus petits détails. Il se jura également qu'elle ne supporterait jamais de tels désastres, ni de chantage, ni de jeunes précepteurs français. Elle connaîtrait une vie digne des ancêtres de sa mère et de la puissante famille de son père. Il le devait à la mémoire de Liane et de Keenan, ainsi qu'à Kezia elle-même, tout en sachant parfaitement ce qu'il lui en coûterait, combien il éprouverait de peine à lui inculquer le sens du devoir et des responsabilités que lui donnait son nom. Plusieurs fois, la jeune fille protesta en riant qu'il lui faisait porter sa croix sur terre, mais elle paraissait comprendre l'importance de ces préceptes. Nul ne pouvait lui nier ce sens instinctif qu'elle avait reçu de sa race.

Elle était l'honorable Kezia Holmes-Aubrey Saint Martin, issue de la haute aristocratie britannique et d'une des plus anciennes familles américaines, dont le père avait investi et regagné des millions dans l'acier, le cuivre, le caoutchouc et le pétrole. Keenan Saint Martin avait relevé les plus grands défis de l'industrie américaine, devenant une légende vivante à travers le monde entier, la légende dont héritait maintenant Kezia ; comme tout un chacun dans ce milieu de la haute finance, il avait dû se salir quelque peu les mains, mais pas davantage que la plupart de ses congénères. D'une parfaite éducation, il savait se rendre immédiatement sympathique à ses interlocuteurs, qui se montraient vite prêts à tout lui pardonner.

Quant à Liane, elle représentait tout ce que Kezia redoutait au monde, ayant démontré qu'au-delà de certaines limites interdites, la mort était au rendez-vous. Pourtant, sa fille ne lui ressemblait encore que trop, avec, heureusement, un caractère plus fort ainsi qu'une beauté plus rayonnante encore.

À Edward incombait désormais la charge de s'assurer que la lignée se poursuivît, dans sa splendeur comme dans sa grâce. Liane les avait menacées mais la chaîne demeurait intacte et Edward, comme tous ceux qui n'avaient jamais possédé ni audace, ni beauté, ni force, en restait confondu d'admiration. Sa propre famille, bien qu'issue d'un milieu relativement élevé, ne pouvait en rien se comparer à ces titans auxquels il consacrait sa vie. Il en était devenu le gardien et veillait sur Kezia comme sur un inestimable trésor, son trésor. Pour cette raison, il contint mal sa joie en apprenant que les projets de travail au *Times* de la jeune fille avaient lamentablement échoué.

Tout allait rentrer dans l'ordre, maintenant, ne serait-ce que pour un temps. C'était à lui qu'en incombait la responsabilité ; il lui fallait protéger Kezia même s'il n'était finalement que son employé. Jusque-là, elle ne le lui avait pas fait sentir, néanmoins, il redoutait le jour où elle lui donnerait un ordre, comme ses parents qui lui avaient fait confiance tout en le traitant comme un subalterne, jamais comme un ami.

Pour l'affaire du *Times*, elle en avait démissionné toute seule ; après avoir repris ses études, elle passa l'été en Europe mais bouleversa de nouveau ses projets à son retour. Comme souvent. C'était un côté de

21

son caractère qui affolait le sage et consciencieux avocat.

Il la trouva changée quand elle regagna New York, comme durcie, plus femme. Cette fois, elle ne lui raconta rien et ne lui demanda aucun conseil. À vingt-deux ans, elle vendait le confortable appartement de Park Avenue où elle venait de passer treize années de sa vie, pour en louer deux plus petits, pour elle et Mme Townsend, Totie, dont elle se débarrassait ainsi, gentiment mais fermement, malgré les larmes de cette dernière et les protestations d'Edward. Puis elle se mit en devoir de résoudre la question de son travail avec la même détermination. La solution qu'elle trouva se révéla étonnamment ingénieuse.

Son tuteur apprit, en effet, que, par l'intermédiaire d'un agent littéraire, elle avait déjà publié trois articles expédiés d'Europe durant l'été. À sa surprise, il s'aperçut qu'il les avait effectivement lus et appréciés, l'un traitant de politique, l'autre des mœurs d'une tribu nomade rencontrée au Moyen-Orient, le troisième décrivant de façon hilarante les usages du Polo Club de Paris, tous signés par un certain K.S. Miller. Ce fut son dernier reportage qui entraîna la suite des événements.

Ouvrant une bouteille de vin vieux, Kezia prit un air malicieux, comme si elle s'apprêtait à extorquer une promesse à Edward. Chaque fois qu'elle lui lançait ce regard, tellement semblable à celui de son père autrefois, il redoutait le pire, comme si elle le mettait devant le fait accompli. Dès lors, que pouvait-il faire ?

La jeune fille lui présenta un numéro du journal du matin qu'elle plia par le milieu. L'ayant déjà lu en entier, il se demanda ce qu'il avait pu manquer. Elle lui désigna la rubrique mondaine tenue par Martin Hallam, qu'il avait parcourue d'un œil distrait.

C'était une curieuse chronique, en vérité, qui avait fait son apparition à peine un mois auparavant ; bien informée, légèrement cynique, elle rapportait les faits et gestes du jet-set international. Nul ne savait qui se cachait sous ce pseudonyme de Martin Hallam.

Edward parcourut les premières lignes sans trouver mention de Kezia.

— Et alors ? demanda-t-il.

— Alors, je vous présente un ami, Martin Hallam.

Elle riait de bon cœur et son tuteur commençait à se sentir ridicule, surtout quand elle vint lui serrer vigoureusement la main, savourant l'instant avec délectation, les améthystes de ses prunelles brillant d'un éclat qu'il ne connaissait que trop.

— Salut, Edward, je m'appelle Martin. Comment allez-vous ?

— Kezia, tu plaisantes !

— Pas du tout. Nul ne saura jamais le fin mot de l'histoire, pas même le rédacteur en chef. Tout passe par mon agent littéraire qui fait montre d'une discrétion exemplaire. Ils m'avaient demandé un mois d'articles à l'essai afin de faire mes preuves et la réponse m'est arrivée aujourd'hui. La chronique passera désormais régulièrement trois fois par semaine. N'est-ce pas fantastique ?

— C'est épouvantable, oui ! Comment as-tu osé faire cela ?

— Le plus naturellement du monde. Je ne commets rien d'illégal, je ne révèle aucun secret vital, je me contente… disons, d'informer… et d'amuser.

C'était du pur Kezia. L'honorable Kezia Saint Martin, *alias* K.S. Miller, *alias* Martin Hallam.

Aujourd'hui, elle rentrait, après un nouvel été passé à vagabonder. Depuis sept ans qu'elle exerçait son métier, elle était devenue une professionnelle appréciée dans son domaine, ce qui ajoutait encore à son charme. Aux yeux d'Edward, elle n'en prenait que plus de mystère et de séduction. Jamais personne ne s'était douté du fin mot de l'histoire, lui-même et son agent demeurant les seuls dans la confidence.

Edward sortit de sa rêverie et consulta de nouveau sa montre. À dix heures passées, il allait enfin pouvoir téléphoner. Ce numéro-là, il le composait toujours lui-même. La sonnerie ne résonna que deux fois avant qu'elle répondît, d'une voix pâteuse, comme toujours le matin. Il aimait à l'entendre parler ainsi, sur ce ton qu'il trouvait tellement familier, tout en se demandant si elle était encore au lit. Il ne connaissait jamais la réponse, car il se réprimandait aussitôt de s'être posé une telle question.

— As-tu fait bon voyage, Kezia ?

Il souriait à la photo du journal étalé devant lui.

— Edward !

L'articulation ravie de sa voix lui donna chaud au cœur.

— Quel plaisir de vous entendre !

— Je croyais que tu m'avais oublié. Pas une seule carte de toi en deux mois. Samedi dernier, j'ai déjeuné avec Totie qui, elle, avait reçu une lettre.

— Ce n'est pas pareil. Elle a toujours tellement peur qu'il m'arrive quelque chose !

Comme elle riait, il entendit le tintement d'une tasse contre le récepteur. Du thé. Sans sucre. Avec un nuage de lait.

— Et moi, alors, crois-tu donc que je ne m'inquiète jamais ?

— Sûrement pas. Vous êtes beaucoup trop stoïque pour tomber dans ce genre de travers. Noblesse oblige, n'est-ce pas ?

— D'accord, d'accord !

Elle ne s'encombrait pas de fioritures et le mettait souvent dans l'embarras avec ses manières directes. Pour cette raison, il ne lui avait jamais dit qu'il l'aimait, comme sa mère.

— Comment était-ce, à Marbella ?

— Abominable ! Je dois vieillir. La maison de tante Hil était envahie de gamins de dix-huit ans. Bonté divine ! Ils ont onze ans de moins que moi ! À leur âge, je restais à la maison avec ma gouvernante !

Il eut un fin sourire ; elle paraissait elle-même à peine plus que la vingtaine, mais la vingtaine sophistiquée.

— Heureusement, conclut-elle, je n'y suis restée qu'un week-end !

— Et avant ?

— Vous n'avez pas lu ma chronique, ce matin ? J'ai raconté mon séjour solitaire dans le midi de la France pendant presque tout l'été.

Comme elle s'esclaffait de nouveau, il se réjouit de l'entendre, si gaie, si proche...

— En fait, j'ai passé de très agréables moments sur un bateau que j'ai loué. C'était tout à fait reposant. J'ai pu écrire autant que je le voulais.

— J'ai vu ton article sur les trois Américains emprisonnés en Turquie. Pénible mais impressionnant, excellent pour tout dire. T'es-tu rendue sur place ?

— Évidemment. Et cela m'a paru en effet très pénible.

— Où es-tu allée, encore ? s'empressa-t-il d'ajouter pour changer de sujet.

À quoi bon s'appesantir sur d'aussi désagréables souvenirs ?

— Oh ! J'ai assisté à une soirée, à Rome, j'ai vu les collections à Paris, à Londres j'ai visité le...

— Kezia, tu es impossible !

— Oui, soupira-t-elle en avalant une longue gorgée de thé. Mais j'aurais tellement aimé vous avoir à mes côtés ! Parfois il est insupportable de ne pouvoir révéler à personne qui on est vraiment.

— Alors viens m'en parler de vive voix. Que dirais-tu de déjeuner à *La Grenouille* ?

— Excellente idée ! Il faut que je rencontre d'abord Simpson, et je serai à *La Grenouille* vers treize heures. Cela vous va ?

— Très bien. Écoute, Kezia...

— Oui ?

Sa voix parut étrangement douce à Edward. À sa façon, elle tenait à lui, elle aussi. Ne fût-ce que pour les vingt années qu'il avait passées à la protéger, remplaçant son père comme il le pouvait.

— Je suis heureux que tu sois rentrée.

— Et moi je suis heureuse que cela fasse plaisir à quelqu'un.

— Sotte ! Comme si personne d'autre ne s'en réjouissait !

— On appelle cela le syndrome de la pauvre petite fille riche. Pour occuper les héritières.

De nouveau, elle partit d'un grand rire, mais il crut y percevoir une intonation quelque peu fêlée.

— Je serai là vers treize heures, acheva-t-elle.

Tandis qu'elle raccrochait, il reporta son regard pensif sur la baie dominant Manhattan.

Au cœur de la ville, Kezia achevait son thé dans son lit, une pile de journaux étalés sur ses couvertures, une masse de courrier attendant sur sa table de nuit. Les rideaux ouverts lui révélaient le paysage paisible du jardin voisin tandis qu'un oiseau piaillait sur la bouche d'aération. Et que la sonnerie de l'entrée se mettait à retentir.

— Zut ! maugréa-t-elle en enfilant sa robe de chambre de satin.

Sans se poser longuement de questions, elle devina l'identité de son visiteur. Quand elle ouvrit, ce fut pour découvrir, en effet, la silhouette maigre et nerveuse d'un Portoricain qui lui tendait une longue boîte blanche.

Avant de remettre à ce dernier un dollar de pourboire, elle savait déjà ce que contenait le colis, qui l'avait envoyé, par l'intermédiaire de quel fleuriste. Elle reconnaissait sans peine l'écriture de la secrétaire sur la carte qui l'accompagnait. Au bout de quatre années, ces petits mots avaient fini par être régulièrement rédigés par la secrétaire :

— Vous voyez ce que je veux, Effy, quelque chose du genre « Tu m'as tellement manqué, etc. »

Effy s'en tirait fort bien, en vieille fille romanesque de cinquante-quatre ans qui accompagnait de quelques lignes un envoi de roses rouges. D'ailleurs, Kezia ne se souciait guère que la carte fût écrite par elle ou par Whit. Cela n'avait plus d'importance.

Cette fois, Effy avait ajouté : « Si nous dînions ensemble, ce soir ? » et Kezia demeura un instant songeuse, la carte à la main, sur son fauteuil de velours bleu qui avait autrefois appartenu à sa mère. Elle n'avait pas vu Whit depuis un mois, très exactement depuis son passage éclair à Londres sous le prétexte d'un voyage d'affaires. Ils s'étaient vus deux jours sans prendre le temps de discuter un peu. Ils ne le prenaient d'ailleurs jamais.

Toujours pensive, elle décrocha le téléphone, composa le numéro de Whit et attendit.

— Déjà levée, ma chère ? Tu dois être épuisée.

— Un peu, mais je n'en mourrai pas. Et tes roses sont magnifiques.

Un léger soupir lui échappa, qu'elle espéra n'avoir pas laissé transparaître dans sa voix.

— Tant mieux si elles te plaisent. Tu étais tellement ravissante, hier soir !

Elle se mit à rire. En quatre ans, les arbres du jardin voisin avaient plus grandi que Whit n'avait mûri.

— Tu es gentil d'être venu me prendre à l'aéroport, et ces roses m'aideront à bien commencer la journée. J'avais le cafard à l'idée de défaire mes bagages.

Elle avait eu la mauvaise idée d'arriver pendant les vacances de la femme de ménage, mais ses valises pourraient bien attendre.

— Et mon invitation ? Les Ornier donnent un dîner et Xavier propose que nous sortions ensemble ensuite, si tu n'es pas trop fatiguée, bien sûr.

Les Ornier réservaient à l'année une suite à l'hôtel *Pierre*, qu'ils utilisaient comme un pied-à-terre. Même pour quelques semaines cela en « valait la peine » :

— Vous savez combien il est désagréable de se retrouver chaque fois dans une chambre différente !

Ces petites habitudes leur coûtaient une fortune, mais Kezia en avait vu d'autres. Leurs réceptions valaient bien une colonne de potins ; elle ne pouvait imaginer meilleur moyen d'effectuer sa rentrée. Pourtant, elle avait encore plus envie de se rendre dans les quartiers populaires, dans l'un de ces coins exquis que Whit ne connaîtrait jamais.

— Excuse-moi, répondit-elle, mais je suis affreusement fatiguée ; le décalage horaire, sans doute, et ce week-end dément chez Hilary. Sois gentil de dire aux Ornier que je suis morte et que je passerai les voir avant leur départ. Pour toi, je ressusciterai demain, mais aujourd'hui, je n'y suis pour personne.

Laissant échapper un bâillement de circonstance, elle eut un petit rire confus :

— Excuse-moi, je ne voulais pas dire que je m'ennuyais, mais…

— Ce n'est rien. Tu as raison de vouloir te reposer, ce soir, d'autant que le dîner risque de ne pas commencer avant neuf heures. Tu sais comment ils sont, nous en aurions au moins jusqu'à deux heures du matin.

Danser dans la cave étouffante d'un club privé ne la tentait que très moyennement.

— Merci de me comprendre, mon cher. Je crois que je vais brancher mon répondeur et dormir jusqu'à sept ou huit heures du soir. Ainsi, demain je serai en pleine forme.

— Parfait, alors je t'emmène dîner demain ?

« Avec plaisir, mon cher, voyons ! »

— D'accord. J'ai une invitation sur mon bureau pour je ne sais quel gala au *Saint-Regis*. Veux-tu m'accompagner ? Je crois que les Marsh fêtent leur quatre-vingt-dix-huitième anniversaire de mariage ou quelque chose de ce genre…

— Ne sois pas mauvaise langue ! Ce n'est que le vingt-cinquième. Je réserverai une table à *La Côte Basque*, ainsi nous n'aurons plus qu'à traverser la rue.

— Très bien, mon cher. Alors à demain.

— Je passe te prendre à sept heures ?

— Plutôt à huit.

« Plutôt jamais. »

— Entendu, ma chère. À demain.

Assise au bord du fauteuil, elle balançait nerveusement ses deux jambes. Elle allait devoir sérieusement songer à se montrer plus gracieuse avec Whit. À quoi servait d'être désagréable ? Tout le monde les considérait déjà comme un couple officiel, il était gentil avec elle, et pratique, dans un sens. Son chevalier servant. Ce cher Whitney… le pauvre ! Si prévisible et si parfait, si beau et si impeccablement vêtu. Il paraissait n'avoir aucun défaut, avec son mètre quatre-vingt-cinq, ses yeux bleu-gris, ses épais cheveux blonds coupés court, ses trente-cinq ans, ses chaussures Gucci, ses cravates Dior, son eau de toilette Givenchy, sa montre Piaget, son appartement sur Park Avenue, sa réussite comme avocat et sa réputation d'excellent ami. Il allait trop bien avec Kezia, ce qui suffisait à le rendre exécrable à ses yeux, bien qu'elle ne le détestât pas vraiment. D'une certaine façon, elle avait besoin de lui, et à cause de cela elle lui en voulait un peu, à cause aussi de son amour caché de Sutton Place, dont il ignorait qu'elle avait découvert l'existence.

Car leur couple n'était qu'une farce, une discrète mais aimable farce. Et bien utile, aussi. Il l'accompagnait partout, en toute sécurité. Quand elle pensait que, deux ans plus tôt, elle était allée jusqu'à envisager de l'épouser ! Rien, alors, ne semblait devoir s'y opposer. Ils continueraient d'agir comme à l'accoutumée, et Kezia lui révélerait seulement son métier caché ; ils se rendraient aux mêmes soirées, rencontreraient les mêmes personnes tout en menant des vies séparées. Il lui apporterait des roses au lieu de les lui envoyer. Ils occuperaient des chambres séparées, celle de Whit passant pour la chambre d'amis aux yeux d'éventuels visiteurs. Elle descendrait dans les quartiers populaires et lui à Sutton Place. Tout se passerait harmonieusement. Bien entendu, aucun ne mentionnerait ses escapades à l'autre ; elle « jouerait au bridge », lui « verrait un client » et tous deux se retrouveraient pour le petit déjeuner, sereins et apaisés, aimés, chacun de son côté. Quelle utopie ! Aujourd'hui, elle y repensait en se mordant les lèvres pour sa naïveté. Désormais, Whit représentait pour elle un vieil ami qu'au fond elle aimait bien. En fait, elle avait fini par s'y habituer, ce qui était sans doute le pire.

En regagnant sa chambre, elle s'estima heureuse d'avoir retrouvé son confortable appartement, avec son grand lit à couverture de renard blanc, les meubles délicats hérités de sa mère, le tableau acheté à Lisbonne l'année précédente. Elle se sentait mieux dans cette pièce que nulle part ailleurs au monde. Ni le *palacio* de tante Hil à Marbella, ni sa belle maison de Kensington ne lui donnaient cette impression de se trouver enfin chez elle, devant sa cheminée et le lit de cuivre acheté à Londres des années auparavant. Des plantes vertes décoraient les recoins de la fenêtre et des chandeliers sur le mantel dispensaient un doux éclairage, la nuit. Qu'il était bon de rentrer !

Intérieurement, elle se sentit rire de plaisir en mettant un disque de Mahler dans son lecteur laser avant de se faire couler un bain. Et ce soir… en ville. Chez Mark. Mais d'abord voir son agent, ensuite déjeuner avec Edward. Et enfin, Mark. Elle gardait le meilleur pour la fin… tant que les événements ne bougeraient pas…

Tout en se déshabillant devant le miroir de la salle de bains, elle chantonnait en même temps que la musique diffusée à travers tout l'appartement par les haut-parleurs.

— Kezia, se dit-elle à voix haute, tu n'es pas gentille !

Caressant son reflet du bout des doigts, elle partit d'un grand rire et ses longs cheveux noirs vinrent effleurer sa taille nue.

— Oui, je sais, marmonna-t-elle, c'est ignoble, mais qu'y puis-je ? Il faut bien vivre et tout le monde ne s'y prend pas de la même manière.

Songeuse, elle se glissa dans son bain. Les apparences trompeuses, les contrastes, les secrets… toutefois pas de mensonges. Elle ne disait rien à personne mais ne mentait jamais. Enfin, presque jamais. Elle n'aurait pu vivre dans le mensonge. Elle préférait les secrets.

Et Mark. Ce cher, ce délicieux Marcus ! Avec ses cheveux rebelles, son fabuleux sourire, l'odeur de son appartement, les parties d'échecs, les rires, la musique, son corps, son ardeur. Mark Wooly. Elle ferma les yeux pour mieux imaginer son dos, sa bouche. Envahie par une soudaine langueur elle se tourna lentement dans l'eau tiède, éclaboussant le sol de petites flaques.

Vingt minutes plus tard, elle sortait de la baignoire, se nouait les cheveux en un chignon serré, enfilait une robe de Dior en laine blanche sur la combinaison de dentelle champagne qu'elle venait d'acheter à Florence.

— Je ne suis tout de même pas schizophrène ! dit-elle devant la glace en ajustant un chapeau légèrement penché sur l'œil.

Mais non ! Elle était Kezia Saint Martin, l'unique, attendue à *La Grenouille* à New York, ou au *Fouquet's*, à Paris.

— Taxi !

Elle se précipita dans le véhicule qui venait de s'arrêter devant elle. Sa saison new-yorkaise venait tout juste de commencer. Et quelles surprises lui réservait-elle ? Un livre ? Un homme ? Mark Wooly ? Quelques savoureux articles pour d'importantes revues ? Deux ou trois intermèdes de pur bonheur ? La solitude, le mystère et la splendeur. Elle possédait tout. Et une nouvelle « saison » au creux de la main.

Edward attendait Kezia à *La Grenouille*. Dans quelques instants, il la regarderait venir à lui ; elle se mettrait à rire puis viendrait lui caresser la joue…

— Oh, Edward, quel plaisir de vous revoir !

Elle l'embrasserait avec tendresse – tandis que « Martin Hallam » noterait mentalement qui se trouvait à la table de qui, et que « K.S. Miller » réfléchirait à la première phrase d'un livre.

2

Kezia se fraya un chemin parmi la foule compacte qui se pressait autour du bar de *La Grenouille*. Il ne restait pas une place de libre, comme à l'accoutumée, et les serveurs s'empressaient parmi les sièges de cuir rouge, les nappes roses, les peintures exposées sur les murs, les anémones et les nuages de fumée. Des seaux à vin blanc ornaient presque toutes les tables, quand ce n'étaient pas les bouchons de champagne qui sautaient çà et là.

Les femmes étaient belles ou s'étaient donné beaucoup de mal pour le paraître, la plupart des conversations se tenaient en français. Les hommes, en costumes sombres et chemises blanches, avaient les tempes grisonnantes et fumaient des cigares Romanoff de Cuba venus tout droit de Suisse.

Là se retrouvait tout le gratin de la ville. Il ne s'agissait pas seulement de pouvoir payer une addition exorbitante, il fallait faire partie du club, posséder ce style qui vous démarquait du « vulgaire ».

Un homme lui toucha le coude et elle reconnut le visage bruni d'Amory Strongwell.

— Kezia ?

— Non, chéri, c'est mon fantôme.

Il lui décocha un sourire rayonnant.

— Tu es magnifique ! lui dit-il.

— Et toi tu as mauvaise mine, mon pauvre chou !

Taquine, elle ironisait sur le superbe bronzage qu'il rapportait de Grèce tandis qu'il se penchait pour l'embrasser sur la joue.

— Où est Whit ? demanda-t-il enfin.

« Certainement à Sutton Place, mon grand. »

— Il doit encore travailler comme un fou. On te verra à la soirée des Marsh, demain soir ?

La question n'étant que de pure forme, il hocha la tête d'un air absent. Elle continua :

— Pour l'instant, j'ai rendez-vous avec Edward qui m'attend à sa table.

— Toujours les mêmes qui trouvent de la place avant les autres !

Elle sourit et fendit la foule pour rejoindre le maître d'hôtel qui lui indiquait la place où l'attendait son tuteur. Celui-ci était seul, devant sa table préférée, une bouteille de champagne dans un seau à côté de lui. Du Louis Roederer, comme toujours.

La voyant arriver, il se leva pour l'accueillir. Tout en venant à lui, elle sentait les regards se poser sur elle, répondait à quelques signes de tête discrets. Elle faisait partie de ce monde depuis son adolescence. La notoriété. À seize ans, elle en étouffait, à dix-huit, elle s'y habituait, à vingt-deux, elle tentait d'y échapper et maintenant, à vingt-neuf ans, elle s'en amusait, comme d'une plaisanterie. Les jeunes filles s'extasiaient sur sa robe, les hommes se demandaient où était passé Whit, les femmes songeaient qu'avec une telle fortune elles pourraient aussi s'offrir un chapeau de ce genre et les serveurs se la désignaient l'un à l'autre en français :

— « La » Saint Martin.

Décontractée, elle jouait le jeu.

— Edward ! Vous paraissez en pleine forme !

Après l'avoir embrassé sur la joue, elle se laissa tomber sur la banquette à côté de lui.

— Toi aussi, répondit-il. Alors, cette matinée avec Simpson ?

— Tout à fait positive. Je lui ai exposé quelques-unes de mes idées pour faire un livre. Il m'a donné de bons conseils. Mais… pas ici.

Tous deux savaient que le bruit de la salle suffisait à empêcher les oreilles indiscrètes de les surprendre, mais ils évoquaient le moins possible sa carrière dans les endroits publics.

Il fit signe au serveur d'entamer le rituel Louis Roederer.

— Décidément, j'adore ça ! murmura-t-elle extasiée après une première gorgée.

La surprenant à parcourir la salle d'un œil gourmand, l'avocat se mit à rire :

— Tu crois que je ne te vois pas, petite chipie ?

À l'évidence, elle prenait mentalement des notes pour son prochain article.

— À vous, mademoiselle ! reprit-il en levant son verre. À votre retour parmi nous !

Ils trinquèrent et vidèrent lentement leurs flûtes.

— Au fait, interrogea ensuite Edward, comment va Whit ? Tu dînes avec lui, ce soir ?

— Il va bien mais je me couche tôt pour me remettre du décalage horaire.

— Je n'en crois pas un mot mais je ferai semblant parce que je suis un homme accommodant.

— Et sage. C'est sans doute la raison pour laquelle nous restons bons amis.

Il la contempla un instant sans répondre puis lui prit la main :

— Fais quand même attention.

— Je sais, Edward.

Le repas fut agréable, comme chaque fois. Elle interrogea son tuteur sur tous ses clients les plus importants qu'elle énumérait un à un par leurs noms, s'enquit de ce qu'il avait fait pour le canapé de son salon qui avait tant besoin d'être retapissé. Ils saluèrent tous ceux qu'ils connaissaient, invitèrent deux des associés d'Edward à s'asseoir quelques instants à leur table. Elle lui parla un peu de son voyage, sans perdre de vue les allées et venues des habitués du restaurant.

Ils se quittèrent à trois heures. Un photographe de *Vogue* prit une photo d'elle à la sortie et elle rentra en taxi tandis qu'Edward regagnait son bureau à pied, soulagé. Il préférait la savoir en ville, non loin de lui, son protecteur. Sans qu'elle lui en eût jamais soufflé mot, il se doutait qu'avec un tempérament si semblable à celui de son père, elle ne pourrait se contenter d'un falot comme Whit. (Il avait fallu plus de deux années à l'avocat pour satisfaire discrètement les dispositions du testament de Keenan prises en faveur de deux femmes dont personne n'avait jamais entendu parler.)

Aussitôt arrivée chez elle, Kezia défit sa robe blanche. Une demi-heure plus tard, elle se retrouvait en jean, les cheveux défaits, et enregistra un message sur son répondeur ; elle « se reposait » et ne voulait pas être dérangée avant le lendemain midi. Puis elle sortit.

Elle prit le métro au coin de la 77ᵉ Rue et de Lexington Avenue. Pas de maquillage ni de sac, juste un porte-monnaie dans la poche et un sourire dans les yeux.

Le métro de New York offrait, station après station, un échantillonnage concentré des quartiers qu'il traversait, exagérant leurs rumeurs, leurs odeurs, leur atmosphère. De drôles de vieilles dames maquillées comme des masques de carnaval, des homosexuels aux pantalons si serrés qu'on en voyait presque la marque des poils de leurs jambes, des filles superbes qui se donnaient des allures de mannequins, des hommes qui sentaient la sueur et le tabac, des habitués de Wall Street en costumes rayés et chapeaux. C'était une symphonie de couleurs, de bruits et d'agitation, rythmée par le mouvement des trains, le crissement des freins, le grincement des roues.

Kezia s'assit près d'une ménagère portant son sac de marché. Un jeune couple s'installa près d'elles, fumant furtivement un joint. Kezia sourit intérieurement en se demandant si sa brave voisine n'allait pas s'offrir un « trip » involontaire en respirant cette fumée ; Canal Street arriva trop vite pour qu'elle le sût jamais, car c'était là qu'elle descendait.

Une fois dehors, elle se sentit chez elle, un autre chez elle, avec ses entrepôts et ses vieux immeubles, ses escaliers de secours extérieurs et ses boutiques, non loin du quartier des artistes, des galeries d'art de Greenwich Village, avec ses cafés et ses ateliers d'artistes, écrivains, sculpteurs et poètes, barbus et originaux aux vêtements excentriques. Un endroit où

Sartre et Camus étaient encore révérés, où De Kooning et Pollock étaient des dieux.

Elle marchait d'un pas tranquille, mais son cœur battait. Pourquoi cette émotion ?… À son âge… Pourtant la situation était parfaitement claire entre eux… Pourquoi se sentait-elle si heureuse de revenir ?… Tout avait peut-être changé. Néanmoins, elle jubilait et souhaitait retrouver les choses exactement où elle les avait laissées.

— Salut ma grande ! Où étais-tu passée ?

Un immense Noir au corps souple et musclé, moulé dans son jean blanc, l'accueillait avec une surprise ravie.

— George !

La prenant dans ses bras, il la souleva de terre et la fit tourbillonner en riant. Il faisait partie du corps de ballet du Metropolitan Opera.

— Voilà un bail qu'on ne t'avait pas vue ! s'exclama-t-il en la déposant sur ses pieds.

— C'est vrai. À tel point que je me demandais si ce quartier existerait encore.

— Bien sûr que oui ! SoHo est sacré. Personne n'y touchera.

Ils éclatèrent de rire ensemble.

— Où allais-tu, comme ça ? reprit-il.

— Si nous prenions un café au *Partridge ?*

Elle appréhendait soudain de voir Mark, d'apprendre qu'il avait changé. George devait le savoir, mais elle ne voulait pas lui poser de questions.

— Pour moi, ce sera un verre de vin. J'ai une heure à te consacrer avant de partir pour ma répétition.

Ils partagèrent un pichet dont il but presque tout le contenu tandis que Kezia jouait avec son verre.

— Tu me fais rire, ma grande !

— Tiens, quelle idée !

— Je te vois là, tout énervée, à tellement trembler de peur que tu n'oses même pas me demander ce qui te préoccupe. Faut-il que j'en parle le premier ?

— Moi… peur ? Et de quoi au juste ?

— Ça va ! Qu'attends-tu pour monter à son appartement voir ce qu'il s'y passe ?

Il se leva et sortit trois dollars de sa poche.

— C'est ma tournée. Toi, rentre chez toi.

Chez elle ? Chez Mark ? Oui, en un sens… elle le savait bien.

Il l'accompagna jusque chez Mark et la quitta en lui envoyant une tape sur l'épaule. Sans lever la tête pour regarder sa fenêtre, elle interrogeait anxieusement chaque visage qu'elle croisait.

Son cœur cognait dans sa poitrine, encore trop fort pour les cinq étages qu'il lui fallait monter. Elle se retrouva devant la porte, essoufflée, prise de vertige, et s'apprêta à frapper. Mais la porte s'ouvrit avant qu'elle ne l'ait touchée et Kezia fondit dans les bras d'un homme maigre et long comme un jour sans pain aux cheveux frisés, presque crépus. Il l'embrassa et l'attira à l'intérieur en riant.

— Les gars ! s'exclama-t-il, c'est Kezia ! Comment vas-tu, ma puce ?

— Magnifiquement bien.

Autour d'elle, rien n'avait changé. Les mêmes visages, le même atelier, le même Mark.

— J'ai l'impression d'être partie depuis au moins un an ! soupira-t-elle en s'asseyant.

Elle accepta le verre qui lui était tendu.

— C'est un peu ça ! Et maintenant, mesdames et messieurs…

Le grand garçon mince s'inclina et désigna la porte à ses amis :

— Ma belle m'est revenue. Autrement dit, vous pouvez disposer !

Tous rirent de bon cœur et s'en allèrent en lançant de joyeux au revoir.

À peine le dernier avait-il franchi le seuil que Mark reprenait la jeune femme dans ses bras.

— Ma puce, que je suis content de te revoir !

— Et moi donc !

Elle passa une main sous sa chemise maculée de peinture et lui sourit.

— Laisse-moi te regarder, dit-il.

D'un geste lent mais décidé, il lui ôta son chemisier. Elle le laissa faire, droite et immobile, ses cheveux retombant en masse sur une épaule, une douce lumière dansant dans ses pupilles bleu-mauve, réplique exacte du nu accroché au mur derrière elle. Il l'avait peinte ainsi l'hiver précédent, peu après leur première rencontre.

Ils étaient enlacés quand un coup ferme fut frappé à la porte.

— Il n'y a personne !

— Si. Laissez-moi entrer !

C'était la voix de George.

— Ce n'est pas vrai ! Qu'est-ce que tu veux ?

Mark ouvrit tandis que Kezia courait se cacher dans la chambre. Le danseur se tenait dans l'encadrement, un large sourire aux lèvres, une bouteille de champagne à la main.

— Pour ta nuit de noces, Marcus.

— Tu es génial, mon vieux !

George esquissa un entrechat et disparut dans l'escalier tandis que le peintre refermait la porte en riant.

— Kezia ! Que dirais-tu d'une petite coupe de champagne ?

Elle revint dans la pièce ; elle ne s'était pas rhabillée et ses cheveux dansaient dans son dos nu. Elle rit intérieurement à l'évocation absurde de ce qu'elle venait de boire à *La Grenouille*.

En voyant Mark ouvrir la bouteille, elle eut brusquement la sensation qu'elle l'aimait, ce qui était tout aussi absurde. Tous deux savaient qu'il n'en était rien… pourtant il aurait été si bon de l'ignorer, ne serait-ce qu'un instant. D'oublier d'être raisonnables. Elle aurait tant aimé pouvoir l'aimer – lui ou quelqu'un d'autre – et pourquoi pas Mark ?

— J'avais tellement hâte de te revoir, Kezia !

— Moi aussi, mon amour, moi aussi. En même temps, je me demandais si tu n'aurais pas une nouvelle amie.

Elle sourit en laissant couler dans sa gorge les gouttelettes pétillantes du vin blond.

— Je tremblais de trac en venant ici. À tel point que je me suis arrêtée pour prendre un verre au *Partridge* avec George.

— Grosse bête ! Tu aurais mieux fait de monter directement.

D'un doigt hésitant, elle lui caressa le torse.

— C'est bien ce que je me dis, maintenant.

Il la suivit dans la chambre et sa voix lui parut cassée lorsqu'il parla :

— J'ai vu la photo d'une fille dans le journal, l'autre jour. Elle te ressemblait, en plus âgée et peut-être un peu collet monté. – C'était plutôt une question mais la jeune femme ne répondit pas. – Elle portait un nom français. Pas « Miller », mais je n'ai pas pu lire son prénom, il était illisible sur la photo. Tu la connais peut-être ? Une parente éloignée ? Elle avait l'air très bien.

— Non, je ne fréquente pas les gens de ce monde-là. Pourquoi ?

Cette fois, elle lui avait bel et bien menti. Elle ne péchait plus seulement par omission.

— Je ne sais pas. Une simple question de curiosité. Elle avait de l'allure et en même temps elle paraissait malheureuse.

— Et tu es tombé amoureux d'elle, et tu voudrais la trouver pour la rendre heureuse, c'est ça ?

Elle parlait d'un ton désinvolte mais pas autant qu'elle l'eût souhaité. La réponse qu'il lui donna se perdit dans leur baiser et il l'entraîna doucement vers le lit. Pendant une heure, leurs corps s'avouèrent toutes les vérités qui ne franchissaient jamais leurs lèvres.

3

— Prête ?

— Prête.

Whit lui sourit en la regardant finir son café et sa mousse au chocolat. Ils avaient deux heures de retard pour la réception des Marsh au *Saint-Regis* mais personne, parmi les cinq cents invités, ne s'en apercevrait.

Kezia était resplendissante dans sa robe de satin bleu-gris retenue au cou par une boucle et laissant son dos profondément décolleté pour mettre en valeur son bronzage. De petits diamants brillaient à ses oreilles et ses cheveux étaient rassemblés en un chignon haut sur sa tête. Le smoking impeccable de Whit convenait à son allure parfaitement classique, Tous deux formaient un couple magnifique. D'ailleurs, ils le savaient.

Une foule énorme se pressait à l'entrée de la *Maisonnette* du *Saint-Regis*, femmes endiamantées, portant des robes signées Givenchy, Dior ou Balenciaga, dont les visages apparaissaient régulièrement dans les colonnes mondaines des magazines. Noms de la vieille noblesse européenne, grosses fortunes américaines, amis de Palm Beach, de Grosse Pointe, de Scottsdale et de Beverly Hills. Les Marsh s'étaient surpassés. Les serveurs circulaient parmi toute cette société, présentant des coupes de Moët et Chandon, des toasts de caviar et de foie gras.

Un buffet au fond de la salle offrait également du homard froid et divers plateaux de canapés multicolores. Plus tard apparaîtrait la pièce montée, réplique exacte du gâteau servi vingt-cinq ans auparavant. « Écœurant à souhait », noterait le lendemain Martin Hallam dans sa chronique.

Whit tendit une coupe de champagne à Kezia et la prit par le bras.

— Veux-tu danser ou te promener un peu ?

— Me promener, dans la mesure du possible.

Elle lui sourit et il lui serra la main.

Un photographe appointé par leurs hôtes les prit en train de se regarder tendrement. Elle se sentait bien. Après la nuit passée avec Mark, elle était d'une humeur exquise et prête à toutes les indulgences, même à l'égard de Whit. L'amusant était de songer que ce matin encore, elle arpentait les rues de SoHo avec Mark ; ensuite, elle avait dû se résoudre à le quitter avant trois heures de l'après-midi afin de téléphoner son article à son agent, de mettre de l'ordre dans ses affaires et de s'offrir une petite sieste avant le branle-bas de combat du soir. Edward avait appelé pour lui demander si elle allait bien et tous deux avaient ri de ses observations parues le matin sur leur déjeuner de la veille.

— Comment peux-tu me traiter de « fringant chevalier servant » à mon âge, Kezia ? J'ai plus de soixante ans !

— Allons ! Soixante et un, à peine ! Et vous êtes fringant, regardez-vous !

— Il y a longtemps que j'y ai renoncé.

— C'est malin !

Ils avaient ensuite parlé de choses et d'autres, chacun évitant soigneusement d'aborder les occupations de sa nuit...

Soudain, la voix de Whit la rappela à la réalité :

— Encore du champagne, Kezia ?

Considérant sa coupe vide, elle sortit de sa songerie.

— Seigneur ! J'ai bu tout cela sans m'en rendre compte !

— Pas encore remise de ton voyage ?

— Non, je rêvassais.

— Ce qui tient de l'exploit dans une telle cohue.

Avisant un serveur, Whit lui fit reprendre une coupe pleine. Puis tous deux se réfugièrent dans un coin tranquille d'où ils purent observer les évolutions des danseurs sur la piste. La jeune femme repéra plusieurs personnalités parmi ces couples, deux cantatrices, des banquiers, plusieurs mannequins, quelques fameux play-boys et une débauche de rubis, de saphirs et autres pierres précieuses.

— Tu es très en beauté, ce soir, Kezia.

— Ne me flatte pas, Whit.

— Je suis sincère, et amoureux.

La déclaration était audacieuse, car tous deux savaient que ce ne pouvait être d'elle. Néanmoins, sa compagne inclina gracieusement la tête. En un sens, ils s'aimaient l'un l'autre, comme frère et sœur.

Soudain, il vit ses yeux s'agrandir de terreur. Elle lui saisit la main.

— Non ! murmura-t-elle.

— Quoi ?

Il tourna la tête dans la direction qu'elle indiquait pour voir s'avancer vers eux le baron von Schnellingen, le front mouillé de transpiration, l'air enchanté de les avoir repérés.

— Dis-lui que tu as un ongle incarné, que tu ne peux pas danser ce soir !

Elle pouffa de rire, ce que le petit Allemand rougeaud prit pour une indicible joie de le voir.

— Moi aussi, j'espérais bien vous rencontrer ce soir, annonça-t-il. Vous êtes exquise, ma chère !

— Merci, Manfred. Je vous trouve très en forme.

« Et lubrique et poisseux, obèse et dégoûtant, comme toujours. »

— Une valse. Juste ce qu'il nous faut. Venez-vous ?

« *Nein* ! » Mais comment refuser ? Il allait encore évoquer la grande amitié qui le liait à son très cher père. En souvenir de ce dernier, elle pouvait faire ce petit sacrifice. Au moins le baron savait-il danser.

Tandis qu'elle se levait pour le suivre, Whit lui glissait à l'oreille :

— Je vole à ton secours après cette valse.

— Tu as intérêt, mon cher ! grommela-t-elle entre ses dents tout en esquissant un charmant sourire.

Comment pourrait-elle jamais expliquer à Mark ce genre de situation ? Et les invités de la *Maisonnette*, comprendraient-ils ses escapades à SoHo ? Le baron, qui devait fréquenter des endroits encore moins recommandables, ne s'attendait certes pas à y croiser Kezia. Elle savait que son cavalier menait de front diverses aventures, sans doute pour des raisons différentes des siennes. Encore que… Ne jouait-elle pas à la pauvre petite fille riche qui partait s'encanailler dans la vie de bohème ? Quelle part de rêve représentaient pour elle ses amis clandestins ? Parfois elle se le demandait. La réalité, pour elle, c'étaient la *Maisonnette*, Whit, le baron. Comment échapper à cette prison dorée, s'il était possible d'échapper à son nom, à son visage, à ses ancêtres, à son père et à sa mère, qu'ils fussent morts depuis longtemps ou non ? Comment échapper à cette fatalité imbécile de « Noblesse oblige » ? Suffisait-il de prendre un ticket de métro pour ne jamais revenir ? « La mystérieuse disparition de l'honorable Kezia Saint Martin… » Non, tant qu'à partir, mieux valait le faire avec élégance, au vu et au su de tout le monde. La classe, comme toujours. Pas en métro, pas incognito. Si elle désirait SoHo, elle n'avait qu'à le dire, ne serait-ce que par fierté. Mais le désirait-elle vraiment ? Fallait-il choisir entre SoHo et la *Maisonnette* ? Entre le sabayon et le soufflé au Grand Marnier ? Aucun des deux ne suffirait à la faire vivre ; elle avait plutôt besoin d'un bon morceau de viande rouge. Compter sur Mark pour se nourrir revenait à s'installer sur une île déserte avec six mois de provisions en petits-beurre et rien d'autre. Ces deux mondes, ces deux hommes s'équilibraient l'un l'autre, le pire étant qu'elle le savait bien. Rien n'était parfait.

— Et moi ?

Elle ne se rendit pas compte qu'elle avait parlé tout fort.

— Vous ?

— Excusez-moi. Vous aurais-je marché sur les pieds ?

49

— Non, ma toute belle. Seulement sur le cœur. Et vous dansez divinement.

Répugnant. Elle sourit et continua de tournoyer entre ses bras.

— Merci, Manfred.

Enfin, l'épreuve arrivait à sa fin. Aux dernières notes de la danse, Kezia croisa le regard de Whit et s'éloigna de son cavalier qui la remercia.

— À moins qu'ils n'en jouent une autre… annonça-t-il l'œil empli d'un espoir quasi enfantin.

— Vous êtes un remarquable danseur, monsieur ! intervint Whitney avec un petit salut de la tête.

— Et vous un heureux homme, mon cher !

Les deux jeunes gens échangèrent un regard complice tandis que le baron s'éloignait, visiblement à regret.

— Encore vivante ?

— Et comment ! Je suis d'une paresse crasse, ce soir, je n'ai encore adressé la parole à personne !

Il lui restait du pain sur la planche et la nuit était avancée.

— Veux-tu que nous fassions le tour de tes soupirants ?

— Pourquoi pas ? Je n'en ai revu aucun depuis mon arrivée.

— Vos désirs sont des ordres, princesse. Entrons donc dans la fosse aux lions.

Ils étaient tous là, ainsi qu'elle s'en était déjà rendu compte à son arrivée. Après divers arrêts à plusieurs tables, quelques conversations vite interrompues, elle eut le plaisir de repérer deux de ses amies. Whitney les laissa toutes les trois pour aller fumer un cigare en compagnie d'un des ses principaux associés.

Tiffany Benjamin avait un peu trop bu, mais Marina Walters paraissait en pleine possession de ses moyens, qui étaient grands. Tiffany avait épousé William Patterson Benjamin IV, l'un des plus importants agents de change de Wall Street, et Marina venait de divorcer et s'en trouvait fort bien, en tout cas elle le proclamait. Kezia savait qu'il n'en était rien.

— Depuis quand es-tu rentrée d'Europe ? sourit Marina en admirant sa robe. Quelle splendeur ! Je parie qu'elle est de Saint-Laurent.

— En effet. Et la tienne de Mme Hawkeye.

Son amie acquiesça de la tête bien que Kezia sût qu'il s'agissait seulement d'une copie.

— C'est terrible ! reprit-elle. Je ne suis rentrée que depuis deux jours et j'ai déjà l'impression de n'être jamais partie !

— Moi aussi. Voici une semaine que je suis là, il fallait bien que je supervise la rentrée des classes des enfants. Tu sais ce que c'est : dentiste, chaussures, uniformes et trois goûters d'anniversaire. Les vacances sont bien loin. Je suis prête à repartir. D'autant que je ne me suis pas follement amusée cette année.

— Pas possible ?

— Cela manquait d'hommes.

Frisant les trente-six ans, elle songeait à faire résorber ce qu'elle appelait ses poches sous les yeux. L'année précédente, elle s'était déjà fait refaire la poitrine par « le plus merveilleux chirurgien de Zurich ». Kezia l'avait fidèlement rapporté dans ses potins, à la grande fureur de sa victime.

Tiffany avait passé l'été en Grèce et quelques jours chez des cousins éloignés, à Rome. Bill avait dû rentrer plus tôt : Bullock & Benjamin requéraient sa présence car le Dow Jones baissait. Il ne vivait que pour son travail et son cœur ne battait qu'au rythme des pulsions de la Bourse. C'était ce qu'écrivait Martin Hallam. Pourtant, Tiffany le comprenait, son père étant mort de la même maladie sur une montagne d'or amoncelé sans qu'il pût jamais en profiter, un pied sur les terrains de golf, l'autre à Wall Street. La vie de sa mère était moins tragique ; comme sa fille, elle buvait, mais pas autant.

Tiffany était fière de Bill, un homme important, plus encore que son père ou que son frère, avocat financier dans l'un des plus prestigieux cabinets de Wall Street. Tiffany tirait sa part de gloire du travail acharné de tous ses hommes. Mme William Patterson Benjamin IV. Elle acceptait de passer seule ses vacances. Elle emmenait ses enfants à Gstaad pour Noël, à Palm Beach en février, à Acapulco pour Pâques. En été, ils passaient un mois chez la mère de Bill, et puis ils partaient pour l'Europe : Monte-Carlo, Paris, Cannes, Saint-Tropez, Cap-d'Antibes, Marbella, Skorpios, Athènes, Rome. C'était divin. Tout était divin, selon Tiffany. Tellement divin qu'elle buvait comme un trou. De ceci, Kezia ne parlerait jamais dans sa chronique. Tout le monde était au courant et n'éprouvait que de la pitié pour elle. Ce n'était pas un potin divertissant à lire pendant le petit déjeuner mais un drame, un suicide par le champagne.

— Quels sont tes projets, Kezia ? enchaîna Marina en allumant une cigarette.

— Je ne sais pas. J'envisage de peut-être donner une soirée.

« J'y songerai une fois que j'aurai écrit mon article d'aujourd'hui... »

— Tu n'as pas peur ! Quand je pense à Meg qui a passé huit mois à préparer la sienne ! Et tes œuvres de charité ?

— Je suis invitée à organiser le bal des petits polios.

À ces mots, Tiffany parut émerger de son nuage :

— Des petits polios ? Quelle horreur !

Au moins n'avait-elle pas dit que c'était divin…

— Qu'y a-t-il d'horrible à cela ? C'est un bal comme les autres.

Marina était toujours prête pour la fiesta.

— As-tu donné ta réponse ?

— Pas encore, répondit Kezia le cœur serré. Je crois que je ferai plutôt un don, j'ai passé la moitié de ma vie dans ces comités de charité au milieu de vieilles dames soi-disant vertueuses et sûrement fortunées, je voudrais voir autre chose…

— Tu devrais te marier, c'est divin.

L'air ravi, Tiffany prit une coupe pleine auprès d'un serveur qui passait, la troisième depuis le début de leur conversation. L'orchestre entonna une valse.

— Et ça, marmonna Kezia en cherchant désespérément Whit des yeux, c'est la danse qui me porte malheur.

— Comment cela ? interrogea Marina.

— Voilà comment.

En effet, le baron semblait l'avoir repérée et s'approchait à grands pas. Il expliqua qu'il la cherchait depuis une demi-heure et avait demandé spécialement cette valse à l'orchestre.

— Veinarde ! soupira Marina en la regardant s'éloigner au bras du baron.

— Prête ?

— Oh oui !

Étouffant un bâillement, Kezia prit le bras que lui tendait Whit.

— Quelle magnifique réception ! Sais-tu quelle heure il est ?

— Presque quatre heures. Tu ne pourras jamais te réveiller, demain, pour le bureau.

Mais Whit avait l'habitude. Il sortait presque tous les soirs quand il n'allait pas à Sutton Place.

— Il faudra bien. Je ne peux pas me permettre de traîner au lit jusqu'à midi comme vous les femmes.

« Vous les femmes ? »

— Pauvre Whit, je vais bientôt pleurer !

Elle lui tapota la joue tandis qu'ils franchissaient la porte de l'hôtel pour se retrouver dans la rue, noire et silencieuse. Elle non plus ne pourrait s'offrir de grasse matinée. Avec son article, il lui faudrait se lever à neuf heures.

— Quels sont nos prochains rendez-vous, Kezia ? reprit-il en hélant un taxi.

— Je ne veux pas le savoir. J'ai perdu le rythme, avec ces vacances.

En fait, son été n'avait guère été différent du reste de l'année mais, seulement, il l'avait tenue éloignée des entreprises du baron.

— Demain, j'ai un dîner d'affaires, indiqua Whit en prenant place à l'arrière du taxi, mais je crois que vendredi nous avons quelque chose au *Morocco*.

— Je crains de ne pouvoir m'y rendre. Edward tient absolument à m'emmener passer le week-end chez des gens assommants qui connaissaient mon père.

Elle utilisait toujours ce genre d'argument incontournable quand elle voulait que Whit n'insiste pas.

— Alors lundi, proposa-t-il. Nous avons un dîner chez les Raffle.

Amusée, elle posa la tête sur son épaule. À Whit aussi, elle venait de mentir, et sans le plus petit remords. Car Edward la connaissait trop bien pour s'aviser de l'entraîner dans un week-end comme celui qu'elle venait de décrire... Elle comptait simplement se rendre à SoHo, et Whit ne mourrait pas de ce petit mensonge. C'était pour la bonne cause : son équilibre.

— Va pour les Raffle, lundi.

Elle aurait besoin de nouveaux potins pour sa chronique. Par la même occasion, elle téléphonerait à quelques amis afin de « bavarder », c'est-à-dire d'apprendre tout ce qui se disait de nouveau dans leur petit monde. Marina se montrait toujours une source précieuse de renseignements Kezia l'avait bien vue, à la *Maisonnette*, tourner autour du bel Halpern Medley que tous savaient sur le point de rompre avec sa femme, Lucille.

— Je te téléphonerai demain, ma chère, ou après-demain, lui rappela encore Whit. Nous pourrions déjeuner ensemble si cela te tente. Je trouverai un endroit amusant.

— Je n'en doute pas. Veux-tu monter prendre un cognac, ou du café, ou des œufs ? proposa Kezia.

Elle espérait bien qu'il refuserait mais se devait de le lui proposer. Des œufs à défaut d'amour.

— Je ne peux pas, ma chère. Déjà, je vais devoir me rendre au bureau au radar, demain. Il vaut mieux que je dorme le plus vite possible, et toi aussi !

Lui effleurant la bouche de ses lèvres, il esquissa un baiser d'adieu.

— Bonne nuit, Whit. J'ai passé une très bonne soirée.

Formule qui se répétait à peu près dans tous les feuilletons de télévision…

— Moi aussi, ma chère.

Il l'accompagna jusqu'à la porte de son immeuble, attendit que le portier lui ouvrît.

— Regarde les journaux, demain matin. Je suis sûr qu'ils parleront de nous. Même Martin Hallam aura son mot à dire sur cette robe.

Sur un clin d'œil, il tourna les talons. Elle avait beau être avertie, elle s'étonnait encore de ce que Whit ne demandât jamais à monter chez elle… En l'occurrence, elle se félicitait de s'y retrouver seule. Elle se déshabilla, laissa traîner sur le canapé sa robe qui pourrait bien y rester jusqu'à lundi, jusqu'à la saint-glinglin si cela n'avait tenu qu'à elle. Quelle vie stupide elle menait ! Une éternelle succession d'invitations et de fêtes… passer son temps à se changer tout en espionnant son entourage pour se donner l'illusion de faire quelque chose.

Elle fuma une dernière cigarette, éteignit la lumière. À peine avait-elle fermé l'œil que le réveil sonnait. Déjà huit heures du matin.

4

Kezia travailla trois heures à son article avant de se sentir satisfaite. Ce serait un bon papier de K. S. Miller. Ensuite, elle ouvrit son courrier ; une multitude d'invitations, comme chaque jour, les habituelles lettres de fans expédiées de son journal par l'intermédiaire de son agent, et un mot d'Edward au sujet d'ajustements dans ses impôts qu'il voulait vérifier avec elle. Rien de bien intéressant. Elle avait en tête un autre article, une protestation sur les enfants maltraités en milieu bourgeois, un reportage grave et largement documenté, si Simpson parvenait à le vendre à quelque magazine. Elle se demandait si les Marsh, avec leurs innombrables soirées, y songeaient jamais. Les enfants battus. Ou les bidonvilles. Ou la peine de mort en Californie. Ce n'étaient malheureusement pas des sujets à la mode. Sinon, ils trouveraient sans mal un comité pour les prendre en charge, pour organiser un « fabuleux » bal à leur profit, ou un « merveilleux petit vernissage », quelque chose d'« absolument super » qui permettrait à Marina de se mettre en valeur, et que Tiffany trouverait « divin ».

Que lui arrivait-il donc ? Pourquoi, soudain, se formalisait-elle de laisser son amie prétendre qu'elle ne portait que des originaux de grands couturiers, de savoir Tiffany soûle avant midi ? Comment se faisait-il qu'elle ne le supportait plus ? Mieux valait se changer les idées au plus vite.

À midi et demi, elle était chez Mark.

— Alors, ma puce, tu as des ennuis ?

— Pas du tout. Pourquoi ?

Elle le regardait achever une gouache qu'elle trouvait très jolie. Elle l'eût bien achetée si l'occasion s'en était présentée, d'autant qu'il avait besoin d'argent, mais c'était un mauvais service qu'elle ne commettrait jamais l'erreur de lui rendre.

— Tu as claqué la porte en entrant. Je t'ai donc crue de mauvaise humeur.

— Non, je suis juste un peu fatiguée. J'ai eu envie de toi, cette nuit. Parfois, j'aimerais que tu ne me laisses plus m'en aller.

— Parce que tu m'obéirais ?

Il paraissait surpris par ces déclarations et elle se mit à rire en se débarrassant de ses chaussures.

— Non.

— C'est bien ce que je pensais.

Tranquillement, il reprit sa peinture et Kezia commença de se sentir mieux. Elle aimait ce qu'il faisait, cette boîte de biscuits au chocolat qu'il massacrait sous tous les angles.

— Qu'as-tu fait, depuis hier ? lui demanda-t-il à brûle-pourpoint.

— Voyons… j'ai lu huit livres, traversé Central Park

à la course, organisé un bal et assisté à deux réunions politiques.

— Et il faut que je découvre ce qu'il y a de vrai là-dedans ?

S'approchant d'elle, il l'embrassa en souriant. Il ne se souciait guère de ce qu'elle pouvait faire quand elle se trouvait loin de lui, mais il joua le jeu, lui aussi :

— J'opte pour une réunion politique.

— On ne peut rien te cacher, Marcus !

— Non, murmura-t-il en déboutonnant son chemisier. Rien du tout. Et surtout pas ça.

Il se pencha pour embrasser sa poitrine dénudée. Une vision fugitive traversa l'esprit de Kezia : le gros baron en sueur qui l'invitait à danser.

— Sais-tu que tu es le plus bel homme du monde, Mark Wooly ?

— Serviteur.

Pieds nus, elle alla chercher la boîte de biscuits au chocolat qui lui servait de modèle.

— Laisse ça ! s'exclama-t-il.

— Dis donc ! Je veux tout savoir ! M'aimes-tu plus ou moins que ces petits gâteaux ?

— En voilà une question ! Rien ne passe avant le chocolat, dans ma vie !

Elle s'esclaffa :

— Eh bien, me voilà fixée !

Se précipitant dans la chambre, elle emporta la boîte sur le lit, ses cheveux dansant dans son dos nu comme deux ailes soyeuses de corbeau.

— Rends-moi mes biscuits ! Je vais être en manque !

— Viens les chercher, si tu es un homme !

Il la rejoignit, attrapa la boîte qu'il jeta sur une chaise avant de la serrer entre ses bras.

— Sur quoi suis-je tombée ? soupira-t-elle. Un drogué de chocolat, et lubrique par-dessus le marché !

Éclatant ensemble de rire, ils roulèrent sur le lit défait.

— Que désires-tu pour le dîner ? lui demanda-t-elle en bâillant et en se pelotonnant contre lui.

— Toi.

— C'était le déjeuner.

— Et alors ? Y a-t-il une loi qui m'interdise de consommer la même chose aux deux repas ?

— Sois sérieux, Mark ! Tu ne vas pas te nourrir uniquement de petits gâteaux.

— Alors un steak, du homard et du caviar, comme d'habitude, quoi !

Il ne croyait pas si bien dire en ce qui la concernait.

— Je n'en sais rien ! s'impatienta-t-il. Tiens, des pâtes. Crois-tu que tu nous trouveras du basilic frais ?

— Tu retardes de plusieurs mois. Ce n'est plus la saison. Je propose une sauce aux clams.

— Vendu.

— Alors à tout à l'heure.

Après lui avoir mordillé l'épaule, elle se leva, s'étira. Il la retint par la main :

— Laisse tomber ce dîner.

— Certainement pas. Tu as besoin de nourritures terrestres qui te tiennent au corps.

— C'est bien ce que je disais… Tu n'es pas drôle, Kezia, mais tu es belle.

— Toi aussi, tu es beau.

Sa longue silhouette d'éphèbe disparaissait sous le drap blanc mais elle en devinait les moindres lignes pour trop bien les connaître, et elle se dit que rien n'était plus beau qu'un jeune homme étendu nu dans un lit.

Elle sortit de la chambre pour reparaître, quelques minutes plus tard, son sac de toile à l'épaule, vêtue d'un chemisier noué au-dessus du nombril et d'un jean parfaitement coupé, ses cheveux relevés en une haute queue de cheval nouée par un ruban rouge.

— Je devrais te peindre comme ça.

— Tu devrais cesser de dire des sottises ou je finirai par avoir la grosse tête. Veux-tu quelque chose de spécial ?

Il sourit d'un air entendu et elle s'empressa de partir.

Les magasins italiens ne manquaient pas dans le quartier. Elle avait toujours aimé y faire des emplettes. Là, au moins, elle trouvait une alimentation naturelle, pâtes fraîches, légumes, fruits, sauce tomate maison, charcuteries et fromages fleurant bon le porc et le lait. De grosses miches de pain blanc attendaient le beurre qui allait les tartiner. Des bouteilles de chianti pendaient en cascades au plafond. Kezia s'en lécha les babines : un repas de princes les attendait.

Elle choisit du salami, de la mozzarella, du pain, des oignons, des tomates. Fiorella, la patronne qu'elle commençait à bien connaître, approuvait son bon goût ; cette cliente savait quels *prosciutti* sélectionner, comment un *Bel Paese* devait être fait. Sans doute avait-elle un mari italien, mais jamais Fiorella ne lui posa la question.

Kezia paya et s'en alla, son sac bien rempli, s'arrêta dans la boutique suivante pour y acheter des œufs et des biscuits au chocolat. En rentrant, elle flâna par les rues animées sous un ciel de crépuscule, humant les odeurs de café torréfié qui montaient des bistrots. Ce mois de septembre était beau, encore tiède. Des pigeons trottinaient au bord du caniveau et des gamins faisaient le tour du pâté de maisons à bicyclette.

— Qu'as-tu acheté ?

Mark l'accueillit, allongé par terre, en train de fumer un joint.

— Ce que tu as commandé, lui annonça-t-elle. Du homard et du caviar, comme d'habitude. Mais Fiorella trouve que nous ne mangeons pas assez de salami, alors elle en a ajouté quelques centaines de tranches.

— Il va falloir que je l'embrasse pour cette bonne idée !

Avant, il ne se nourrissait que de haricots et de biscuits. Fiorella faisait partie du petit miracle que Kezia avait apporté en entrant dans sa vie.

— Tu sais, murmura-t-elle attendrie, parfois je me prends à croire que je t'aime.

— Moi aussi, cela m'arrive.

Leurs regards se croisèrent, emplis de complicité autant que de liberté.

— Et si nous allions nous promener, Kezia ?

— *La passeggiata*.

Il sourit. C'était ainsi qu'elle appelait leurs petites escapades dans la rue.

— Il y a longtemps que je ne t'avais pas entendu le dire.

— J'aime tellement marcher, par ici ! Dans les autres quartiers, les gens courent, se pressent. Ici, on sait vivre, prendre son temps, comme en Italie. On se promène à la fin de la journée, pour voir tomber le soir, et à midi, le dimanche. Il ne manque plus que de voir les femmes en noir et les hommes affublés de leurs drôles de petits chapeaux et de leurs cols empesés.

— Alors descendons. Nous dînerons après, dit-il.

Elle savait bien ce que signifiait cet « après ». Onze heures, peut-être minuit. Ils allaient rencontrer de multiples connaissances, s'arrêter pour bavarder, prendre un verre à une terrasse. Et puis ils auraient tous faim et Kezia se retrouverait avec neuf bouches à nourrir. La nuit s'achèverait à la lumière des bougies, avec des chants, des guitares.

Jusqu'au jour où l'un d'entre eux deviendrait célèbre et se mettrait à manger du caviar à la place des petits gâteaux.

Mais Park Avenue était loin de SoHo, dans un autre monde. Ici, l'air embaumait l'été finissant et la nuit s'emplissait de sourires.

Le lendemain matin, il fallut bien pourtant qu'elle le quitte et elle prétexta des courses à faire en ville. Elle l'embrassa dans la nuque, jeta un bref regard autour de la pièce. Elle détestait « aller en ville ». Comme si elle craignait de ne plus trouver son chemin pour revenir. Comme si quelqu'un, dans son entourage, soupçonnant ce qu'elle venait faire ici, pouvait lui interdire d'y remettre les pieds. Cette idée la terrifiait. Elle avait un besoin vital de ces escapades, de SoHo, de Mark, de tout ce qu'ils représentaient pour elle. Aussi pourquoi se mettre martel en tête ? Qui pourrait l'en empêcher ? Edward ? Le fantôme de son père ? Ridicule. Elle avait vingt-neuf ans. Pourtant, quitter SoHo lui donnait toujours l'impression de traverser une frontière pour passer en territoire ennemi. Par bonheur, l'attitude désinvolte de Mark lui permettait de ne pas prendre au sérieux de telles appréhensions. Se moquant d'elle-même, elle descendit l'escalier d'un pas plus léger.

Le soleil du matin brillait dans l'air clair et le métro la déposa à quelques rues de son appartement, dans un autre monde. Ici tout s'agitait, tout semblait plus lourd, plus sombre, plus sale.

Le portier lui ouvrit la porte en touchant sa casquette. Des fleurs l'attendaient, qu'il lui avait gardées au frais. C'était le bouquet habituel de Whit.

Kezia consulta sa montre puis effectua un rapide calcul : elle avait à passer quelques coups de téléphone, histoire de se tenir au courant des derniers potins, pour le compte de Martin Hallam. Ensuite, elle prendrait un bain, ferait une apparition à l'un de ses comités de charité, le premier de la rentrée, du bon pain pour sa chronique mondaine. Elle pourrait retourner à SoHo vers cinq heures, passer chez Fiorella prendre quelques provisions et ressortir pour une promenade avec Mark. Parfait.

Son répondeur avait enregistré plusieurs messages. Un appel d'Edward, deux de Marina et un de Whit qui voulait confirmer leur déjeuner au « *21* » le lendemain. Elle le rappela aussitôt pour lui donner son accord et le remercier pour ses roses, l'écouta patiemment déclarer combien il guettait avec impatience leur prochaine rencontre. Cinq minutes plus tard, elle était dans la baignoire, ne pensant plus à Whit, ni à ses fleurs, ni à son déjeuner.

La réunion du comité avait lieu chez Elizabeth Morgan, jeune femme du même âge que Kezia mais qui paraissait dix ans de plus, troisième épouse d'un mari qui aurait pu être son père, les deux premières étant opportunément mortes en lui laissant chacune une appréciable fortune. Elizabeth faisait redécorer la maison ; il lui avait fallu « une éternité pour trouver des meubles à peu près potables ».

Kezia arriva avec une dizaine de minutes de retard. Le salon était déjà rempli de dames fort agitées auxquelles deux domestiques en stricte tenue noire et tablier blanc servaient thé et petits fours. Au fond, le majordome prenait discrètement commande des boissons alcoolisées.

Entre une cheminée de marbre Louis XV (« authentique, ma chère, comme tout ce qui se trouve ici »), deux grands lustres de Venise, cadeaux de mariage de la mère d'Elizabeth, les tables en merisier, le bureau en marqueterie, la bibliothèque anglaise, les fauteuils victoriens, on se serait cru dans le hall d'exposition d'une vente aux enchères.

Les « filles » avaient eu droit à une demi-heure de détente avant de passer aux choses sérieuses.

Bientôt, leur présidente prit la parole :

— Mesdames, bonjour ! L'été vous a donné à toutes une mine superbe.

Elle portait un tailleur bleu marine qui enserrait son ample poitrine et s'évasait sur ses hanches généreuses, une broche ornée d'un énorme saphir sur le revers, ses rangs de perles à leur place sur la cravate du chemisier blanc, un chapeau assorti à sa tenue, et quatre ou cinq bagues qui devaient orner ses mains depuis sa naissance.

— Et maintenant, parlons de notre merveilleuse, merveilleuse fête ! Elle aura lieu au *Plaza*, cette année.

La surprise ! Au *Plaza* et non au *Pierre*. Quelle extraordinaire innovation !

Un murmure passa dans l'assistance tandis que le majordome continuait sa silencieuse distribution. Au premier rang, Tiffany ne cessait de lui faire des signes tout en souriant aimablement à ses amies. Kezia parcourait du regard cette pittoresque assemblée. Elles étaient toutes là, toujours les mêmes, si ce n'étaient quelques nouveaux visages qui lui paraissaient pourtant aussi familiers que les autres ; elle avait dû les croiser dans l'un ou l'autre de leurs dix mille comités.

Il fut décidé que l'on se rencontrerait deux fois par semaine au cours des sept longs mois à venir. De telles réunions devenaient, pour la plupart de ces femmes, leur seule raison de vivre et une nouvelle occasion de boire – au moins quatre cocktails par séance quand elles parvenaient à attirer l'attention du serveur. Le pichet de limonade n'apparaissait sur le buffet que pour la forme.

Comme chaque fois, Kezia joua son rôle de plus jeune déléguée. Cela pouvait s'avérer utile pour sa chronique. Elle serait chargée des débutantes au bal, et chacune de ses invitations enchanterait les mères de ces demoiselles :

— Te rends-tu compte, Peggy ? Le bal des paraplégiques ! Quelle chance tu as !

Quelle chance… quelle chance… quelle chance…

La réunion prit fin à cinq heures, laissant la moitié des femmes dans une douce grisaille, mais encore capables de rentrer chez elles, et Tiffany dirait à Bill que c'était divin. S'il revenait dîner. Les racontars qu'entendait Kezia sur elle devenaient de moins en moins drôles à entendre.

Cinq heures et demie. Elle n'avait aucune envie de perdre une heure à retourner se changer. Mark n'en mourrait pas de la voir en tailleur Chanel, sans doute ne le remarquerait-il même pas.

— Pas possible, mais voilà Cendrillon de retour du bal ! Et ma chemise ? s'écria-t-il lorsqu'elle arriva.

— Je ne croyais pas que tu t'en apercevrais. Je suis désolée, elle est restée chez moi.

— Ce n'est pas grave. Est-ce ainsi que tu t'habilles à tes réunions politiques ?

Adossé au mur, il examinait son travail de la journée, mais le sourire plaqué sur ses lèvres disait assez combien il était heureux de la voir.

— Bien, je vais me débarrasser de cet accoutrement et descendre chercher de quoi dîner.

— Attends, nous avons mieux à faire avant…

— Crois-tu ?

Déjà sa veste volait à travers la pièce, de lourdes mèches retombaient sur ses épaules dans un crépitement d'épingles à cheveux heurtant le plancher.

— Je t'attends depuis des heures, murmura-t-il.

— Je croyais que tu n'avais même pas remarqué mon départ. Tu paraissais tellement absorbé par ton tableau, ce matin.

— Plus maintenant.

Il la souleva dans ses bras.

— Tu me plais aussi tout habillée. Tu ressembles encore plus à cette fille que j'ai vue dans le journal, mais tu es plus jolie, et plus sympathique. Elle, elle avait l'air d'une garce.

Kezia posa la tête sur son épaule en riant.

— Je n'en suis donc pas une ?

— Non, ma Cendrillon.

— Tu te fais des illusions.

— Je passerai ma vie à m'en faire sur toi.

— Mon adorable innocent…

Elle l'embrassa doucement sur la bouche tandis que le reste de ses vêtements allait rejoindre sa veste au sol. Il faisait nuit quand tous deux se relevèrent.

— Quelle heure est-il ?

— À peu près dix heures.

Elle s'étira en bâillant. L'atelier était plongé dans l'obscurité. Mark alluma.

— Si nous sortions dîner dehors ? proposa-t-il.

— Je n'y tiens pas.

— Moi non plus, d'ailleurs. Mais j'ai faim et tu n'as rien apporté, je crois ?

— Figure-toi que j'avais encore plus hâte de te voir toi, que Fiorella.

— Comme tu voudras, mais si nous restons ici, nous n'aurons à manger que des biscuits et du beurre de cacahuète.

Elle poussa un cri d'effroi et se précipita dans la salle de bains où il la suivit ; ils prirent leur douche ensemble en s'arrosant mutuellement et en se séchant dans la même serviette mauve.

En s'habillant, elle songeait que SoHo était arrivé trop tard dans sa vie. Peut-être à vingt ans eût-elle pu y croire, se prendre au jeu. Maintenant cela lui semblait amusant, étrange, joli… L'univers de Mark, mais pas le sien. Elle appartenait à un autre monde, qu'elle n'avait pas choisi mais où était sa place.

— Tu as choisi, Kezia ?

Elle réfléchit un instant, puis :

— Peut-être que oui, peut-être que non, je ne sais pas.

— Tu ferais bien de te décider.

— Oui, avant demain midi.

Elle allait oublier son rendez-vous avec Whit.

— Pourquoi ? demanda-t-il étonné en sortant des biscuits et du vin. Tu as donc quelque chose d'important, demain ?

— Non, rien d'extraordinaire.

— Pourtant, c'est l'impression que tu m'as donnée.

— En fait, je venais de me rendre compte qu'à mon âge rien n'était important.

« Pas même toi, ni ton amour, ni ton joli corps d'éphèbe, ni ma satanée vie… »

— Tu veux bien m'expliquer ?

— Certainement. Mais moi, il y a des années que je n'y comprends rien, lui répondit-elle.

Elle se mit à rire dans la claire nuit d'automne. Il s'étonna :

— Qu'y a-t-il de si drôle ?

— Tout. Absolument tout.

— Tu as trop bu.

Pour un peu, elle eût aimé que ce fût vrai.

— J'ai juste la tête qui tourne un peu… c'est ton genre de vie qui me donne le vertige.

— Qu'est-ce qu'il a, mon genre de vie ? Il est donc si différent du tien ?

Aïe ! Ce n'était pas le moment… Elle trouva cependant une réponse :

— Je fais de la politique et pas toi.

Brusquement, il la prit dans ses bras, la regarda droit dans les yeux.

— Kezia, tu ne peux pas t'exprimer franchement, pour une fois ? Parfois, tu me donnes l'impression de ne même pas savoir qui tu es.

Troublée, elle détourna la tête avec un sourire évasif. Il continua :

— Maintenant, écoute-moi, Cendrillon, ou qui que tu sois, tu vas me faire le plaisir d'arrêter le vin pour ce soir.

Ils éclatèrent de rire ensemble et elle le suivit dans la chambre en essuyant deux larmes furtives de ses joues. Il était bien gentil, mais il ne la connaissait pas. Comment l'aurait-il pu ? Elle faisait tout pour l'en empêcher. Il ne le supporterait pas.

5

— Mademoiselle Saint Martin ! Quel honneur de vous voir dans nos murs !

— Merci, Frank. M. Hayworth est-il arrivé ? s'enquit Kezia qui voulait retrouver Whit au plus vite.

— Pas encore, mais votre table vous attend. Voulez-vous que je vous y conduise ?

— Non, merci. J'attendrai près de la cheminée.

Le club « *21* » était bondé de clients affamés, hommes d'affaires, mannequins de haut vol, acteurs connus, producteurs, un Bottin mondain à lui seul. Loin de cette cohue, Kezia trouvait le coin du feu bien paisible ; elle n'avait aucune envie de se mêler à tous ces gens.

Elle s'était rendue à ce déjeuner comme à une corvée ; ces temps-ci, chacune de ses occupations lui pesait tour à tour. Peut-être se faisait-elle trop vieille pour mener une double vie. Elle se mit à penser à Edward. Non, elle ne risquait pas de le rencontrer ici, il n'aimait que la cuisine française.

— Crois-tu que les enfants seraient contents si nous les emmenions à Palm Beach ? Je ne veux pas qu'ils aient l'impression que je les entraîne loin de leur père.

Surprenant ces bribes de conversation, Kezia tourna la tête. Tiens, tiens, Marina Walters et Halpern Medley. Tout semblait aller pour le mieux entre eux. Cela ferait une très bonne tête de rubrique pour sa chronique du lendemain. Ils ne l'avaient pas vue, discrètement installée dans un large fauteuil de cuir. De l'avantage d'être petite. Et sage.

Alors, elle aperçut Whit, élégant, bronzé et juvénile dans son costume gris anthracite et sa chemise bleu roi. Elle lui fit signe pour qu'il vînt la rejoindre.

— Vous êtes affreux, aujourd'hui, monsieur !

Elle lui tendit un poignet sur lequel il déposa un baiser ; alors il se pencha vers elle pour lui murmurer à l'oreille :

— Je me sens beaucoup mieux qu'après avoir bu un magnum de champagne, l'autre soir. Et toi, comment t'en es-tu sortie ?

— Très bien, merci, j'ai dormi toute la journée, mentit-elle.

— C'est de la provocation !

— Ah ! Monsieur Hayworth ! Mademoiselle Saint Martin...

Le maître d'hôtel les conduisit à la table habituelle de Whitney et Kezia prit place en examinant soigneusement la salle alentour. Toujours les mêmes visages. Même ces mannequins, elle les connaissait tous par cœur. Michael Douglas bavardait avec des amis et Joan Collins faisait son apparition.

— Qu'as-tu fait, hier soir, Kezia ?

— J'ai joué au bridge, répondit-elle avec un sourire impassible.

— À te voir, on dirait que tu as gagné.

— Parfaitement. Je ne cesse plus de gagner depuis que je suis rentrée de vacances.

— Tant mieux. Moi je perds régulièrement au backgammon depuis quatre semaines. La chance me fait faux bond.

Il n'en paraissait pas autrement tourmenté et fit signe au serveur pour commander deux Bloody Mary et deux steaks tartares, comme d'habitude.

— Ma chère, veux-tu du vin ?

Elle fit non de la tête, l'apéritif suffirait.

Le repas fut vite avalé car Whit devait être de retour au bureau à deux heures. Avec la rentrée, le travail reprenait tous ses droits : nouveaux testaments, nouvelles associations, nouveaux enfants, nouveaux divorces, nouvelle saison.

— Comptes-tu passer le week-end en ville, Kezia ?

Il paraissait distrait en hélant un taxi.

— Non. Je t'ai dit qu'Edward m'emmenait chez ces gens...

— Ah oui ! Bon. Alors je n'ai plus de remords à accepter l'invitation d'un de mes associés dans la baie de Quogue. Mais je te téléphone lundi. Ça ira ?

La question amusa la jeune femme.

— Parfaitement, rassure-toi.

Elle s'installa gracieusement dans le taxi et lui sourit.

« L'un de tes associés, vraiment, mon cher ? »

— Merci pour le déjeuner.

— À lundi.

Le véhicule démarra sur un dernier signe de Whit. Elle poussa un petit soupir de satisfaction. *Finito*.

Maintenant, elle était tranquille jusqu'à lundi. Grâce à tant de mensonges qu'elle en avait le tournis.

Le week-end commençait bien : soleil brillant, brise légère, air très pur. Avec Mark, elle passa le samedi et le dimanche matin à peindre la chambre en bleu.

— Du bleu de tes yeux, dit-il.

Ce n'était pas un travail facile et ils furent heureux de l'avoir terminé.

— Que dirais-tu d'un pique-nique pour nous récompenser ?

Tandis qu'il téléphonait à tous ses amis pour emprunter une voiture, elle descendait acheter des provisions chez Fiorella.

Finalement, ils trouvèrent une camionnette chez un ami de George.

— Où allons-nous ? demanda-t-elle en prenant place près de Mark.

— Sur mon île au trésor, Cendrillon.

C'était une île sans nom sur l'East River. Ils abandonnèrent vite la route pour un petit chemin cahoteux qui semblait n'aboutir nulle part, traversèrent un petit pont et soudain… miracle ! Une maison abandonnée et un château en ruines.

— Le palais de la Belle au Bois Dormant.

— Oui, et il est à moi, à toi aussi, maintenant, ma princesse. Personne ne vient jamais ici.

Allongés sur l'herbe d'une prairie en pente, à boire du chianti, ils devinaient encore, dans le lointain, la masse sombre et crénelée des gratte-ciel de Manhattan. D'innombrables bateaux passaient sur le fleuve, auxquels ils adressaient de grands signes en riant à gorge déployée.

— Quelle belle journée !

Sans répondre, il posa la tête sur ses genoux.

— Encore un verre, monsieur ?

— Non, juste une tranche de ciel.

— Tout de suite.

Les petits nuages blancs de l'horizon s'amoncelè-rent peu à peu, devenant plus noirs au fur et à mesure qu'ils grandissaient. Il était quatre heures quand apparut le premier éclair.

— Tu finiras par l'avoir, ta tranche de ciel, lança Kezia. D'ici à cinq minutes. Tu vois ? Je fais tout ce que je peux pour t'être agréable.

— Tu es géniale, ma puce !

Il se leva d'un bond pour l'aider à rassembler leurs affaires. Cinq minutes plus tard, il pleuvait à torrents et le tonnerre rugissait dans la bourrasque. Le temps d'arriver à la voiture, ils étaient trempés.

En rentrant, ils se douchèrent, heureux de se réchauffer sous l'eau chaude. Ils coururent se réfugier dans le lit de la chambre bleue et s'endormirent dans les bras l'un de l'autre.

Elle s'en alla le lendemain matin à six heures. Il dormait encore comme un enfant, ses cheveux bouclés cachant ses yeux.

« Au revoir, mon tendre amour. Repose-toi bien. »

Elle lui déposa un baiser léger sur le front. Il ne s'éveillerait pas avant midi et elle serait alors bien loin de lui, dans un autre monde, à se battre contre des moulins à vent.

6

— Bonjour, mademoiselle. Je vais avertir M. Simpson de votre présence.

— Merci, Pat. Comment se passe cette rentrée ?

— Mal. À croire que tout le monde s'est donné le mot pour se lancer dans un nouveau livre, nous envoyer des manuscrits, ou se plaindre d'un chèque perdu.

Kezia sourit en songeant à sa propre idée de livre.

La secrétaire jeta un coup d'œil sur son bureau puis disparut derrière une lourde porte de chêne. L'agence littéraire Simpson, Welles & Jones ne différait pas beaucoup du cabinet d'avocats d'Edward, ou du bureau de Whit, ou de la société de courtage qui gérait son compte, avec son atmosphère de sérieux. Innombrables rayonnages, murs lambrissés, poignées de portes en cuivre, épaisse moquette bordeaux. Sobriété, autorité, prestige. Elle avait confié ses intérêts à une entreprise solide ; c'est pourquoi Kezia savait son secret en sécurité avec Jack Simpson.

Celui-ci l'accueillit en venant la chercher lui-même. C'était un homme de l'âge d'Edward, mais plus chauve, avec un large sourire paternel. Ils se serrèrent la main et elle s'installa dans un fauteuil de cuir face à son bureau derrière lequel il prit place. Pat leur apporta du thé ; cette fois il était à la menthe ; le matin, elle leur offrait du Ceylan à l'anglaise et, l'après-midi, de l'Earl Grey. La jeune femme se sentait toujours parfaitement à l'aise dans cette pièce chaude et intime.

— J'ai une nouvelle commande pour vous, ma chère.

— Magnifique, laquelle ?

— Nous allons en parler.

Kezia crut lire une lueur différente dans son regard.

— J'espère qu'il ne s'agit pas de pornographie ! lança-t-elle gaiement.

Il alluma un cigare en riant. Un Dunhill. Elle lui en envoyait une boîte tous les mois.

— Non, il s'agit d'une interview.

Il l'observait du coin de l'œil ; elle n'avait pas souvent l'air décontenancé.

— Tiens, ce sera ma première, commenta-t-elle. Et quoi d'autre ?

— Rien pour le moment, mais j'aimerais discuter un peu avec vous de cette interview. Avez-vous entendu parler de Luke Johns ?

— Je ne crois pas. Ce nom me dit quelque chose mais je ne vois pas exactement quoi.

— C'est un homme remarquable, d'environ trente-cinq ans. Il a fait six ans de prison en Californie pour vol à main armée, très exactement à San Quentin ; vous savez certainement les horreurs qui se sont passées là-bas. Il les a toutes vécues et s'en est sorti. Il faisait partie des organisateurs de syndicats de prisonniers et il s'en occupe toujours. Il prétend ne vivre que pour voir abolir les prisons et, en attendant,

77

améliorer le sort des détenus. Il a été jusqu'à refuser une première libération conditionnelle parce qu'il n'avait pas fini ce qu'il avait entrepris. La deuxième fois, ils l'ont quasiment mis dehors. Alors il a continué sa croisade à l'extérieur. Il a fortement impressionné le public quand il s'est mis à raconter ce qui se passait exactement dans les prisons. Il a écrit un livre à ce sujet, une œuvre puissante, sortie il y a environ un an, ce qui lui a permis de faire parler de lui, de passer à la télévision. Pourtant, il est toujours en liberté conditionnelle. J'imagine les risques qu'il prend en critiquant à ce point le système carcéral.

— Il n'a pas froid aux yeux.

— D'autant que, selon les lois californiennes, certaines condamnations sont à durée indéterminée ; en ce qui le concerne, cela peut aller de cinq ans à la perpétuité. Il en a fait six mais rien ne dit qu'il n'y serait pas resté vingt ou trente ans si le pénitencier n'avait voulu se débarrasser d'un tel agitateur.

Kezia hochait la tête, intriguée. Cette fois, Simpson était parvenu à la surprendre.

— A-t-il tué quelqu'un au cours de ce hold-up ?

— Non, j'en jurerais. Ce serait plutôt un fauteur de troubles. D'après son livre, il a eu une enfance agitée, a passé la moitié de sa scolarité en maison de redressement puis en prison, ce qui ne l'a pas empêché de poursuivre ses études et d'obtenir un doctorat en psychologie.

— Évidemment, ce n'est pas un pantouflard. A-t-il commis d'autres délits depuis sa sortie de prison ?

— Pas que je sache. De ce côté, il paraît rangé. Mais il fait tellement de remue-ménage avec ce qu'il appelle le « droit des prisonniers » qu'il peut s'attirer de sérieux ennuis. Cette interview est motivée par la sortie imminente de son deuxième livre, où il mâche encore moins ses mots. Il aura droit à une véritable levée de boucliers. C'est le moment ou jamais de l'interroger, Kezia. Vous en parlerez très bien ; vos deux articles de l'année dernière sur les révoltes dans le Mississippi en témoignent. Ce terrain ne vous est pas complètement étranger.

— Peut-être, mais cette fois il ne s'agit plus d'un simple reportage. Vous savez que je n'ai jamais fait d'interview. Et puis il ne parle pas du Mississippi mais de la Californie ; je ne sais rien de plus sur les lois de cet Etat que ce que j'en ai lu dans les journaux, comme tout le monde.

— Le principe demeure le même. D'autre part, ne vous méprenez pas : pour vous, il s'agit de parler de Luke Johns, pas du système carcéral californien. À ce sujet, vous pouvez commencer par lire son livre, si vous en avez le cœur.

— Et l'homme, à quoi ressemble-t-il ?

— Comment vous dire ? Bizarre… intéressant… à la fois très ouvert et complètement fermé. Je l'ai vu à un meeting, mais je ne lui ai jamais parlé. On dirait qu'il est prêt à discuter des heures sur les prisons sans jamais dire un mot de lui-même. Ce n'est pas une mission facile que je vous confie là. Cet homme paraît n'avoir peur de rien, parce qu'il n'a rien à perdre.

— Tout le monde a toujours quelque chose à perdre, Jack.

— Vous, sans doute, mais d'autres non. Certaines personnes ont déjà perdu tout ce à quoi elles tenaient. Il avait une femme et un enfant avant d'aller en prison. Sa fille est morte écrasée par un chauffard et sa femme s'est suicidée deux ans avant sa libération. D'autres seraient sortis totalement brisés d'une telle épreuve, lui en a gagné un sens étrange de la liberté. Plus rien ne peut lui arriver. Vous entendrez dire bien des choses à son sujet. On le prend parfois pour une sorte de dieu, on vous le décrira à la fois comme un être généreux, bon, désintéressé, et comme quelqu'un de brutal, d'impitoyable, de glacé. Chacun de ceux qui l'ont côtoyé le décrit de façon différente. Vous pourrez en parler comme d'une légende à la Robin des Bois, avec son aura et son mystère.

— En tout cas, vous venez de me faire la moitié de mon article !

— C'est un personnage qui m'intéresse. J'ai lu son livre, je l'ai vu parler et j'ai fait quelques recherches avant de vous confier ce travail. Je crois que vous vous en tirerez fort bien… et que vous y apprendrez bien des choses. Ce sera un article qui ne passera pas inaperçu.

— C'est la raison pour laquelle je ne puis accepter, objecta-t-elle fermement.

— Par exemple ! Ne me dites pas que la réussite vous fait peur !

— Non, mais je tiens à la discrétion, l'anonymat, la tranquillité, vous le savez.

— Écoutez, je vous offre la chance d'écrire un papier qui non seulement vous passionnera mais pourrait peser d'un grand poids dans votre carrière. Vous n'allez pas laisser passer une telle occasion. Ce serait de la pure folie, croyez-moi !

— Franchement, me voyez-vous interroger un tel homme sans le mettre hors de lui ? Il ne manquerait pas de réaliser immédiatement qui je suis.

— Allons donc ! Il ne perd pas son temps à lire les rubriques mondaines. Je parie qu'il ne connaît même pas votre nom. Il vit actuellement dans le Middle West, il n'a certainement jamais mis les pieds en Europe ni même à New York.

— Comment pouvez-vous l'affirmer ?

— J'en mettrais ma main au feu. C'est un révolté, Kezia, un homme intelligent et austère, qui s'est fait seul, qui se consacre entièrement à son combat, pas un play-boy ! Voyons, réfléchissez ! C'est votre carrière que vous jouez, en ce moment. Il donne une conférence, la semaine prochaine, à Chicago. Vous pourriez facilement y assister. Prenez rendez-vous pour une interview le lendemain, et le tour sera joué. Personne ne vous connaîtra dans la salle, soyez tranquille. K. S. Miller devrait très bien pouvoir signer cet article. Lui n'en demandera pas davantage. Il sera beaucoup plus intéressé par la publicité que vous allez lui faire que par votre vie privée. Il ne pense pas à ces choses-là.

— Est-il homosexuel ?

— Je n'en sais rien. Allez savoir ce que devient un homme après six ans de prison ! En l'occurrence, ceci ne vous concerne pas. L'important est le combat qu'il livre, et comment, et pourquoi. Si j'avais cru une seule seconde vous nuire en vous proposant ce travail, je ne vous en aurais pas parlé. Vous devriez le savoir ! Je puis vous assurer qu'il ne se doutera pas un instant de ce que vous êtes en réalité et, pour tout dire, que ce sera le dernier de ses soucis.

— Mais cela, vous ne faites que le supposer. Et si je tombe sur un aventurier, un escroc qui découvrira qui je suis et verra immédiatement quels avantages en tirer ? Jusqu'ici, j'ai pris d'énormes précautions pour sauvegarder ma vie privée. Je ne vais pas me lancer dans un tel risque.

— Écoutez, dit Simpson impatienté. J'ai ici un exemplaire de son prochain livre, prenez-le, lisez-le, et promettez-moi d'y réfléchir.

Elle promit sans conviction. Personne ne saurait la convaincre de mettre en jeu la vie secrète qu'elle avait eu tant de mal à se construire, ni Mark Wooly, ni Jack Simpson, ni à plus forte raison un malfaiteur à la mode. Qu'il aille au diable, celui-là, avec ses causes perdues !

— Il va falloir vous décider, Kezia. Qui voulez-vous être vraiment ? K. S. Miller, auteur d'articles qui peuvent mener à une carrière sérieuse, ou Martin Hallam qui dénonce les petits secrets de vos amis avec ses pauvres potins, ou encore l'honorable Kezia Saint Martin qui hante les bals des débutantes et la *Tour d'Argent* ? Même vous, vous ne pouvez pas tout avoir.

Ses arguments commençaient à la mettre sérieusement mal à l'aise.

— Vous savez très bien que je considère Martin Hallam comme une sorte de canular, que seule compte pour moi la carrière de journaliste et d'écrivain qui m'attend sous le nom de K. S. Miller.

— Vous n'allez pas vivre éternellement sous un pseudonyme. Finalement, je pense que le livre de Luke Johns vous fera le plus grand bien. Dans votre genre, ce sont trente années de prison que vous venez de faire. Est-ce donc ainsi que vous désirez continuer à vivre ?

Il consulta sa montre et secoua la tête avec un petit sourire.

— Et maintenant, excusez-moi. Je vous fais la morale depuis près d'une heure. Mais voilà longtemps que je désirais vous parler ainsi. Faites ce que vous voulez pour cette interview, tout ce que je vous demande est d'y réfléchir un peu avant de me donner votre réponse définitive.

— Si vous y tenez…

Elle se sentait soudain épuisée, comme si elle venait de voir toute sa vie défiler devant ses yeux, une vie somme toute terriblement dépourvue d'intérêt. Simpson avait raison. Elle avait beaucoup plus à décider que d'accepter ou non une simple interview.

— Je lirai ce livre ce soir.

— C'est cela, et téléphonez-moi demain matin. Et pardonnez-moi encore pour la petite séance de prêchi-prêcha !

Elle sourit.

— Seulement si vous me laissez vous remercier. Je ne suis pas enchantée de ce que je viens d'entendre, mais je crois que j'en avais besoin.

La couverture du livre ne lui donna pas beaucoup d'indications sur son contenu. Pas de photo de Luke Johns au dos, juste une courte biographie qui en disait moins long que ce que son agent venait de lui raconter. Néanmoins, d'après ce qu'elle avait entendu, elle imaginait aisément l'homme : trapu, fort, carré comme un bûcheron, puissant et sans doute sympathique autant que direct. Ne pas s'étonner du langage qu'il devait employer. Jamais elle ne parviendrait à entretenir la moindre conversation avec ce genre de personnage. Il lui faisait peur d'avance.

Pour se rassurer, elle commit la plus grosse erreur de sa vie : elle alla déjeuner avec Edward.

— Tu ne dois pas faire cela ! s'écria-t-il.

— Pourquoi ?

C'était comme si elle laissait le piège s'ouvrir sous ses pieds. Elle savait très bien ce qu'il allait dire mais elle ne pouvait résister au plaisir de l'offusquer.

— Parce que si tu commences, tu continueras, et un jour tu te feras prendre. Il ne faut pas mettre le doigt dans l'engrenage, Kezia.

— Ainsi, d'après vous, je devrais passer ma vie à me cacher ?

— Tu appelles cela te cacher ? – D'un geste éloquent, il désigna l'élégante salle de *La Caravelle*. – Tu as tout ce que tu peux souhaiter, tes amis, ton confort, et tu peux écrire tant que tu veux. Que te faut-il de plus, à part un mari ?

— Je ne suis pas en train de dresser ma liste au père Noël mais, franchement, il me faut plus qu'un mari !

— Ne coupe pas les cheveux en quatre. À trop jouer avec le feu, tu finiras par gâcher la tranquillité de ta vie privée.

— Cela devient une question de vie ou de mort... psychologique.

— Ne dis pas de sottises ! Qu'est-ce que ce Simpson t'a raconté ? C'est son intérêt qu'il cherche, pas le tien.

Ainsi Edward avait peur, plus qu'elle encore. Mais de quoi ? Et pourquoi ?

— Un de ces jours, il me faudra bien choisir, murmura-t-elle.

— À propos d'une interview ? Et avec ce gibier de potence, par-dessus le marché ?

Il n'avait pas peur, il était terrorisé. Kezia eut presque pitié de lui. Elle était en train de lui échapper à tout jamais.

— Il ne s'agit pas vraiment de cet article, Edward.

— Mais de quoi, alors ? Et de quoi veux-tu parler, avec ces histoires de « mort psychologique » ? Tout cela ne tient pas debout. Qui t'a mis cela dans la tête ?

— Personne.

— Allons donc ! Je sais bien qu'il y a un homme dans ta vie, quelqu'un d'autre que Whit !

Tiens, il se doutait de quelque chose… Kezia fut contente de pouvoir en parler franchement.

— C'est vrai, admit-elle.

— Est-il marié ?

Il paraissait plus le constater que le demander.

— Non.

— Ah ? J'aurais juré qu'il l'était.

— Pourquoi ?

— Parce que tu es si… discrète à son sujet.

— Pas du tout, il est libre, il a vingt-trois ans, il est artiste peintre à SoHo.

Il faudrait déjà un certain temps à Edward pour assimiler une telle nouvelle…

— Pour tout dire, je ne l'entretiens pas. Il touche son chômage et s'en contente pour vivre.

Elle se réjouit presque de l'air scandalisé de son tuteur. Il semblait au bord de l'apoplexie.

— Kezia !

— Oui, Edward ? susurra-t-elle.

— Sait-il qui tu es ?

— Non, et il s'en fiche éperdument.

Ce n'était pas tout à fait vrai mais il ne lui en tiendrait certainement pas rigueur.

— Et Whit, est-il au courant ?

— Bien sûr que non. Je ne lui parle pas de mes liaisons, pas plus qu'il ne me parle des siennes. Nous ne nous fréquentons que par commodité. D'ailleurs, il préfère les garçons.

Cette fois, elle fut surprise du peu d'étonnement que manifesta son interlocuteur.

— Oui… je… l'ai entendu dire. Je me demandais si tu le savais.

— Évidemment.

— Il te l'a dit ?

— Non, mais cela m'a paru clair.

— Je suis navré, soupira Edward en lui tapotant la main.

— Ce n'est pas la peine. Je n'y attache aucune importance. Ceci va peut-être vous paraître brutal, mais je n'ai jamais été amoureuse de lui. En revanche, il fait un excellent chevalier servant.

— Et l'autre… cet artiste, est-ce sérieux ?

— Non. C'est agréable, et facile, et cela me change de ma vie habituelle. C'est tout, Edward. Rassurez-vous, il ne partira pas avec la caisse.

— Je ne m'inquiète pas seulement pour cela.

— Tant mieux.

Pourquoi désirait-elle tant le choquer ? Lui faire mal ?

Edward ne fit plus allusion à l'interview jusqu'à ce qu'ils se retrouvent devant le restaurant, en train d'attendre un taxi. Ce fut l'une des rares fois où ils parlèrent affaires en public.

— Alors, reprit-il, tu vas le faire ?

— Quoi ?

— Cet article que t'a demandé Simpson.

— Je ne sais pas. Je voudrais y réfléchir davantage.

— Penses-y sérieusement. Souviens-toi des enjeux en question, du prix que cela risque de te coûter.

— Serait-il si terrible ? demanda-t-elle doucement.

— Je l'ignore, ma petite. Franchement. En revanche, j'ai l'impression que, quoi que je te dise, tu n'en feras qu'à ta tête.

— Peut-être parce que je sens qu'il me faut en passer par là.

Pas pour Simpson. Pour elle-même.

— C'est bien ce que je pensais.

7

L'avion atterrit à Chicago à cinq heures de l'après-midi, moins d'une heure avant le meeting de Luke Johns. Simpson s'était fait prêter un appartement sur Lake Shore Drive, par une amie veuve qui passait l'automne et l'hiver au Portugal.

Dans son taxi qui longeait le lac Michigan, Kezia se sentait gagnée par une nervosité qui risquait de tourner à l'angoisse si elle ne tentait pas de se raisonner. Que faire si les événements ne se déroulaient pas comme prévu en face de cet homme ? C'était une chose de taper sur sa machine à écrire des articles signés K. S. Miller, et une autre de se présenter sous ce nom à un personnage aussi redoutable pour l'interroger sans filet...

Secouant sa frayeur grandissante, elle paya le taxi qui venait de s'arrêter devant l'adresse indiquée par Simpson. Dans l'entrée de l'appartement duplex, son pas résonna sur le parquet ancien. Au plafond pendait un superbe lustre de cristal. Au pied de l'escalier en spirale, elle devina la forme d'un piano à queue sous un drap. Un vestibule tapissé de miroirs menait au salon où, dominés par deux autres lustres, se cachaient

frileusement les meubles sous leurs draps. Une cheminée de marbre rose brillait à la lumière de l'entrée.
À l'étage, elle découvrit la chambre principale dont
elle ouvrit les grands rideaux crème. Le balcon donnait
sur le lac ensoleillé qui s'étendait jusqu'à l'horizon,
large et bleu comme un océan. De petits voiliers se
laissaient pousser par un vent paresseux. Kezia
regretta de ne pouvoir se promener le long des plages
paisibles. Malheureusement, son emploi du temps ne
prévoyait aucune distraction de ce genre.

Elle avait lu le livre de Luke Johns et s'était surprise
à en aimer le ton à la fois simple et puissant, curieu-
sement teinté, çà et là, de notes d'humour. Apparemment, l'auteur refusait de se prendre trop au sérieux.
Une telle aisance dans le style et dans la narration
finirent par étonner la jeune femme : comment un
homme qui avait passé une grande partie de sa jeunesse en prison pouvait-il manier la plume avec cette
facilité, passant de l'exposé d'une philosophie très
personnelle au jargon du milieu, quand ce n'était pas
à l'argot pur et simple ? Là-dessous perçait une fierté
qui devait confiner à l'orgueil. Il était certainement
doté d'une personnalité très riche, un mélange de
naturel spontané et de cynisme acquis par l'expérience
carcérale.

Kezia l'avait envié, comme si, pour confirmer les
paroles de Simpson, il avait pu se libérer mille fois
plus qu'elle. Indirectement, le livre parlait aussi d'elle.
Une prison pouvait prendre divers aspects, même celui
d'un repas à *La Grenouille*.

Elle avait l'impression de bien connaître son
homme, maintenant : de petits yeux fureteurs, des

épaules tombantes, un ventre protubérant, une allure massive, des cheveux un peu trop longs, un front dégarni. Comme si elle l'avait vu lui raconter ces pages, au lieu de les lire.

Un orateur à la grande silhouette vigoureuse, à l'allure distinguée, était en train de présenter le discours de Luke Johns, résumant son expérience et sa lutte, exposant les difficultés auxquelles se heurtaient les prisonniers, le maigre salaire de leur travail à peu près inférieur de dix fois à celui d'un manœuvre, la saleté de la plupart des prisons, la promiscuité, l'entassement à cinq ou six dans des cellules prévues pour deux personnes.

Kezia l'observa, impressionnée par la conviction que cet homme mettait à décrire les horreurs de l'enfermement. Il ne serait pas facile à Luke Johns de passer après lui. À moins que la rudesse et la nervosité du syndicaliste n'offrent un saisissant contraste avec les manières mesurées de celui qui parlait en ce moment. Attentive au discours, elle en oublia de détailler chaque assistant pour s'assurer qu'elle ne risquait pas d'être reconnue.

Elle sortit son carnet et se mit à prendre fébrilement des notes. En relevant la tête, relâchant enfin son attention, elle repéra plusieurs syndicalistes noirs qu'elle connaissait pour avoir souvent vu leurs photos dans les journaux. Il y avait aussi quelques femmes et, au premier rang, un avocat célèbre. Tous militaient depuis longtemps pour la réforme des prisons. La salle semblait étonnamment calme ; pas de bavardages intempestifs, pas de papiers froissés, pas de briquets qui s'allumaient. Personne ne bougeait. Tous les yeux restaient sagement fixés sur l'orateur. Luke Johns aurait décidément du mal à les captiver de la sorte.

L'homme qui parlait toujours avec la même conviction lui rappelait son père, avec ses cheveux noirs, ses yeux verts brillant de passion qui paraissaient fixer tour à tour chacun de ses auditeurs, sa voix grave, son expression tendue, sa façon de parler sans se servir de ses mains, des mains qui évoquaient une certaine rudesse. Quand il sourit, elle fut frappée par le saisissant contraste qui se dessina sur sa physionomie ; une force magnétique émanait de lui, qui lui fit presque peur. Pourtant elle le trouvait beau et elle eut envie de l'aimer. Dès lors, elle ne le quitta plus des yeux, avide de capter le maximum de détails, ces larges épaules à l'étroit dans la vieille veste de tweed, les longues jambes légèrement repliées en avant, comme si elles ne portaient pas son poids. L'épaisseur de ses cheveux, ces yeux mobiles qui se posaient soudain sur un objectif puis le quittaient… jusqu'à ce qu'ils se posent sur elle.

Elle vit qu'il la contemplait. Longtemps, il la fixa, avec une intensité à peine soutenable, puis se détourna brusquement. La jeune femme en demeura tout étourdie, comme si elle venait de se faire plaquer contre un mur, une main lui enserrant la gorge, l'autre lui tirant les cheveux, saisie à la fois de frayeur et d'émotion. Tout à coup, elle s'aperçut qu'il faisait chaud dans cette salle pleine de gens, et se mit à regarder autour d'elle tout en se demandant pourquoi cet homme parlait si longtemps. Ce n'était plus une introduction, mais un véritable discours. Il gardait la parole depuis près d'une demi-heure. À croire qu'il entendait voler la vedette à Luke Johns.

Alors naquit en elle une idée qui faillit la faire éclater de rire. Cet homme ne présentait rien du tout. Celui qui l'avait dévisagée de si troublante manière était rien moins que Luke Johns lui-même.

8

— Du café ?

— Du thé, si possible.

Kezia regarda en souriant Luke Johns lui emplir une tasse d'eau chaude puis lui tendre un sachet de thé.

À l'évidence, la suite qu'il occupait recevait de nombreux visiteurs, témoins les plateaux où s'entassaient gobelets de café, restes de biscuits apéritifs et de cacahuètes, cendriers remplis de mégots et le bar aux bouteilles largement entamées. C'était un petit hôtel sans prétention, aux pièces relativement petites mais confortables. Elle se demanda depuis combien de temps il l'occupait. Il semblait impossible de déterminer s'il l'habitait depuis un an ou un jour. Elle ne décelait aucune marque personnelle, comme s'il possédait seulement le costume qu'il portait, la lumière de ses yeux, le sachet de thé qu'il lui avait offert et rien d'autre.

— Je propose que nous nous fassions monter un petit déjeuner.

— Pour tout dire, avoua-t-elle, je n'ai pas très faim. En revanche, votre discours m'a beaucoup impressionnée, hier soir. Vous avez l'air très à l'aise en public. Vous possédez le don de ramener un sujet difficile à des proportions humaines sans pour autant jouer à donner un cours.

— Merci. Mais c'est une question d'habitude. Je parle depuis longtemps devant des foules. Êtes-vous familiarisée avec le problème de la réforme des prisons ?

— Pas vraiment. J'ai tout de même rédigé plusieurs articles, l'année dernière, sur les révoltes dans deux pénitenciers du Mississippi. Ce n'était pas beau à voir.

— Oui, je m'en souviens. En fait, mon but n'est pas tellement la réforme des prisons que leur abolition en tant que telles. Elles n'apportent aucune solution. Ma prochaine étape sera Washington.

— Résidez-vous depuis longtemps à Chicago ?

— Sept mois. J'ai installé un bureau pas très loin d'ici où je travaille quand je ne suis pas en tournée pour des meetings dans les villes où l'on m'invite. C'est ici que j'ai écrit mon deuxième livre, et dans les avions.

— Voyagez-vous beaucoup ?

— La plupart du temps. Mais je reviens dès que je le peux, car je me repose bien ici.

Ce qui ne devait pas lui arriver très souvent. Il donnait plutôt l'impression d'un homme qui ne sait pas s'arrêter. Pourtant, il restait calmement assis dans son fauteuil, regardant tranquillement son interlocutrice, mais il semblait prêt à bondir à tout moment, comme un fauve sur le qui-vive. Kezia percevait une sorte de méfiance vis-à-vis d'elle, comme si elle le mettait mal à l'aise. L'humour qu'elle avait deviné

94

dans son regard la veille paraissait, aujourd'hui, totalement absent.

— Figurez-vous que je suis surpris qu'ils aient choisi une femme pour ce travail.

— Pourquoi ? Seriez-vous misogyne ?

Cette idée amusait Kezia.

— Non, plutôt curieux. Vous êtes certainement une excellente journaliste, sans quoi ils ne vous auraient pas envoyée.

Cela dit avec toute l'arrogance qu'elle avait senti percer dans son livre.

— Sans doute ont-ils apprécié mes deux reportages de l'année dernière.

Il fronça les sourcils.

— Maintenant je me rappelle. J'ai dû lire quelque chose de vous… dans *Playboy*, est-ce que je me trompe ?

Il ne lui trouvait sans doute pas le genre à écrire dans cette sorte de revue.

Néanmoins, elle sourit en hochant la tête :

— Non, vous avez raison. Un article sur le viol, mais vu du côté masculin, pour changer, ou plutôt sur une accusation abusive de viol faite par une femme névrosée qui n'avait rien trouvé de mieux que d'attirer un garçon chez elle, de s'effaroucher au dernier moment et ensuite de crier au viol.

— Effectivement, je me rappelle, maintenant. Je l'avais trouvé très bien.

— Je m'en doute.

Elle faillit pouffer de rire.

— Attendez, c'est drôle, parce que je croyais que c'était un homme qui l'avait écrit. Tout comme je m'attendais à voir un homme venir, aujourd'hui. D'habitude, on ne m'envoie pas des femmes.

— Pourquoi ?

— Parce qu'il arrive, ma petite dame, que je me comporte fort mal.

Comme il se mettait à rire, elle préféra le prendre sur le même ton.

— Et cela vous amuse ? demanda-t-elle.

La question parut tellement l'embarrasser qu'il but un peu de café avant de répondre.

— Oui, parfois. Et vous, cela vous amuse d'écrire ?

— Tout à fait. Encore que je n'emploierais pas le mot « amuser » pour une activité aussi importante à mes yeux, essentielle dans ma vie. Beaucoup plus que la plupart de mes autres occupations.

— Moi aussi, ce que je fais compte beaucoup pour moi, et représente un but qui n'a rien de factice.

— C'est ce que j'ai cru comprendre en lisant votre livre.

Il haussa un sourcil :

— Vous l'avez lu ?

— Oui, et il m'a plu.

— Le premier est meilleur.

« Et modeste avec ça, monsieur Johns, tellement modeste ! Drôle de bonhomme... »

— Celui-ci est plus technique, moins émotionnel.

— Les premiers livres sont toujours émotionnels.

— Vous en avez écrit un ?

— Pas encore, mais j'en ai l'intention.

La tournure de la conversation l'irrita soudain. Elle qui se voulait journaliste-écrivain, qui avait passé sept années à rédiger des articles, à travailler sur divers sujets, se retrouvait en face d'un homme qui venait d'écrire deux livres presque coup sur coup. De nouveau, elle l'envia. Pour cela et pour beaucoup d'autres choses. Son style, son courage, sa volonté de poursuivre le but qu'il s'était assigné... il est vrai qu'il n'avait rien à perdre. Elle se rappela son épouse et sa fille mortes et en éprouva un début de pitié pour toute cette tendresse bafouée, sans doute rentrée au plus profond de lui.

— Laissez-moi vous poser une dernière question, ensuite je répondrai aux vôtres. À quoi correspond le K ? K. S. Miller, ce n'est pas un nom !

Sur le coup, elle faillit lui dire la vérité : « Kezia. Le K est pour Kezia et Miller ne veut rien dire. » À ce genre d'homme, on n'avait envie que de parler franchement. Seulement, elle devait prendre garde de ne pas se trahir pour un instant de trouble. Kezia n'était pas un prénom si répandu, et il pourrait voir sa photo dans les journaux, un jour ou l'autre, faire la relation...

— Le K est pour Kate.

Le prénom de sa tante préférée.

— Kate. Kate Miller. Pas mal.

Il alluma une autre cigarette et elle eut la sensation qu'il se moquait d'elle, mais sans méchanceté. Ses yeux lui rappelèrent de nouveau son père. Bizarrement, ils se ressemblaient... quelque chose dans son rire... dans cette façon qu'il avait de la regarder, comme s'il connaissait tous ses secrets et n'attendait que de la voir les avouer, comme s'il voyait en elle une petite fille en train de jouer. Mais cet homme ne pouvait rien savoir, n'est-ce pas ? Rien. Sauf qu'elle était venue l'interviewer et qu'elle s'appelait Kate.

— Parfait, dit-il. Commandons ce petit déjeuner et mettons-nous au travail.

— Quand vous voudrez.

Elle sortit son carnet sur lequel elle prenait des notes depuis la veille, décapuchonna son stylo et s'adossa à son siège.

Il lui répondit deux heures durant, parfois très longuement, avec une honnêteté surprenante quand il s'agissait de décrire ses années de prison. Il lui expliqua aussi ce qui lui avait valu cette condamnation, d'un ton étonnamment dépourvu d'émotion :

— À vingt-huit ans, j'étais encore un grand gosse. Je ne cherchais que la bagarre parce que ma vie m'ennuyait. C'était la nuit de la Saint-Sylvestre, et j'étais fin soûl et... enfin, vous connaissez la suite. Un vol à main armée, qui s'est mal terminé, c'est le moins qu'on puisse dire. J'ai attaqué un débit de boissons avec un revolver mais sans tirer un coup de feu, et je suis parti en emportant deux caisses de bourbon et une de champagne ainsi qu'une centaine de dollars. Je n'avais pas demandé cet argent, mais le caissier me le donnait d'office, alors je l'ai pris. Je voulais seulement m'offrir du bon temps avec mes potes. C'est ce que nous avons fait, chez moi, jusqu'à ce que la police se ramène... Alors là... Bonne année !

Son sourire se figea sur une expression grave :

— Cela peut paraître amusant, aujourd'hui, mais ça ne l'était pas. On ne sait pas combien de cœurs on brise en se comportant ainsi.

Kezia ne comprenait pas. Bien sûr il n'avait pas le droit de faire ce qu'il avait fait, mais six ans et sa famille détruite pour trois caisses d'alcool... ? Le cœur serré, elle revoyait ses repas à *La Grenouille*, au

Lutèce, chez *Maxim's*, chez *Annabel's*. Des repas à cent dollars chacun, des fortunes dépensées pour des fleuves de vin. Evidemment, là-bas, personne ne passait sa commande un revolver à la main…

Luke évoqua sans insister sa jeunesse au Kansas, une période dont il ne gardait que de tristes souvenirs. Finalement, malgré les avertissements de Simpson, Kezia le trouvait aimable et de bonne compagnie. À la fin de la matinée, elle avait l'impression de très bien le connaître et s'était arrêtée depuis longtemps de prendre des notes. Il était plus facile de laisser cet homme s'exprimer librement, du fond de son cœur, sur sa pensée politique, sur ses expériences, ses combats, sur les hommes qu'il admirait et ceux qu'il détestait. Elle retranscrirait tout cela plus tard, de mémoire.

Ce qui l'étonna le plus fut de ne pas le trouver aigri après de si rudes épreuves. Il faisait preuve de détermination, de colère, d'arrogance, de dureté, mais aussi de passion dans ses convictions, et de gentillesse pour ceux qu'il aimait. Et il aimait rire, de ce rire caverneux qui résonnait souvent dans la petite pièce quand il évoquait des anecdotes anciennes. Il était onze heures passées quand il se leva de son siège et s'étira.

— Je regrette, Kate, mais nous allons devoir nous arrêter ici. J'ai un banquet à midi et il faut que je prépare encore ce que je vais y emporter. Cela vous intéresse-t-il d'y assister ? Je sais que vous êtes bon public. À moins que vous ne deviez déjà rentrer à New York ?

Il parcourait la pièce, rassemblant papiers et crayons dans sa poche, lui jetant par-dessus l'épaule un regard qu'il devait ne réserver qu'à ses amis.

— Les deux sont vrais. Il faudrait que je reparte, mais j'aimerais vous entendre. À quel auditoire allez-vous vous adresser ?

— À des psychiatres. Il s'agit d'examiner un rapport sur les effets psychologiques de l'incarcération. Et ils voudront certainement savoir à quel point est forte la menace d'intervention chirurgicale dans les prisons. Ils me posent toujours la question.

— Vous voulez parler de la lobotomie frontale ?

— Oui.

— Cela arrive souvent ?

— Même rarement cela reste encore inadmissible, autant que les électrochocs pour calmer les agités.

La jeune femme n'avait plus du tout envie de rire. Elle consulta sa montre.

— Je vais chercher mes affaires et je vous rejoins à votre réunion.

— Êtes-vous descendue dans un hôtel proche d'ici ?

— Non, mon agent m'a fait prêter l'appartement d'une de ses amies.

— C'est mieux. Puis-je vous déposer quelque part ?

— Je... non... merci. J'ai quelques courses à faire en chemin. Je vous retrouverai à votre réunion.

Il n'insista pas.

— J'ai hâte de lire le résultat de cette interview, avoua-t-il.

— Je vous ferai envoyer une épreuve dès que nous en aurons.

Ils se séparèrent devant l'hôtel et elle attendit d'avoir tourné au coin de la rue pour appeler un taxi.

Il faisait beau, et elle eût aimé marcher, mais elle n'en avait pas le temps.

L'appartement vide résonna de ses pas quand elle alla ouvrir sa valise sur le lit défait. Tout d'un coup, elle s'imagina en train de jouer des chansons au piano, en riant aux éclats avec Luke. Eût-elle songé à pareille chose, quelques heures auparavant ? Pourtant, il devait être un très agréable compagnon de jeux, de promenade, de sortie. Cette pensée lui donnait chaud au cœur et elle envisageait avec plaisir la rédaction de son article.

La réunion s'avéra fort intéressante et le groupe de médecins écouta Luke avec beaucoup d'intérêt. Kezia prit quelques notes supplémentaires et mangea son steak du bout de la fourchette. Elle avait été placée non loin de la grande table fleurie de Luke et celui-ci la regardait de temps en temps, d'un regard vert et malicieux. Il leva une fois son verre et lui adressa un clin d'œil. Elle eut envie d'éclater de rire au milieu de cette docte société. Elle avait l'impression de mieux le connaître que personne d'autre dans cette salle et regrettait seulement que cette complicité ne pût être réciproque.

Le départ imminent de son avion l'obligeait à quitter la table avant deux heures. Luke venait de finir son discours quand elle se leva ; il descendait de son estrade, entouré de curieux, et elle tenta de s'esquiver discrètement tout en regrettant de ne pouvoir le remercier pour sa gentillesse. Il venait de lui consacrer quatre heures de sa vie, de lui confier d'importants secrets, et elle allait disparaître sans un mot ?

Seulement elle ne voyait pas comment passer au milieu d'une telle foule pour rejoindre sa table.

Pourtant elle le fit, comme dans un rêve, et se retrouva soudain plantée derrière lui qui répondait avec animation à un interlocuteur. Elle posa la main sur son épaule et s'étonna de le voir sursauter. Elle ne le prenait pourtant pas pour un homme facile à surprendre.

— Ne faites jamais cela à quelqu'un qui vient de passer six ans en taule ! s'exclama-t-il.

Sa bouche souriait mais ses yeux demeuraient graves, presque effrayés.

— Excusez-moi. Je voulais seulement vous dire au revoir. Mon avion va partir sans moi.

— Une minute.

Il l'accompagna vers la sortie mais, quand elle voulut s'arrêter à sa table pour prendre sa veste, il fut de nouveau accaparé par un groupe de médecins. Kezia ne pouvait plus se permettre de l'attendre. Après un dernier regard, elle quitta la salle, traversa l'entrée et récupéra sa valise auprès du concierge de l'hôtel qui lui fit appeler un taxi.

Elle s'adossa à son siège en souriant intérieurement. Ce voyage avait été fort agréable et plein d'enseignements, elle savait déjà qu'elle allait écrire un magnifique article.

Elle ne vit pas Luke surgir sur le seuil, ni son air furieux à la vue de la voiture qui s'en allait.

9

— Comment cela, il m'a appelée ? Je viens à peine de rentrer ! Et d'abord, comment savait-il où vous joindre ?

Simpson devina une Kezia verte de rage à l'autre bout du fil.

— Calmez-vous. Il a téléphoné il y a environ une heure. J'imagine qu'il aura obtenu mon numéro par le journal. Il n'y a pas de mal à cela. De plus, il s'est montré parfaitement poli.

— Que voulait-il ?

Tout en parlant, elle achevait de se déshabiller et le bain qui coulait derrière elle couvrait presque la voix de son interlocuteur. Il était sept heures moins cinq et Whit passait la prendre à huit heures pour l'emmener à une soirée.

— Il disait que l'article ne serait pas complet si vous ne couvriez pas également sa conférence de demain sur l'abolition des prisons, à Washington. Il pense que vous feriez mieux de ne rien rédiger avant, ce que je trouve fort sensé, Kezia, car ce meeting risque de faire grand bruit et votre papier ne paraîtrait pas à jour si vous n'en parliez pas. Après tout, Washington est plus près que Chicago, n'est-ce pas ?

— À quelle heure a lieu son truc ?

Il se moquait d'elle, ce Luke Johns ! Elle avait écrit presque tout l'article dans l'avion et le trouvait tout à fait complet tel quel. La rappeler quand elle venait à peine d'atterrir ! Elle n'était pas corvéable à merci !

— Demain, dans l'après-midi.

— Bravo ! Si j'y vais par avion, je me ferai à tous les coups repérer par un photographe qui croira que je me rends à une réception quelconque.

— Cela ne vous est pas arrivé à Chicago, que je sache ?

— Non, mais tout le monde sait que je n'y vais jamais, tandis que Washington… Je ferais mieux de prendre ma voiture et… Bon sang, la baignoire ! Attendez, ne quittez pas !

Simpson la trouvait bien nerveuse mais il mit cette fébrilité sur le compte de la fatigue et du voyage.

— Ça va ? demanda-t-il quand elle reprit le récepteur. Vous surnagez ?

— Non, je coule ! répondit-elle en riant. Excusez-moi si je me suis montrée un peu brusque, mais je n'aime pas du tout l'idée d'effectuer ce genre de reportage si près de New York.

— Pourtant, l'interview s'est bien passée, n'est-ce pas ?

— En effet, mais croyez-vous que cette conférence de presse vaille vraiment que je prenne le risque de m'y déplacer ?

— Il me semble que Luke Johns avait raison en prétendant que votre papier serait incomplet si vous n'y alliez pas, ne serait-ce que pour en humer l'atmosphère. La décision vous appartient, mais je pense que personne ne devinera, là-bas, pas plus qu'à Chicago, qui est K. S. Miller.

— Kate.

— Pardon ?

— Rien. Écoutez, je ne sais pas. Peut-être devrais-je effectivement y aller. A-t-il dit à quelle heure commençait le meeting ?

— À midi. Il partira demain matin de Chicago.

— Bon, soupira-t-elle. Je tâcherai de prendre un vol matinal, en classe touriste pour passer inaperçue. Et je rentrerai demain soir.

— Parfait. Voulez-vous confirmer vous-même votre arrivée à Johns ou préférez-vous que je le fasse ? Il attend une réponse.

— Pourquoi ? Pour qu'il puisse se trouver un autre hagiographe si je ne venais pas ?

— Allons, allons, ne soyez pas mauvaise langue. Non, je crois qu'il songeait seulement vous prendre à l'aéroport.

— Et puis quoi encore ?

— Vous dites ?

— Non, rien. Je l'appellerai. Et je ne veux surtout pas qu'il envoie qui que ce soit me chercher. On ne sait jamais.

— C'est préférable, en effet. Je vais vous faire réserver une chambre à l'hôtel, si vous deviez y passer la nuit.

— Non, je préfère rentrer. Au fait, l'appartement de Chicago était fantastique !

— Il l'était, comme vous dites… Je suis content qu'il vous ait plu ; j'y ai passé quelques bons moments, il y a des années.

105

Après un court silence, il reprit un ton plus professionnel :

— Ainsi, vous serez là demain soir ?

— Et comment !

SoHo et Mark l'attendaient. Elle avait besoin de retrouver leur fraîche simplicité. Et ce soir, elle devait assister à cette maudite soirée au *Morocco* avec Whit ! Hunter Forbishe et Juliana Watson-Smythe y annonceraient leurs fiançailles, comme si tout le monde n'était pas déjà au courant ! L'un des couples les plus riches et les plus ennuyeux de New York et, pour tout arranger, Hunter était un cousin issu de germain. La soirée promettait d'être parfaitement assommante ; heureusement qu'*El Morocco* était un endroit qui lui plaisait. Elle n'y avait pas mis les pieds depuis son départ en vacances.

Et non seulement ces abrutis se fiançaient mais ils n'avaient rien trouvé de mieux que de lancer un thème. Noir et blanc. Pour un peu, elle fût venue au bras de George, son copain de SoHo. Noir et Blanche... ils auraient eu ce qu'ils voulaient ! lui en blanc, elle en noir. Dommage qu'elle dût s'y rendre au bras de Whitney. Et Luke, avec ses cheveux aussi noirs et sa peau aussi blanche qu'elle, il eût été amusant au milieu de cette société, non ? Elle en riait tout fort en plongeant dans son bain. Elle lui téléphonerait en s'habillant. Sa robe de dentelle crème au décolleté vertigineux l'attendait déjà sur le lit. Elle y ajouterait une cape en soie noire et les bijoux Cartier qu'elle s'était choisis pour Noël : un pendentif en onyx serti de diamants et les boucles d'oreilles assorties. À vingt-neuf ans, elle n'attendait plus de se faire offrir ce genre de présent, elle se l'achetait elle-même.

— Luke Johns, je vous prie.

Elle attendit tandis que la réceptionniste lui passait sa chambre. Il répondit d'une voix endormie.

— Luke ? C'est Ke… c'est Kate.

— Vous bégayez, maintenant ?

— Non, mais je suis pressée. Je voulais seulement vous dire que je viendrai pour le meeting, demain. Pourquoi ne m'en avez-vous pas parlé ce matin ?

— Parce que je n'y ai pensé qu'après votre départ. Voulez-vous que je passe vous prendre à l'aéroport ?

— Non, c'est gentil, mais je me débrouillerai. Dites-moi juste où vous retrouver.

Elle inscrivit l'adresse en faisant cliqueter les bracelets de diamants de sa mère qu'elle portait à chaque poignet.

Elle raccrochait quand la sonnette retentit. Whit apparut, toujours d'une élégance parfaite. Pour lui, le noir et blanc n'avaient évidemment pas posé de problème.

— J'ai essayé de te joindre toute la journée, commença-t-il. Où étais-tu ? Tu es magnifique !

Ils échangèrent leur habituel petit baiser.

— Je ne connaissais pas cette robe ! reprit-il.

— Peut-être, je ne la porte pas souvent, en effet. J'ai passé l'après-midi avec Edward. Nous avons refait mon testament.

Avec un sourire désinvolte, elle prit son sac. Mensonges, mensonges, mensonges. Jamais elle ne s'était comportée ainsi, auparavant. Pourtant, la situation n'allait qu'empirer. Mentir à Whit, mentir à Mark, mentir à Luke.

107

Ce soir-là, Kezia but beaucoup trop.

— Miséricorde, Kezia, tu ne tiens plus debout !

Marina la regardait remonter ses bas dans le vestiaire des dames du *Morocco*.

— Bien sûr que si ! répondit-elle sans pouvoir s'arrêter de rire.

— Que t'est-il arrivé ?

— Rien avalé depuis Luke, enfin Duke… enfin le petit déjeuner, quoi !

Elle n'avait pour ainsi dire rien mangé au déjeuner et pas pris le temps de dîner.

— Ce n'est pas sérieux, ma grande ! Veux-tu une tasse de café pour t'éclaircir les idées ?

— Non, du thé. Non… du café. Non ! Du chaaaaamppagne.

— On peut dire que tu as le vin gai ! C'est déjà cela. Vanessa Billingsley est aussi partie que toi et elle a traité Mia Hargreaves de salope.

Son amie pouffa tandis que Marina se laissait tomber sur une chaise de velours en allumant une cigarette. Brusquement Kezia n'eut plus envie de rire… elle ne se rappelait plus ce qu'avait dit Vanessa… ce serait pourtant bon pour sa chronique… Et qu'avait-elle entendu tout à l'heure ? Qui était enceinte, déjà ? Elle ne parvenait plus à rassembler ses idées.

— Répète ce que tu viens de dire, j'ai déjà tout oublié…

— Ma chérie, tu es ivre morte. Enfin, à trois heures du matin, ce n'est pas grave.

— Trois heures du matin ? En es-tu sûre ? Moi qui dois me lever si tôt, demain matin ! La tête que va me faire Whit quand il me verra dans cet état !

— Dis-lui que tu as la grippe. Il n'y verra que du feu. Rentre vite, maintenant.

— Attends. Dis-moi, tu es vraiment amoureuse de Halpern ?

— Non, ma chatte. Mais j'aime la tranquillité d'esprit qu'il m'apporte. J'en ai assez de me débrouiller seule avec les enfants. Et d'ici à six mois, j'aurais été dans l'obligation de vendre mon appartement.

— Mais tu dois bien l'aimer, quand même !

— C'est cela, je l'aime bien.

— Ainsi, tu n'as d'amour pour personne. Tu ne nous caches pas un amant quelque part ?

— Et toi ? Es-tu amoureuse de Whit ?

— Bien sûr que non !

Une petite alarme résonna quelque part dans son cerveau embrumé. Elle parlait trop.

— Alors, qui aimes-tu, Kezia ?

— Toi, Marina. Je t'aime beaucoup, beaucoup, beaucoup !

Elle se jeta au cou de son amie en riant et celle-ci se dégagea avec autant de bonne humeur.

— Kezia, ma chérie, tu peux aimer Whitney si cela te chante, mais à ta place, je lui demanderais de me ramener. C'est ce que tu as de mieux à faire pour le moment.

Whit l'accompagna jusqu'à son appartement et la poussa à l'intérieur. Seule.

— Dormez bien, mademoiselle. Je vous téléphonerai demain.

— C'est cela, demain, mais tard.

Elle se rappelait tout d'un coup qu'elle allait passer la journée à Washington. Avec une sacrée gueule de bois.

— Je me doute que tu ne te lèveras pas tôt. Disons à trois heures.

— Disons plutôt à six !

Elle éclata de rire en voyant son expression scandalisée et ferma la porte d'entrée derrière lui. Alors elle se laissa tomber dans un des fauteuils de velours bleu du salon. Elle avait trop bu. Mille fois trop. Tout cela à cause d'un personnage du nom de Luke. Et elle devait le voir le lendemain.

10

La photo n'était pas d'une netteté parfaite, mais il s'agissait bien de Kate. Ce port de tête, cette silhouette, c'était forcément elle. L'honorable Kezia Saint Martin dans une tenue de gala, signée Givenchy, disait le journal, et portant les célèbres bracelets de diamants de sa défunte mère. Héritière de plusieurs fortunes, en acier, en pétrole…

Luke avait presque envie de rire. Pourtant il la trouvait jolie, même sur une photo de quotidien mal imprimée. Il l'avait déjà vue mais, maintenant qu'il savait qui elle était, il y prêtait attention. Quelle étrange vie devait être la sienne !

Il avait bien senti le tempérament qui perçait sous ses manières policées. Dans sa cage dorée, l'oiseau mourait de ne pas connaître la liberté. Il se demanda si elle s'en rendait compte.

Pour une fois, il n'éprouvait aucune envie de se rendre à son meeting, encore moins de voir cette jeune femme jouer son rôle de journaliste face à lui ; pourtant, c'était à elle de mettre fin à ce petit jeu. Lui pouvait à la rigueur lui tendre la perche, mais combien de fois devrait-il la lui tendre avant qu'elle la saisisse ?

Combien de meetings leur faudrait-il encore, combien de villes, combien de retrouvailles ? Tout ce qu'il savait c'était qu'il parviendrait à ses fins, quoi qu'il dût lui en coûter. Malheureusement, il ne disposait pas de beaucoup de temps, ce qui rendait l'entreprise encore plus folle.

Lorsque Kezia entra, elle le trouva dans un bureau, entouré d'inconnus. Les téléphones sonnaient, les gens s'interpellaient, les messages volaient, une épaisse fumée envahissait toute la pièce et il parut à peine s'apercevoir de sa présence. Il lui adressa un petit signe et ne la regarda plus de l'après-midi. La conférence de presse avait été reportée à deux heures de l'après-midi et l'agitation ne cessa pas un instant. Six heures arrivèrent avant qu'elle n'eût trouvé le moyen de s'asseoir pour prendre quelques notes ; à ce moment, elle accepta sans se faire prier de partager un sandwich au jambon avec son voisin dont elle ne connaissait seulement pas le nom. Quelle journée quand on avait mal aux cheveux ! D'heure en heure, sa migraine prenait des proportions insupportables. Sonneries de téléphone, foule énervée, discours, statistiques, photographes. C'était trop. Agitation, émotion, pression. Comment pouvait-il supporter un tel rythme ?

— Aimeriez-vous que nous allions faire un tour ? lui proposa gentiment Luke.

— Oh oui ! Tout plutôt que de rester une minute de plus ici !

Elle leva la tête vers lui et vit son expression s'adoucir pour la première fois depuis des heures.

— Venez, je vous emmène manger quelque chose de décent.

— En fait, il faudrait que je file à l'aéroport.

— Plus tard. Vous devez d'abord vous détendre un peu. On dirait que vous venez de passer sous un quinze tonnes.

Il y avait de cela. Elle se sentait rompue, les traits tirés, les cheveux en bataille. D'ailleurs, Luke ne présentait pas meilleure mine. Il tenait un cigare à la main et ses cheveux ébouriffés indiquaient assez combien de fois il avait dû y passer les doigts en réfléchissant.

Néanmoins, Kezia ne regrettait pas sa journée ; ainsi qu'il l'avait prédit, elle y avait vu tout autre chose qu'à Chicago, non plus la vie « mondaine » d'un militant mais l'âme de son mouvement, la ferveur des adhérents. C'était plus intense, moins courtois et beaucoup plus profond. Luke paraissait ici totalement responsable de son syndicat ; elle lui avait découvert une virulence à peine entrevue la veille. Avec une inlassable énergie, il conférait à l'atmosphère une électricité qui gagnait tout son entourage. Maintenant, sa physionomie s'adoucissait tandis qu'il contemplait la jeune femme en s'éloignant avec elle.

— Je vous trouve l'air fatiguée, Kate. Peut-être vous en ai-je demandé trop ?

Il avait l'air sincèrement préoccupé.

— Non, je vais bien. Et vous aviez raison, j'ai trouvé cette journée passionnante. Je suis contente d'y avoir participé.

— Moi aussi.

Ils longeaient une galerie emplie de gens pressés de rentrer chez eux.

— Je connais un endroit tranquille où l'on nous servira à dîner dès maintenant. Aurez-vous le temps de m'accompagner ?

— Oui, cela me ferait plaisir.

Pourquoi rentrer si vite, au fait ? Pour Whitney ?… ou pour Mark ? Même SoHo perdait de son importance, maintenant. Quand ils arrivèrent dans la rue, il lui prit le bras.

— Comment avez-vous passé votre soirée, hier ?

— Pour tout avouer, j'ai trop bu, ce qui ne m'était pas arrivé depuis des années.

Ce besoin fou de tout lui dire, alors qu'il ne fallait surtout pas…

— Vous vous êtes enivrée, vous ?

Il la considéra d'un air amusé. La gentille petite héritière qui avait le gosier en pente… mais qu'elle n'alimentait que de champagne sans aucun doute. Comment aurait-il pu en être autrement ?

Tous deux marchaient d'un pas rapide dans la pénombre rosée du crépuscule et, après un court silence, la jeune femme leva sur lui un regard pensif :

— Vous ne vivez que pour cette lutte contre les prisons, n'est-ce pas ? Il n'y a donc rien d'autre qui vous préoccupe ?

— D'après vous ? demanda-t-il sur la défensive.

— Cela me paraît clair et m'étonne à la fois. Vous vous donnez tant à votre cause, vous y consacrez toute votre énergie.

— À mes yeux, cela en vaut la peine.

— Sans doute. Mais ne croyez-vous pas que vous courez un terrible risque en vous attaquant à une institution qui garde sur vous une telle épée de Damoclès ? Si j'ai bien compris, le juge peut à tout moment vous enfermer de nouveau ?

— Et alors ? Qu'aurais-je à y perdre ?

— La liberté. Mais ceci ne compte peut-être pas beaucoup pour vous ?

— Détrompez-vous, coupa Luke. Je n'ai jamais perdu ma liberté, même en prison, si ce n'est à un certain moment, mais je l'ai vite recouvrée. Cela va peut-être vous sembler vain de ma part, mais je reste convaincu que rien ni personne n'a le pouvoir de me l'ôter. À la rigueur limiter ma mobilité, mais c'est tout.

— Si vous voulez, disons donc que votre… mobilité pourrait de nouveau se trouver… limitée. N'avez-vous pas l'impression, avec toutes ces conférences, avec ces livres, avec ce syndicat, de marcher sur une corde raide ?

— Comme beaucoup d'autres gens, j'imagine. En prison aussi bien que dehors. Vous aussi, mademoiselle Miller, n'êtes-vous pas dans ce cas ? Tout va bien tant qu'on ne perd pas l'équilibre, voilà tout.

— Et que personne ne vous pousse.

— Mademoiselle, je sais à quel point notre système est pourri et je ne saurais me taire là-dessus. Sinon, ma vie n'aurait pas de sens. C'est aussi bête que ça. Et si je dois finir par en payer le prix c'est que je l'aurai voulu. Cela dit, je vous rappelle que le Bureau de l'application des peines de Californie n'est pas spécialement pressé de me reprendre sous sa coupe. Je leur ai donné assez de fil à retordre comme ça.

— Et vous n'avez pas peur de retourner en prison ?

— Non. Pas le moins du monde.

Pourtant, il s'était détourné en lui disant cela, et quelque peu raidi.

— Aimez-vous la cuisine italienne, Kate ?

— Beaucoup. Et puis j'ai très faim !

— Alors c'est parti pour les spaghettis. Prenons ce taxi.

Il l'entraîna en courant de l'autre côté de la rue et lui ouvrit galamment la porte du véhicule qui venait de s'arrêter.

— Ils pourraient prévoir une place plus large pour les grandes jambes ! maugréa-t-il en essayant de s'installer dans l'étroite cabine. Vous avez de la chance, avec votre taille de Pygmée !

Elle demeura sans voix tandis qu'il indiquait l'adresse au chauffeur, mais se reprit vite :

— Ce n'est pas parce que vous êtes un accident de la nature que vous devez insulter les gens normaux…

— Aïe ! Aïe ! Je n'ai rien dit. Et puis d'abord, ce n'est pas une honte d'être comparée aux Pygmées ! Ce sont des gens très bien.

— Vous mériteriez que je vous boxe, Luke, mais j'aurais trop peur de vous blesser !

Cette fois, la glace était brisée et la soirée se poursuivit sur ce ton moqueur et décontracté. Ils plaisantèrent ainsi tout le temps du repas et ne reprirent leur sérieux qu'à l'heure de l'*expresso*.

— J'aime cette ville. Venez-vous souvent ici, Kate ? Moi je le ferais si j'habitais New York.

— J'y descends une fois de temps en temps.

— Pour quoi faire ?

Tant qu'elle ne lui dirait pas la vérité, rien ne pourrait se produire entre eux, il ne le savait que trop.

Et elle eût aimé pouvoir lui confier que c'était pour assister à des réceptions, à des galas, à des dîners à la Maison-Blanche. Pour des mariages. Pour des inaugurations. Mais elle ne le pouvait pas.

— Pour des reportages du style de celui-ci, ou simplement pour voir des amis.

Kezia crut saisir une lueur de déception dans son regard, mais trop furtive pour qu'elle en fût certaine.

— N'en avez-vous pas assez de voyager sans cesse, Luke ?

— Non, pour moi, c'est devenu un mode de vie, et puis c'est pour la bonne cause. Que diriez-vous d'un petit cognac ?

— Oh non ! Pas ce soir !

Son mal de tête venait enfin de la quitter, ce n'était pas pour le voir revenir aussitôt.

— Vous gardez un mauvais souvenir d'hier soir, dirait-on ?

— Épouvantable !

— Comment cela ? N'étiez-vous pas avec des amis ?

— Pas vraiment, c'étaient des gens ennuyeux, et puis j'avais autre chose en tête.

— Quoi, par exemple ?

« Vous, monsieur Johns… »

— Oserai-je avouer que c'était cette interview ? répondit-elle, mutine.

— C'est cela, accusez-moi ! J'ai vu pire, remarquez. Dans votre genre, je vous trouve sympathique, Katie.

Son regard, son sourire confirmaient ces dernières paroles et leur insistance troubla la jeune femme.

— Merci. J'ai beaucoup apprécié ces deux journées dans votre sillage. Mais j'ai une terrible révélation à vous faire.

— Laquelle ? Que toutes vos notes sont parties droit au panier ? Ne vous inquiétez pas, je suis prêt à recommencer.

— Heureusement, il ne s'agit pas de cela. Non, mais vous devez savoir qu'il s'agissait de ma première interview. Jusqu'ici, j'ai toujours rédigé des articles généraux. Cette expérience était nouvelle pour moi.

Elle se demanda si tous les journalistes en pinçaient un peu pour la première personne qu'ils interrogeaient… plutôt ennuyeux s'ils tombaient sur King Kong.

— Une professionnelle comme vous ? Comment est-ce possible ?

— J'avais peur.

— Allons donc ! Vous connaissez bien votre métier. Cela ne tient pas debout ! Et vous ne me ferez pas croire que vous êtes timide.

— Si, cela m'arrive. Mais avec vous, ce serait difficile.

— Est-ce un reproche ? Dois-je rectifier le tir ?

— Non ! s'écria-t-elle en riant. Vous êtes très bien tel quel.

— Alors de quoi aviez-vous peur ?

— C'est une longue histoire, qui risquerait de vous ennuyer. Et vous ? Que redoutez-vous le plus au monde, Luke ?

— Est-ce que cela fait partie de l'interview ?

— Non…

— Je redoute beaucoup de choses, figurez-vous, à commencer par la lâcheté, qui peut coûter des vies… et en général pas la vôtre. Je n'aime pas non plus gaspiller mon temps, nous en avons si peu. Sinon, pas grand-chose. Si… les femmes. Ah oui ! Les femmes me font perdre tous mes moyens.

Cette fois, elle vit qu'il plaisantait et se détendit. Il venait de parler avec une telle sévérité, comme s'il lui adressait des reproches à peine voilés. Mais non, son imagination lui jouait des tours. Il ne pouvait pas se douter de la comédie qu'elle lui donnait, sinon, il l'aurait depuis longtemps abandonnée à son sort. Il n'était pas homme à accepter les masques.

En riant, elle finit par accepter un cognac, mais accompagné d'un deuxième café. Elle se sentait bien en compagnie de cet homme, elle aurait aimé que ce dîner ne finisse jamais.

— Il y a un endroit que je fréquente, à New York. L'atmosphère en est semblable à celle de ce restaurant. C'est le *Partridge*, à SoHo, un repaire de poètes et d'artistes et de beaucoup de gens sympathiques.

Son visage s'était illuminé à cette évocation et Luke l'écoutait avec intérêt.

— Est-ce un endroit à la mode ?

— Oh non ! Au contraire, il fait très vieillot, mais c'est pour cela que je l'aime.

— Alors, je crois que je l'aimerais aussi. Il faudra que vous m'y emmeniez, un jour.

Il alluma un nouveau cigare.

— Que faites-vous de vos journées, à New York ?

— J'écris, je vois des amis, parfois je sors, je vais au théâtre. Je voyage aussi un peu. Mais, surtout, j'écris. Je connais beaucoup d'artistes à SoHo et je m'arrange pour les voir souvent.

— Et le reste du temps ?

— Je vois d'autres gens… cela dépend.

— Vous n'êtes pas mariée, je crois ?

— Non.

— C'est bien ce qu'il me semblait.

— Pourquoi ?

119

— Parce que vous vous tenez sur vos gardes, vous faites attention à ce que vous dites, à l'image de vous que vous renvoyez aux autres. La plupart des femmes mariées ont quelqu'un à qui réserver ces attentions, et cela se voit. Alors, que dites-vous de cette observation typiquement machiste ?

— Pas mal, c'est plutôt bien vu. Je n'y aurais jamais songé.

— Bien. Revenons à vous, maintenant. C'est moi qui pose les questions.

Il paraissait beaucoup s'amuser.

— Fiancée ?

— Non, et pas même amoureuse. J'ai un cœur de jeune fille.

— Je suis subjugué. Si j'avais un chapeau, je l'ôterais pour vous féliciter… Mais je ne suis pas sûr de vous croire.

— Pourtant c'est la vérité. Il y a quelqu'un que j'aime beaucoup, mais je… je ne le vois qu'une fois de temps en temps… quand je peux.

— Est-il marié ?

— Non… mais il vit dans un autre monde.

— À SoHo ?

Apparemment, il savait lire entre les lignes. Kezia hocha la tête :

— Oui.

— Il a de la chance.

— Il est tellement gentil, je l'aime bien ! Parfois, je me plais à penser que je l'aime tout court, mais il n'y a rien de vraiment sérieux entre nous, et il n'y aura jamais rien. Pour bien des raisons.

— Lesquelles ?

— Nous sommes trop différents. Tout nous sépare, en fait. Et puis il est plus jeune que moi, il ne voit pas la vie de la même façon.

— Est-ce si terrible ?

— Non, mais c'est assez pour nous éloigner l'un de l'autre. Et vous ? Avez-vous une petite amie ?

Le terme paraissait curieux appliqué à un tel homme.

— Non, je voyage trop. J'ai quelques bonnes amies que je retrouve par-ci, par-là, mais je me consacre plus à ma cause qu'à mes relations. Il y a longtemps que j'ai laissé tomber cette part de ma vie. On ne peut pas tout avoir. Il faut choisir.

Il parlait souvent sur ce ton. En un sens, c'était un puriste.

— Et puis, continua-t-il, je rencontre beaucoup de gens passionnants dans mes voyages. C'est très important pour moi.

— Pour moi aussi. Il est tellement rare de pouvoir parler sincèrement à quelqu'un.

— Vous avez raison. Et c'est pour cela que j'aimerais vous revoir si je venais à New York. Seriez-vous d'accord ? Nous pourrions aller au *Partridge*.

Elle sourit. Ce serait tellement bon de l'y retrouver ! Elle avait l'impression de s'être fait un nouvel ami, de lui avoir découvert son âme, pendant ce dîner, plus qu'à personne d'autre.

— Alors, voulez-vous me donner votre numéro de téléphone ?

Sans lui laisser le temps de réagir, il lui tendait un crayon et le dos d'une enveloppe. Après tout, que risquait-elle à lui indiquer son téléphone ? Elle l'inscrivit mais se garda bien d'ajouter son adresse.

Après avoir plié l'enveloppe dans sa poche, il paya et l'aida à remettre sa veste.

— Voulez-vous que je vous accompagne à l'aéroport, Kate ?

Elle prit beaucoup de temps pour fermer ses boutons, le regard dans le vague, puis releva la tête, l'air presque intimidé :

— Cela ne vous ennuierait pas trop ?

Doucement, il tendit la main pour arranger une de ses boucles.

— Bien sûr que non.

— Ce serait très gentil de votre part.

— Allons, ce sera un plaisir !

Il la regardait partir et elle se tourna pour lui adresser un dernier signe avant d'entrer dans la salle d'embarquement. Impulsivement, ce fut un baiser qu'elle lui envoya de la main. Elle venait de passer un délicieux moment, de réussir une superbe interview, de vivre une merveilleuse journée. Elle se sentait comblée par ces succès, et troublée par Luke.

Dans l'avion, elle choisit une place à l'avant, demanda les journaux du soir à l'hôtesse, alluma sa lampe. Sans voisin immédiat, elle pouvait s'installer à son aise pour lire. C'était le dernier vol pour New York et il serait plus d'une heure du matin quand elle atterrirait. Elle n'avait rien de prévu pour le lendemain, si ce n'était travailler son article sur Luke Johns. Elle n'avait plus envie d'aller à SoHo, elle voulait rester seule.

Une douce tristesse s'emparait d'elle, une étrange amertume qui lui donnait l'impression d'être passée à côté de quelque chose d'important. Elle savait qu'elle ne reverrait jamais Luke Johns. Il avait son numéro de téléphone mais sans doute ne trouverait-il jamais le temps de l'appeler ; et s'il lui prenait l'envie de venir, à ce moment, elle se trouverait justement à Zermatt, ou à Milan ou à Marbella. Il avait de quoi s'occuper cent ans avec ses réunions, ses syndicats, ses détenus et ses meetings… Et ces yeux… c'était un homme si gentil, si agréable… si doux… comment l'imaginer en prison ? Ou brutal, ou menaçant ? Il avait dû souvent se bagarrer, aller jusqu'à blesser des adversaires. Mais c'était un autre Luke qu'elle avait rencontré. Un Luke dont l'image ne cessa de la hanter tout au long du retour. Il était sorti à jamais de sa vie, aussi pouvait-elle s'offrir le luxe de penser et repenser à lui… juste cette nuit.

Le vol lui parut trop court et elle regretta presque de devoir quitter l'avion pour traverser l'aéroport à la recherche d'un taxi. À cette heure encore La Guardia grouillait de monde, tant et si bien qu'elle ne vit pas l'homme brun qui la suivait à faible distance. Il la regarda se glisser dans un taxi puis se tourna pour consulter sa montre à la lumière. Il avait le temps. Elle ne serait pas chez elle avant une demi-heure.

Alors, il lui téléphonerait.

11

— Allô ?

— Bonsoir, Kate.

Reconnaissant ce timbre, elle sentit ses nerfs vibrer d'une onde tiède.

— Bonsoir, Luke, articula-t-elle d'une voix enrouée de fatigue. Je suis contente de vous entendre.

— Êtes-vous bien rentrée ?

— Oui, merci, le vol était parfait. J'avais l'intention de lire les journaux mais, finalement, je n'en ai rien fait.

Il faillit répondre : « Je sais », mais se mordit la langue.

— Et que faites-vous en ce moment ? reprit-il d'un ton malicieux.

— Pas grand-chose. Je m'apprêtais à prendre un bain avant de me coucher.

— Puis-je vous inviter à boire un verre au *Partridge* ou chez *P. J. Clarke* ?

— Ça ne fait pas un peu loin de votre hôtel de Washington, non ? Vous venez à pied ? demanda-t-elle en riant.

— Pourquoi pas ? C'est encore faisable depuis La Guardia.

— Ne me faites pas marcher, si j'ose dire… J'ai pris le dernier vol.

— Moi aussi.

— Comment ?

Subitement, elle comprit :

— Ce n'est pas vrai ! Et moi qui ne vous ai pas vu !

— J'y comptais bien ! J'ai failli me démettre une épaule à force de me tasser sur mon siège.

— Luke, vous êtes fou !

Elle partit d'un fou rire qui lui renversa la tête en arrière.

— C'est complètement extravagant ! Vous perdez l'esprit !

— Pas tant que ça, j'ai pu libérer ma journée de demain. J'avais le cafard en vous voyant partir.

— Et moi en partant. Je ne sais pas trop pourquoi, d'ailleurs.

— Maintenant nous voilà tous les deux ici et je suis sûr que vous n'avez pas plus le cafard que moi. Alors, que faisons-nous ? Chez *P. J.* ou au *Partridge*, ou ailleurs ? Je ne connais pas bien New York.

Pas encore remise de sa surprise, elle continuait de secouer la tête, hilare :

— Luke, il est au moins une heure et demie du matin. Que voulez-vous que nous fassions encore à cette heure ?

— À New York ?

Il ne se laisserait pas démonter aussi facilement.

— Même à New York, il se fait tard. Attendez, je vais vous retrouver dans une demi-heure chez *P. J.*

C'est à peu près le temps qu'il vous faudra pour vous y rendre ; quant à moi, je tiens à prendre une petite douche et à me changer. Mais laissez-moi vous dire quelque chose, auparavant.

— Quoi ?

— Vous êtes cinglé.

— Est-ce un compliment ?

— Peut-être.

— Bon. Je vous retrouve dans une demi-heure.

Effectivement, il la vit arriver, ponctuelle, en jean et coiffée de deux nattes de petite fille.

Le bar était plein, les lumières brillaient, le juke-box hurlait. Luke aimait ce genre d'endroit. Il buvait une bière et elle vint vers lui, les yeux brillants.

— Seigneur, vous êtes désarmant ! Personne ne m'avait encore suivie en avion. Il fallait le faire !

Elle commanda un soda et tous deux restèrent debout à bavarder, tandis que Kezia surveillait l'entrée du coin de l'œil. N'importe qui de sa connaissance pouvait entrer à tout moment et mettre en pièces la belle histoire de « Kate Miller ».

— Vous attendez quelqu'un ou vous êtes nerveuse ?

— Non, je crois surtout que je n'en reviens pas. Il y a quelques heures, nous dînions à Washington, nous nous sommes dit au revoir à l'aéroport, et vous voilà ici. Avouez que c'est surprenant ! Mais agréable, aussi.

— Un peu pesant, non ?

Peut-être était-il allé trop loin, néanmoins elle ne semblait pas lui en vouloir.

— Non, murmura-t-elle en mesurant ses mots. Que désirez-vous faire, maintenant ?

— Si nous nous promenions ?

— C'est drôle, j'y pensais, dans l'avion ! J'avais envie de me promener le long de l'East River. Cela m'arrive de temps en temps, pour réfléchir.

— Au risque de vous faire assassiner. Est-ce cela que vous cherchez ?

— Il ne faut pas croire tout ce que l'on dit sur cette ville, Luke ! Elle n'est pas plus dangereuse qu'une autre.

Tous deux partirent le long de la Troisième Avenue, encore illuminée par ses bars et ses restaurants, jusqu'à la 57e Rue. New York n'était pas une ville ordinaire et ne ressemblait à aucune autre ville américaine. Incroyablement vivante même la nuit, elle ressemblait plutôt à une Rome gigantesque. Mais en plus grand, en plus sauvage, en plus cruel et beaucoup moins romantique. New York possédait son propre romantisme, sa propre ardeur. Comme un volcan qui attend son heure pour exploser. Les deux promeneurs sentaient vibrer son tempérament de feu qui refusait de se laisser brider. Paradoxalement, ils se sentaient en paix. Ils croisaient de petits groupes de passants, des gens en tee-shirts et baskets qui promenaient leurs chiens, des ivrognes sans but, des jeunes qui couraient en riant. Cette ville restait éveillée vingt-quatre heures sur vingt-quatre.

Ils traversèrent la 58e Rue et continuèrent le long de l'élégante Sutton Place. Kezia se demanda si elle n'allait pas voir Whit en sortir, s'il fréquentait toujours certain appartement de cet immeuble… à moins qu'il n'y passât désormais ses nuits entières.

— À quoi pensez-vous, Kate ? Vous voilà toute songeuse.

127

— Oui, je rêvassais, je songeais à des gens que je connais… à vous… à rien de précis.

Il lui prit la main et ils continuèrent paisiblement le long du fleuve, jusqu'à ce qu'une question vînt briser la sérénité de la jeune femme.

— Au fait, demanda-t-elle, où comptez-vous dormir, ce soir ?

— Je vais m'en occuper, ne vous inquiétez pas. J'ai l'habitude de débarquer au milieu de la nuit dans des villes inconnues.

— Vous pourriez prendre mon canapé, vous y serez un peu à l'étroit, mais il est confortable.

— J'accepte volontiers.

Ils échangèrent un sourire et reprirent leur promenade. Kezia se sentait bien auprès de lui, apaisée. Quelle importance, au fait, qu'il sût où elle habitait ? De toute façon, combien de temps parviendrait-elle encore à se cacher – de lui, d'elle-même, de ses amis ? Ces précautions lui pesaient désormais comme un insupportable fardeau. Pour une nuit, au moins, elle voulait s'en débarrasser. Luke était son ami ; il ne lui ferait pas de mal, qu'il connaisse ou non son adresse.

— Voulez-vous que nous rentrions, maintenant ?

— Vous habitez près d'ici ?

Le quartier étonna Luke par son aspect parfaitement ordinaire.

— Pas très loin, encore quelques rues et nous y sommes.

En montant vers la 72e Rue, les immeubles prenaient un aspect plus bourgeois.

— Fatiguée, Kate ?

— Sans doute, mais je ne m'en rends pas compte.

— Vous devez être encore sous l'effet de la cuite que vous avez prise hier.

— C'est malin ! Tout cela parce que je m'enivre une fois par an…

— Pas plus ?

— Jamais de la vie !

La tranquillité de la circulation dans ce quartier contrastait avec l'animation du centre-ville. Ils atteignaient Park Avenue, séparée en son milieu par un terre-plein de fleurs et de buissons.

— Je n'ai pas l'impression que vous habitez un bidonville, mademoiselle Miller !

Pendant un moment, il s'était demandé si elle n'allait pas l'emmener dans un studio miteux du centre-ville afin de garder secrète sa véritable adresse. Dieu merci, elle n'avait pas peur de lui à ce point.

— Vous devez bien gagner votre vie avec vos articles !

Leurs regards se croisèrent et ils partirent ensemble d'un éclat de rire complice.

— Je ne me plains pas.

Pourquoi ne lui disait-elle encore rien ? Pourquoi garder ce secret ? Luke la plaignait d'être contrainte à cette double vie, de s'infliger une telle solitude. Que fuyait-elle au juste ? Certainement pas l'homme insipide qu'il avait vu à ses côtés sur la photo du journal.

Ils tournèrent dans une rue bordée d'arbres et elle s'arrêta devant la première porte. Un vélum de toile, un portier en tenue chamarrée, tout un décorum.

— Nous y voilà.

Elle appuya sur la sonnette et le portier s'empressa d'ouvrir ; le haut-de-forme en bataille, il paraissait à moitié endormi.

— Bonsoir ! lança-t-elle en lui adressant un signe de connivence.

— Bonsoir, mademoiselle.

Luke souriait intérieurement dans l'ascenseur. Arrivée à son étage, elle introduisit sa clef dans la serrure, poussa la porte. Une pile de courrier attendait sur la console de l'entrée ; la femme de ménage était passée par là, laissant un appartement impeccable et qui sentait bon la cire.

— Voulez-vous boire quelque chose ? proposa-t-elle.

— Je suis sûr que vous avez du champagne.

Étonnée, elle leva la tête, mais il souriait d'un air taquin.

— Quelle piaule, mazette !

Pourtant, il semblait plus amusé que critique.

— Je pourrais vous dire que c'est l'appartement de mes parents…

— Ou que ça l'était ?

— Non, c'est le mien. Je suis assez grande pour me l'offrir toute seule.

— C'est bien ce que je disais, les affaires marchent, pour vous.

Elle haussa les épaules et s'éloigna en riant. Elle ne devait aucune excuse à personne.

— Alors, reprit-elle, champagne, ou bière ?

— Plutôt du café.

En se dirigeant vers la cuisine, elle l'entendit derrière son dos :

— Vous vivez ici avec une amie ?

— Non, pourquoi ? Du sucre ?

— Ni sucre ni lait, merci. Vous habitez seule ici ?

— Oui, pourquoi ?

— Le courrier.

La bouilloire à la main, elle s'immobilisa, tourna la tête dans sa direction.

— Oui, et alors ?

Elle n'avait pas songé à ce détail.

— Il est adressé à mademoiselle Kezia Saint Martin.

Il y eut un moment de silence.

— Oui, je sais.

— Quelqu'un de vos relations ?

— Oui…

Dès lors un seul mot suffit à la décharger du poids du monde :

— … Moi.

— Pardon ?

— C'est moi, Kezia Saint Martin.

Figée, elle ne parvint pas à prendre l'allure désinvolte qu'impliquaient ses paroles.

— Alors, vous n'êtes pas Kate S. Miller ?

— Si, c'est aussi moi. Quand je signe mes articles.

— Un pseudonyme.

— Un parmi d'autres. Il y a aussi Martin Hallam.

— Vous collectionnez les identités, ma chère ?

Il s'était doucement approché d'elle.

Elle posa la bouilloire sur la plaque et se détourna ostensiblement. Il ne vit plus d'elle que ses cheveux noirs et ses frêles épaules.

— Oui, et les vies aussi. J'en ai trois, non quatre, et même cinq en comptant « Kate ». K. S. Miller n'avait jamais eu besoin de prénom jusque-là. Vous allez me prendre pour une schizophrène.

— Croyez-vous ?

131

Il se trouvait juste derrière elle, maintenant, mais il ne la toucha pas.

— Si nous allions nous asseoir afin de bavarder un peu ?

Sans doute l'heure n'était-elle pas aux grandes confidences, mais Kezia éprouvait soudain le besoin irrésistible de parler à cet homme, de tout lui dévoiler. Ce serait si bon ! Seulement, maintenant, il pouvait la prendre pour une menteuse… à moins qu'il n'y attachât pas beaucoup d'importance. Peut-être comprendrait-il.

— Si vous voulez.

Elle le suivit dans le salon, prit place dans l'un des fauteuils en velours bleu de sa mère, le regarda s'installer sur le canapé de l'autre côté de la table basse.

— Cigarette ?

— Merci.

Il approcha son briquet et elle tira une longue bouffée tout en essayant de rassembler ses idées.

— Je dois passer pour une folle en racontant cela ; c'est pourquoi je ne l'ai encore jamais dit à personne.

— Allons, je suis prêt à tout entendre ! Tout ce que je constate, c'est que vous menez une vie totalement déséquilibrée, Kezia. Vous méritez mieux.

Son prénom avait franchi tout naturellement les lèvres de Luke, qu'elle observait à travers la fumée de sa cigarette.

— Le pire étant que vous devez vous retrouver terriblement seule.

— C'est vrai.

Un flot de pleurs enroua sa voix. Elle avait tellement besoin de se confier, de dire le vide de son existence sous le joli ruban de la riche héritière, et toutes ces obligations idiotes, ces soirées fastidieuses, ces hommes insipides. Et sa première victoire quand elle se vit enfin publiée et personne avec qui la partager si ce n'était un vieux monsieur et un agent encore plus vieux. Elle avait une vie entière à révéler ainsi, qu'elle avait tenue cachée jusque-là de presque tous ceux qui la connaissaient, ou du moins le croyaient.

— Je ne sais par où commencer.

— Vous avez parlé de cinq identités. Prenez-en une et partez de là.

Deux longues larmes coulaient maintenant sur ses joues et Luke tendit la main pour les essuyer. Elle la saisit et la garda, et ils demeurèrent ainsi, main dans la main.

Elle commença par raconter l'héritière, le nom, la fortune, les traditions familiales.

— Enfin… s'interrompit-elle soudain. Ne lisez-vous pas les journaux ?

— Si, mais je préfère entendre votre voix. Je déteste apprendre par la presse ce qui arrive aux gens auxquels je tiens.

Elle demeura un instant interdite. Les gens auxquels il tenait ? Mais il ne la connaissait pas… mais il avait pris l'avion de Washington pour la voir. Il était là. Et il paraissait s'intéresser à ce qu'elle lui confiait.

— Voyez-vous, où que je mette les pieds, c'est pour me faire surprendre par un photographe.

— Pas cette nuit.

— Non, mais cela aurait pu ; nous avons eu de la chance. C'est pour cette raison que je guettais la porte du bar. J'avais aussi peur qu'une relation me reconnaisse et m'appelle Kezia au lieu de Kate.

— Quelle importance cela pouvait-il avoir ?

— C'est que… je me serais sentie un peu idiote. Et puis j'aurais eu…

— Peur ? acheva-t-il en sentant son hésitation.

Elle baissa les yeux.

— Peut-être, prononça-t-elle d'une toute petite voix.

— Pourquoi, ma douce ? En quoi pouviez-vous redouter que je connaisse votre véritable identité ? Craigniez-vous que je vous fasse du mal, que je ne m'intéresse plus qu'à votre argent, à vos relations, au prestige de votre nom ?

— Non… c'est… enfin, il y a de cela. C'est ce que font tellement de gens ; mais pas vous, je le sais, maintenant. Cependant, ce n'était pas ce qui me préoccupait le plus. Kezia Saint Martin n'est qu'une partie de moi. À vingt ans, j'étais considérée comme l'un des plus beaux partis du monde, un fabuleux investissement, si vous voulez. Et cela me faisait terriblement peur. Je ne voulais pas finir comme ma mère…

Elle se tut, et c'est lui qui insista, patiemment, avec une infinie douceur :

— Qu'est-il arrivé à votre mère ?

— Quand j'avais huit ans, elle… elle buvait tellement qu'elle en est morte. Elle ne supportait pas la vie d'ici, elle qui venait d'une vieille famille anglaise ; je crois que le pire, pour elle, a été de passer du statut de lady Liane Holmes-Aubrey à celui de Mme Keenan Saint Martin.

— Votre père l'a-t-il épousée pour son argent ?

— Non, il était encore plus riche qu'elle. Mais, c'est drôle, elle avait une parenté directe avec la reine.

— Je ne trouve pas cela drôle.

134

— Attendez. Mon père ne connaissait que le succès en tout ; il était l'un des hommes les plus haïs et les plus adorés de sa génération, car il se permettait les actions les plus folles et les plus, enfin... il faisait ce qu'il voulait. Elle ne pouvait se permettre un geste, une parole sans que cela paraisse aussitôt dans les journaux. Elle n'en avait pas l'habitude, et vous savez combien la presse américaine peut se montrer impitoyable. Elle finissait par se sentir à la fois seule et traquée.

— Et elle a quitté votre père ?

— Non, elle est tombée amoureuse de mon précepteur français.

— En êtes-vous certaine ?

Jusque-là, il s'était plutôt amusé de cette histoire ressemblant trop aux potins mondains qu'il parcourait parfois d'un œil distrait. Mais à la façon dont Kezia baissait la tête, il comprit qu'elle lui racontait un drame.

— Oui, elle en est morte.

— Comme ça ? Il l'a tuée ?

— Non, enfin... elle s'est laissée mourir après que mon père eut fait renvoyer son amant. Elle s'est mise à boire, pour ne presque plus rien manger.

— Elle se reprochait donc tant d'avoir trompé son mari ?

— Pas vraiment, cela restait une faute mineure. Ce qu'elle ne se pardonnait pas, c'était d'avoir trahi ses ancêtres, la tradition de sa famille, l'aristocratie tout entière, en tombant amoureuse d'un « manant ».

En prononçant ce mot, Kezia émit un petit rire qui sonna faux.

— Je ne vois pas ce qu'il y a d'avilissant à cela, répliqua Luke.

— Elle avait commis un péché mortel ! Hors de ta condition nul ne connaîtras ! Tout au moins en ce qui concernait les femmes, parce que, pour les hommes, trousser le cotillon relevait presque de l'obligation ! Seulement, une dame ne pouvait pas se commettre avec son jardinier. Le contrôle des naissances n'existait pas, alors, et tout père de famille devait être certain de la légitimité de sa descendance.

— Ouais… marmonna-t-il peu convaincu.

— Ma mère ne l'avait pas compris. En outre, elle aggravait son cas du fait qu'elle était amoureuse ; elle songeait presque à s'enfuir avec son amant.

— Comment votre père l'a-t-il su ? Il la faisait suivre ?

— Certainement pas. Non, c'est Jean-Louis qui est allé le lui dire. Il réclamait cinquante mille dollars pour taire le scandale, ce qui ne représentait pas une somme énorme, tout compte fait. Mon père lui en a donné la moitié et l'a renvoyé chez lui.

— Qui vous a raconté tout cela ?

— Mon tuteur. Pour s'assurer que je ne commettrais jamais la même bêtise.

— Et cela marche ?

— En un sens, oui.

— C'est-à-dire ?

— Eh bien, j'ai peur de l'avenir ! Quoi que je fasse ou ne fasse pas, la menace me pèsera sur la tête. Si je m'étais conformée aux préceptes de mon tuteur, j'aurais fini par haïr mon existence au point de me soûler à mort, comme ma mère. Mais si je « trahis » ma condition sociale, je pourrais bien aboutir à un

136

résultat identique. Une femme devient adultère pour voir son amour foulé aux pieds par une petite gouape de dixième zone qui veut faire chanter le mari. Pas mal dans le genre vaudeville, non ?

— Non, pathétique, navrant. Mais croyez-vous vraiment cette histoire de trahison ?

— Il le faut bien. J'en ai tant vu de semblables. J'ai… cela m'est presque arrivé, à moi aussi. Quand les gens apprennent qui vous êtes, ils… ils vous traitent différemment. Vous n'êtes plus une personne à leurs yeux, mais un magot, une légende, un défi, un objet qu'ils doivent posséder. Les seuls qui pourraient vous comprendre sont ceux de votre condition.

— C'est toujours cela !

— Pas pour moi. Je ne supporte plus le personnage que je suis censée représenter. Et je ne peux avoir ce que je veux… cela me fait trop peur. Je… et puis zut ! Je ne sais plus.

Dans son désarroi, elle écrasait une boîte d'allumettes entre ses doigts.

— Et votre père, que lui est-il arrivé ?

— Il s'est tué dans un accident, et pas à cause de la disparition de ma mère qu'il a eu tôt fait de remplacer par autant de femmes qu'il lui en tombait dans les bras. Encore qu'elle devait lui manquer un peu, mais enfin, je crois qu'il avait surtout perdu le goût de vivre. Il avait bu. Il conduisait trop vite. Il est mort. C'est tout simple.

— Moi je trouve cela très compliqué, au contraire. Vous parlez de « trahison », de « traditions familiales », de « condition sociale », d'un monde où il n'est question que de suicides, d'accidents, de chantages et de chagrins d'amour. À quoi cela vous mènerait-il, Kezia, d'en respecter les lois, je vous le demande ?

— À une mort lente.

— En êtes-vous déjà là ?

— Sans doute, tout au moins elle me guette. Mais je sais encore m'évader. Cela m'aide. Et puis je suis sauvée parce que j'écris.

— Ce ne sont que des illusions grappillées par-ci par-là puisque vous êtes obligée de le faire en cachette.

— Comment voulez-vous que je fasse autrement ?

— Au grand jour, pour vous affirmer.

— C'est impossible.

— Pourquoi ?

— À cause d'Edward. Et surtout de la presse. Tout s'y trouverait immédiatement relaté, jusqu'à mes secrets les plus intimes. Rendez-vous compte, ils dénonceraient mes fréquentations « différentes »…

Sur ces mots, elle lui porta un regard appuyé avant de poursuivre :

— … mes sorties « inappropriées », mes paroles « incontrôlées », mes vêtements « indiscrets ».

— Et alors, mon chaton ? Le ciel ne vous en tomberait pas sur la tête !

— Justement si, Luke. C'est ce que vous ne comprenez pas.

— Parce que Edward vous ferait une scène ? Quand bien même ?

— Mais il aurait raison… et… si… si je finissais…

Comme elle ne pouvait le dire, c'est lui qui acheva :

— Comme votre mère ?

Les yeux baignés de larmes, elle demeura muette.

— Cela ne vous arrivera pas, petite fille. Pas à vous. Je jurerais que vous êtes plus libre, plus sereine et sans doute plus intelligente qu'elle ne l'était. Bon sang, Kezia ! Si vous tombiez amoureuse du précepteur, ou du majordome, ou du chauffeur, ou de moi, qu'est-ce que cela pourrait bien faire ?

Elle ne répondit pas à cette question car elle n'aurait su quoi dire. Elle se contenta de constater amèrement :

— Il s'agit d'un monde tellement spécial, Luke ! Avec ses lois propres.

— Je n'en doute pas, comme la taule.

— Si vous voulez, seulement une prison silencieuse et invisible, avec des murailles de conventions et d'hypocrisies, de mensonges, de contraintes, avec des cellules tapissées de peur et de honte, et des promenades pavées de diamants.

Il partit brusquement d'un grand rire.

— Qu'y a-t-il de si drôle ?

— Rien, sauf que les neuf dixièmes de la population se trouvent exclus de votre monde, et ne font qu'en rêver. Si je comprends bien, ils seraient bien déçus s'ils y parvenaient.

— Cela se produit, parfois.

— Et que se passe-t-il quand ils s'aperçoivent qu'ils ne peuvent supporter ce rythme infernal, Kezia ?

Lentement, elle leva les yeux vers lui.

— Certains en meurent.

— Et les autres ?

— Ils s'en accommodent. Edward, par exemple. Il en accepte les lois, parce qu'il y est bien obligé, bien que son existence en ait été gâchée.

— Il n'avait qu'à réagir.

— Ce n'est pas si facile pour tout le monde.

— Parce qu'ils ont la frousse ?

139

— Si vous voulez. Ils n'osent pas affronter l'inconnu, ils préfèrent couler avec leur bateau que de se noyer dans des eaux sans fond.

— Ou d'être sauvés. Il leur reste toujours une chance d'attraper une bouée ou d'aborder une île paradisiaque. Que dites-vous de ces perspectives ?

Mais Kezia songeait à autre chose. Elle demeura un long moment sans rien dire, les yeux fermés, la tête appuyée sur le dossier de son fauteuil. Elle se sentait très fatiguée, presque vieille, et se demandait si Luke comprendrait ce qu'elle allait lui raconter.

— Quand j'avais vingt et un ans, commença-t-elle d'une voix sourde, je voulais vivre ma vie. Alors, sans tenir compte des préceptes d'Edward, j'ai tenté ma chance au *Times*. J'ai tenu exactement dix-sept jours, avant de me retrouver au bord de la dépression nerveuse. J'étais en butte à leurs moqueries, à leur hostilité, à leurs obscénités, sans parler de leur curiosité ni de leur envie. Un jour je me suis même heurtée à un photographe dans les toilettes ! Cela les amusait de me tourmenter. J'ai résisté autant que j'ai pu, Luke, je le jure, mais je ne pouvais plus m'en sortir. Ils ne voulaient pas de moi. Ils m'ont engagée à cause de mon nom, juste pour voir ce qu'il y avait derrière mon image. Jamais plus je n'ai recommencé à travailler à visage découvert. Depuis lors, j'ai repris mon rôle de poupée mondaine et le reste je l'ai accompli en secret, sous d'autres noms et… et voilà comment nous avons fait connaissance. C'est la première fois de ma vie que je prends le risque de me dévoiler.

— Pourquoi l'avez-vous fait ?

— Peut-être parce que je me le devais à moi-même. Mais, pour les autres, je me suis toujours conformée à mon destin, fréquentant les réceptions, les comités, les gens qu'il fallait, allant en vacances où j'étais censée me rendre, en bonne oisive bien riche. J'ai la réputation de sortir toute la nuit et de me lever à trois heures de l'après-midi.

— Et ce n'est pas vrai ? demanda-t-il avec un demi-sourire.

— Pas du tout ! s'exclama-t-elle furieuse. Je travaille comme une brute, au contraire ! J'accepte tous les reportages décents qui me sont proposés et je me suis fait une certaine réputation, en tant que journaliste. Ce n'est pas en se levant à trois heures de l'après-midi qu'on arrive à ce résultat.

— Et cela ne convient encore pas aux « gens comme il faut » ? Ce n'est pas « comme il faut » d'écrire ?

— Certainement pas. Ce n'est pas respectable. Pas pour moi. Pour bien faire, il faudrait que je me cherche un mari, que je passe mon temps chez le coiffeur au lieu de traîner du côté des prisons du Mississippi.

— Ou avec des détenus en liberté conditionnelle de Chicago.

Il y avait de la tristesse dans le regard vert de Luke : Kezia s'était parfaitement fait comprendre.

— Je ne serais pas critiquée sur les gens que je vais interviewer mais sur le fait que je trahis mes traditions familiales.

— Encore ! Ce que vous pouvez être vieux jeu, ma pauvre Kezia ! La plupart des gens de votre milieu travaillent.

— Oui, mais pas comme ça. Pas pour de bon. Et… il y a autre chose.

— Je me disais, aussi…

Il s'étonna de la voir sourire tandis qu'elle rallumait une cigarette.

— Hormis tout cela, je trahis encore mon monde. Avez-vous déjà lu la rubrique mondaine de Martin Hallam ?

— Il est assez célèbre pour que j'y aie jeté un coup d'œil.

— C'est moi qui l'écris. J'ai lancé cette chronique comme un gag, mais elle a marché et…

Haussant les épaules, elle laissa retomber ses mains en le voyant éclater de rire.

— C'est vous l'auteur de ces articles dingues ?

Quelque peu déroutée, elle grimaça un sourire sans savoir si elle devait en être fière ou honteuse.

— Et vous caftez de la sorte sur tous vos chers amis ?

— Ils en raffolent puisqu'ils ne savent pas que c'est moi qui suis derrière. Pour tout vous dire, cela commence à me peser.

— Cette fois, pour une trahison, c'est une trahison ! Et personne ne se doute de rien ?

— Personne. Ils ne savent même pas que l'auteur est une femme. Ils prennent ces nouvelles comme elles viennent. Le rédacteur en chef ignore tout, lui aussi. Je passe par mon agent qui rédige tous ses contrats au nom de K. S. Miller.

— Là, mademoiselle, vous m'épatez !

— Parfois, je m'épate moi-même.

Ce fut un moment de joyeuse détente après ces difficiles révélations.

— Enfin, reprit Luke, je vois que vous êtes effectivement une personne très occupée.

— Vous devez comprendre pourquoi je redoutais de me voir découverte en vous interviewant.

— Alors pourquoi l'avoir fait ?

— Je vous l'ai dit : je me le devais à moi-même. Et puis la curiosité me poussait, sans parler de mon agent qui m'y incitait de toutes ses forces. Je n'allais pas passer mon existence à me cacher ; si je voulais réussir, il me fallait prendre quelques risques.

— Vous en avez pris un gros.

— Oui.

— Et vous le regrettez ?

— Pas le moins du monde.

— Kezia, envoyez promener toutes ces conventions et montrez à ces gens qui vous êtes. Tout au moins pour K. S. Miller.

— Vous rendez-vous compte du scandale que cela créerait ? De ce que diraient les journaux ? Et puis les gens ne me liraient plus pour le fond mais pour voir ce que raconte Kezia Saint Martin. J'en reviendrais exactement à mon statut d'il y a huit ans, comme pigiste au *Times*. Ma tante en aurait une attaque, mes amis ne me feraient plus confiance et j'aurais l'impression d'avoir trahi tout mon entourage.

— Bon sang, Kezia ! Tous ces gens sont momifiés, à moitié morts !

— Pas les traditions. Elles demeurent.

— Pour reposer sur vos seules épaules ? Enfin, c'est insensé ! Nous ne sommes plus sous la reine Victoria ! Pourquoi cacher ainsi votre vie sous le boisseau ? Vous vous éteignez. Une pichenette et vous n'existerez plus. Si vous éprouvez le moindre respect pour votre travail, exercez-le au grand jour, avec fierté ! Comment peut-on à ce point manquer de tripes ?

— Je ne sais pas, soupira-t-elle. Je ne me suis jamais posé toutes ces questions.

— Voilà bien votre erreur. Il faut toujours tout remettre en question. Seulement, vous, vous refusez de choisir, vous préférez vous cacher comme une malade et vivre dix personnalités différentes qui ne veulent plus rien dire. Tout ça ne vaut pas un clou, si vous voulez mon avis !

— Peut-être. C'est aussi mon impression, mais vous ne pouvez comprendre ce que signifient les mots devoir, obligation, tradition.

— Devoir envers qui ? Et vous, alors ? N'y avez-vous jamais songé ? Comptez-vous rester ici toute seule pour le restant de vos jours, à écrire en secret, à vous rendre à ces réceptions idiotes au bras de ce pauvre type ?

Brusquement, il s'interrompit en la voyant tressaillir et lever la tête, l'air interloqué :

— De qui parlez-vous ?

— Du type au bras duquel je vous ai vue dans le journal.

— Ainsi, vous saviez ?

Soutenant son regard outré, il affirma tranquillement :

— Oui.

— Pourquoi ne me l'avez-vous pas dit ?

Ainsi, depuis le début, ou presque, il la trahissait, lui aussi. Elle qui lui en avait tant raconté !

— Comment vouliez-vous que je vous le dise ? « Attendez, mademoiselle, avant de finir votre article, sachez que je connais votre véritable identité parce

144

que je vous ai vue dans le journal » ? Et puis, j'espérais que vous finiriez par me le confier, un jour ou l'autre. Parce que, si je vous avais assené ainsi la nouvelle en pleine figure, vous vous seriez enfuie à toutes jambes, ce que je ne voulais surtout pas.

— Pourquoi ? siffla-t-elle. Vous craigniez que je n'écrive pas votre article ? Rassurez-vous, ils auraient envoyé quelqu'un d'autre. Vous n'auriez rien perdu.

Il lui saisit le bras avec une brusquerie qui la pétrifia.

— Si, vous.

Un long moment de silence immobile s'écoula.

— Et alors ? finit-elle par murmurer.

— Alors, je n'aurais pas aimé… Maintenant, il vous reste à décider si vous voulez vivre dans le mensonge pour le reste de votre vie. Pour moi, cela ressemblerait à un cauchemar… sans arrêt redouter de rencontrer telle ou telle personne à tel endroit ou à telle heure, selon ce que vous êtes à ce moment-là. Mais tout le monde s'en fiche ! Montrez-leur qui vous êtes, à moins que vous ne le sachiez pas vous-même.

— Taisez-vous ! s'exclama-t-elle en dégageant son bras. Il est trop facile pour vous de me critiquer ! Vous n'avez rien à perdre, personne n'attend rien de vous. Vous pouvez faire exactement ce qu'il vous plaît et aller au diable si cela vous chante !

— Vous croyez ? demanda-t-il d'un ton à nouveau mesuré. Alors sachez que j'en sais un peu plus que vous sur le devoir, seulement le mien ne concerne pas une brochette de mémères huppées, mais des hommes qui n'ont plus que moi pour les défendre, parce que leurs familles les ont laissés tomber, qu'ils n'ont pas les moyens de se payer un bon avocat. Je sais qui ils sont, chaque jour je les revois dans ma tête, perdus au fond de leurs oubliettes, certains depuis plus longtemps que ce qu'a duré toute votre vie. Et si je ne fais rien pour les en sortir, personne ne le fera. Le voilà, mon devoir. Au moins, ces pauvres diables sont-ils authentiques, eux, et, au risque d'aller les rejoindre au trou, j'ai envie de donner ma peau pour eux, au contraire de vous, contrainte et forcée de suivre un chemin qui vous emmène où vous ne voulez pas. Alors ne dites pas que je n'ai rien à perdre. Parce que, si je ne les aimais pas, je les enverrais tous promener, je me remarierais, j'aurais des enfants et je me retirerais à la campagne.

Abattue, épuisée, elle ne répondit rien et se leva pour aller chercher du café. Cela faisait trois heures qu'ils discutaient ainsi.

— Je ne voulais pas me montrer trop dur, Kezia, soupira-t-il en s'étirant. Excusez-moi de m'être ainsi laissé emporter.

— Non, vous aviez raison. J'ai de temps en temps besoin de bonnes mises au point. J'ai trop confiance en vous pour ne pas vous écouter.

— Merci, souffla-t-il.

Il s'était levé lui aussi et se trouvait juste derrière elle. Pour se donner une contenance, elle lui demanda s'il tenait toujours à son café.

— Je préférerais de la bière, si cela ne vous ennuie pas.

— Bien sûr que non.

— Génial. Et pas besoin de me sortir un verre. En bon paysan, je préfère boire au goulot.

Joignant le geste à la parole, il ouvrit le réfrigérateur, sortit une canette dont il fit sauter la capsule avant d'en avaler une longue rasade.

— Que c'est bon ! s'exclama-t-il enfin.

— Je suis désolée de vous avoir retenu si longtemps avec mon bavardage, Luke. Vous devez avoir sommeil.

— J'étais aussi content de vous entendre que vous de vous confier.

Ils se sourirent en buvant chacun leur boisson.

— Je vais vous préparer le canapé.

Elle eut tôt fait de le déplier pour en tirer un lit avec draps et couvertures.

— J'espère que vous dormirez bien. Avez-vous encore besoin de quelque chose avant de vous coucher ?

Il préféra ne pas préciser quoi ; elle avait repris son air digne de maîtresse de maison. L'honorable Kezia Saint Martin.

— Oui, dit-il, j'ai besoin du sourire de la jeune femme qui vient de me raconter tous ses secrets. Ne faites pas cette tête-là. Je ne vais pas vous sauter dessus.

Elle parut surprise.

— Je ne pensais pas à cela, Luke.

— Alors pourquoi vous raidir de la sorte ?

— Je ne sais pas, ce doit être l'habitude.

— Avec moi, il faudra la perdre. Nous sommes amis, non ?

Les larmes aux yeux, elle hocha la tête.

— Si, bien sûr !

— Bon, parce que je vous trouve fantastique.

En trois enjambées, il la rejoignit pour la serrer contre lui.

— Bonne nuit, mon chaton. Dormez bien.

Sur la pointe des pieds, elle lui donna un baiser sur les joues.

— Merci, et vous aussi, Luke.

Il entendait le tic-tac d'une pendule dans l'appartement obscur, mais aucun bruit ne provenait de la chambre de Kezia. Il était couché depuis à peine dix minutes, sur le point de s'endormir, refusant de faire quoi que ce soit qui pût l'effaroucher après leur poignante conversation. Elle devait être bouleversée, et il ne voulait pas précipiter les choses, au risque de se voir fermer sa porte à tout jamais. Ces aveux... ces larmes... cette tendresse à peine cachée...

— Luke ? Vous dormez ?

Plongé dans ses pensées, il n'avait pas entendu les pieds nus effleurer le sol.

— Non.

Il se dressa sur un coude pour l'apercevoir, éclairée par la lumière du corridor, en chemise de nuit rose, les cheveux dénoués sur les épaules.

— Ça ne va pas ?

— Je ne peux pas fermer l'œil.

— Moi non plus.

Elle alluma une lampe, elle sourit et s'assit sur la moquette, près du canapé-lit. Luke prit une cigarette, qu'il lui tendit. Elle en tira une bouffée avant de la lui rendre.

— Vous m'avez fait beaucoup de bien, ce soir, Luke.

— À quel point de vue ?

De nouveau allongé, il regardait le plafond.

— Vous m'avez laissée exprimer des questions qui me tourmentaient depuis des années. Et j'en avais terriblement besoin.

Selon lui, elle n'avait pas besoin que de cela mais, encore une fois, il se refusait à la brusquer.

— Luke ?

— Oui.

— Comment était votre femme ?

Un long silence lui répondit, si bien qu'elle regretta de lui avoir posé cette question.

— Jolie, jeune, folle, comme moi en ces temps-là… et craintive. Elle avait peur de se retrouver seule. Je ne sais pas, Kezia… elle était gentille, je l'aimais… mais il y a si longtemps. J'étais différent d'aujourd'hui. Nous ne savions pas nous parler. Tout a été gâché, le jour où je me suis retrouvé en taule. Il faut pouvoir dire ce que l'on a sur le cœur quand se produisent des événements si graves. Mais elle a tout gardé pour elle, même quand notre petite fille a été tuée. Elle a fini par en étouffer. En un sens, elle était déjà morte quand elle s'est suicidée. Un peu comme votre mère.

Kezia l'observait du coin de l'œil. Il ne montrait pas la moindre émotion, si ce n'était l'espèce de distance désabusée avec laquelle il semblait considérer des faits si lointains.

— Pourquoi m'avez-vous demandé cela ?

— Par curiosité, je suppose. Nous n'avons à peu près parlé que de moi, ce soir.

— Nous avons beaucoup parlé de moi, hier, pour l'interview. Nous commençons à nous répéter. Vous devriez essayer de dormir, maintenant.

Se relevant, elle écrasa la cigarette qu'ils avaient partagée.

— Bonne nuit, Luke.

— Bonne nuit, chaton, à demain.

— Ou plutôt à aujourd'hui.

Il sourit.

— Allez vite, maintenant, ou vous serez tellement fatiguée que vous n'aurez pas la force de me faire visiter la ville.

— Vous êtes libre toute la journée ?

— Oui, à moins que vous n'ayez autre chose à faire.

Il n'avait seulement pas pensé à lui poser la question.

— Non, je suis libre comme l'oiseau. Bonne nuit.

Dans un rapide froufrou de soie, elle se détourna et il la regarda franchir le seuil du salon.

— Kezia !

— Oui ?

— Je vous aime.

Interdite, elle demeura aussi immobile que lui qui la contemplait depuis son canapé.

— Je… bégaya-t-elle, je tiens beaucoup à vous, Luke. Je…

— Vous ai-je fait peur ?

— Un peu, avoua-t-elle en baissant les yeux.

— Il ne faut pas, Kezia. Je vous aime. Je ne veux pas vous faire de mal. Je n'ai jamais rencontré de femme comme vous.

Si elle l'avait pu, elle lui eût dit qu'elle non plus n'avait jamais rencontré d'homme comme lui, mais les mots ne passaient pas dans sa gorge sèche. Muette, elle ne pouvait que rester sur place, n'aspirant qu'à se retrouver dans ses bras mais incapable de le lui faire savoir.

Ce fut lui qui vint à elle, doucement, s'enveloppant dans le drap du lit ; d'un geste feutré, il lui glissa un bras autour de la taille.

— Ne craignez rien, mon chaton. Dites seulement si vous voulez…

Elle leva sur lui un regard lumineux. Jamais personne ne lui avait posé une telle question. Jamais personne ne lui avait paru à la fois si sérieux et si attentif à ne pas la heurter. Comme s'il la connaissait jusqu'au plus profond de son âme.

— Luke…

— Oui, ma douce ?

— Je vous aime. Je… vous… aime…

Il la souleva de terre avec une tendresse infinie, la porta jusqu'à sa chambre seulement éclairée par le corridor, et elle lui sourit quand il la déposa sur le lit, d'un sourire de femme heureuse.

— Figurez-vous, souffla-t-elle, que c'est la première fois que je ferai entrer un homme dans ce lit !

— C'est une excellente nouvelle.

— Je trouve aussi.

Leurs voix s'estompèrent jusqu'à devenir inaudibles.

Sa pudeur, ses hésitations la quittèrent et elle ouvrit les bras quand il voulut lui ôter sa chemise. Elle défit le drap qu'il avait noué autour de lui.

L'aube se leva sur la découverte de leurs deux corps et, quand elle s'endormit contre lui, le ciel devenait bleu.

12

— Bonjour, mon amour. Que veux-tu faire, aujour-
d'hui ?

Le menton sur son torse, elle lui sourit.

— Oh ! tu sais, comme d'habitude… tennis, bridge,
enfin tout ce qui se fait à Park Avenue.

— Tu t'y casseras le nez.

— Pourquoi ? Qu'est-ce qu'il a, mon nez ?

— Je le trouve magnifique.

— Tu es folle, complètement cinglée. C'est peut-
être pour ça que je t'aime.

— Comment le sais-tu ?

— Parce que mon talon gauche me démange. Ma
mère m'a toujours dit que je reconnaîtrais la vérité à
ce signe. C'est infaillible.

— Gros malin !

Il la fit taire avec un baiser et tous deux se blottirent
l'un contre l'autre.

— Tu es belle, Kezia.

— Toi aussi, tu es beau.

Elle aimait ce long corps mince et puissant à la
fois, ces muscles bien découplés, cette peau incroyablement douce.

— D'où rapportes-tu ce superbe bronzage ? demanda-t-il en admirant la marque de son maillot.

— De Marbella, bien sûr, et du midi de la France. J'y ai passé mes vacances seule.

— Tu ne me feras pas avaler ça.

— Si. Les journaux ont dit que je me trouvais « dans un isolement à peu près total ». En fait, j'avais loué un bateau sur l'Adriatique et, avant de partir pour Marbella, j'ai un peu visité l'Afrique du Nord pour mes reportages. C'était fantastique !

— Tu voyages beaucoup.

— Oui. Et j'ai aussi beaucoup travaillé cet été. Dis-moi, ce serait formidable si nous pouvions partir faire un tour là-bas, tous les deux. Dakar, Marrakech, la Camargue, la Bretagne, la Yougoslavie, et pourquoi pas l'Écosse aussi ?

Rêveuse, elle le regardait en lui caressant les cheveux.

— En effet, malheureusement, cela ne nous arrivera jamais. Tout au moins pas avant longtemps.

— Pourquoi ?

— Parce que je suis libéré sur parole ; je n'ai pas droit à un passeport.

— La barbe !

Il se mit à rire et l'embrassa, d'un baiser qu'elle lui rendit avec avidité.

— C'est ça que je devrais leur répondre, reprit-il amusé.

— Essaie, tu verras bien comment ils réagiront.

— Certainement pas en me donnant leur bénédiction.

Pensif, il la contempla longuement.

— Quand je pense, murmura-t-il, qu'il y a une semaine, nous ne nous étions jamais vus. Et, aujourd'hui, j'ai l'impression de te connaître depuis toujours, comme si ce qui nous arrivait était la plus naturelle des choses.

— Elle l'est. Dis-moi, n'as-tu jamais encore éprouvé cela ?

— Petite curieuse ! Non, jamais, justement. Pas plus que je ne suis tombé amoureux en trois jours... et encore moins d'une héritière.

L'air moqueur, il prit un cigare dans la boîte qu'elle lui avait ouverte la veille. Amusée, Kezia songeait à la tête qu'eût fait sa mère. Un cigare dans la chambre à coucher ? Avant le petit déjeuner ? Miséricorde !

— Luke, tu es si beau, si courageux, si loyal... Je suis folle de toi.

— Folle, en tout cas, je veux bien le croire. Si c'est de moi, j'ai bien de la chance.

— Moi aussi. Oh ! Quand je pense que j'aurais pu ne pas te donner mon numéro de téléphone !

— Je me serais arrangé pour le trouver.

— Comment ?

— Je ne sais pas. En égorgeant deux ou trois personnes au besoin. Je ne t'aurais pas laissé m'échapper comme cela. Le soir de la conférence, je ne pouvais déjà plus te quitter des yeux. Je me disais qu'avec un peu de chance, tu serais peut-être la journaliste envoyée pour m'interviewer.

Quelle délicieuse sensation que de partager ainsi le secret de ses premières impressions ! Kezia était aux anges.

— Sais-tu que tu m'as épouvantée, le lendemain matin ? lui avoua-t-elle.

— Moi ? Pourtant je faisais mon possible pour te mettre à l'aise. Mais je devais avoir dix fois plus peur que toi.

— En tout cas, cela ne se voyait pas. Et tu me fixais avec une telle intensité, Luke ! Comme si tu pouvais lire chacune de mes pensées.

— J'aurais bien aimé. C'était le seul moyen qui me restait pour ne pas te sauter dessus.

En riant, ils roulèrent ensemble sur le lit.

— Alors, tu m'as promis de me faire visiter la ville !

Vêtu d'une simple serviette en guise de pagne, il était assis dans l'un des fauteuils de velours bleu, fumant son deuxième cigare de la journée, buvant sa première bière, alors qu'ils venaient à peine de terminer leur petit déjeuner.

— Luke ! s'exclama-t-elle en riant. Si tu voyais de quoi tu as l'air !

— Je te l'avais dit, je suis un paysan. Aucune classe.

— C'est faux.

— Comment cela ?

— Tu as de la classe. Pour moi, c'est une question de dignité, de fierté et de bienveillance. Tu possèdes ces trois qualités. Je connais des quantités d'individus, soi-disant de la haute société, qui n'ont aucune classe, et j'ai rencontré des gens, à SoHo, qui en sont pleins. C'est étrange.

— Peut-être…

La chose ne semblait pas le préoccuper outre mesure.

— Alors, que faisons-nous, à part l'amour ?

— D'accord… je vais te montrer la ville.

Par téléphone, elle loua une limousine avec chauffeur et ils partirent pour Wall Street puis le Village, roulèrent le long de l'East River, traversèrent la 42ᵉ Rue jusqu'à Broadway, s'arrêtèrent dans un snack du quartier pour y manger des sandwiches au fromage. Puis ils se rendirent à Central Park où ils marchèrent longuement avant de redescendre vers le *Plaza* où ils prirent un verre. Ensuite, ils rentrèrent par la Cinquième Avenue, puis Madison où ils firent du lèche-vitrines. À six heures, le chauffeur les arrêta devant le *Stanhope* à la terrasse duquel ils prirent de nouveau une consommation, lançant des cacahuètes aux pigeons.

— Tu viens de m'offrir une magnifique promenade, Kezia. J'ai une idée, maintenant. Aimerais-tu rencontrer un de mes amis ?

— Ici ?

— Pas exactement ! À Harlem.

— Quelle bonne idée !

— Je propose que nous prenions un taxi.

— Pourquoi ? J'ai horreur des taxis.

— Tu ne vas pas traverser Harlem dans une voiture avec chauffeur !

— Mais non, nigaud ! Nous allons prendre le métro. Cela va plus vite et c'est plus discret.

— Tu prends le métro, toi ?

— Évidemment. Comment crois-tu que je me rends à SoHo, en avion ?

— Dans ton petit jet privé. Oui.

— Eh bien voyons ! Viens, Roméo, débarrassons-nous de ce brave chauffeur et continuons à pied.

Un Coca et un bretzel à la main, ils s'enfoncèrent bientôt dans les entrailles de la ville.

Ils quittèrent le métro à la 125e Rue.

— Au fait, Luke, crois-tu qu'il sera chez lui ?

— Non. Nous irons sur son lieu de travail. Il y est toujours ; c'est à peine si on arrive à l'interrompre pour manger.

En voyant Luke marcher devant elle, elle eut brusquement l'impression qu'il se tenait plus droit, qu'il était plus sûr de lui qu'il ne l'avait été de toute la journée. Ses épaules parurent plus larges, sa démarche devenait dansante. Il portait son habituelle veste en tweed et elle était en jean.

Harlem. À la fois si proche et si loin de chez elle. Lui, en revanche, s'y sentait parfaitement à l'aise.

Ils s'arrêtèrent devant un immeuble décrépi à l'enseigne à demi effacée : *Maison de l'Armistice*.

Luke passa un bras sur l'épaule de la jeune femme et ils gravirent les marches d'un perron juste assez large pour eux deux. Deux gamins noirs et une petite Portoricaine surgirent en riant et criant, la petite fille faisant mine d'échapper à ses camarades.

— Tout cela m'a l'air plutôt sympathique, observa Kezia.

— On verra si tu dis la même chose en rencontrant des drogués et des prostituées, ou en tombant sur un combat de rue, comme cela se passe à peu près dans toutes les villes, sauf dans les quartiers où vous vivez. Et pas de fantaisies : même si tu trouves Alejandro intéressant, ne t'avise pas de revenir seule. Téléphone-lui, et il ira te rendre visite. Tu n'es pas chez toi, ici.

Cet avertissement la contrariait. Elle n'avait pas

attendu Luke pour se risquer dans des quartiers populaires, encore que Harlem…

— Et toi, tu es chez toi, ici, peut-être ? insinua-t-elle.

— Plus maintenant, mais je connais. Toi tu ne peux et ne pourras jamais t'adapter.

Là-dessus, il lui ouvrait la porte donnant sur un étroit hall d'entrée tapissé de vieux posters. Cela sentait l'urine et l'herbe. D'innombrables graffitis s'étalaient entre les posters ; les abat-jour en verre, autour des ampoules, étaient tous cassés et des guirlandes de fleurs en papier crépon ornaient les extincteurs. Une vieille inscription annonçait :

« Bienvenue à la Maison de l'Armistice. Aimons-nous les uns les autres. »

Quelqu'un avait barré le mot « aimons » pour le remplacer par « baisons ».

Cette fois, l'escalier était trop étroit pour leur permettre de passer à deux, et Luke précéda sa compagne tout en la tenant encore par une main. Il s'arrêta devant un appartement au nom d'Alejandro Vidal. Ni promesses ni slogans, cette fois.

Kezia s'attendait à voir Luke frapper, mais il donna un violent coup de pied dans le panneau et entra aussitôt.

— *Qué*…

Un mince jeune homme barbu aux traits mexicains et aux yeux bleus se leva d'un bond derrière son bureau avant de se mettre à rire :

— Luke, mon salaud ! Comment vas-tu ? J'aurais dû me douter que c'était toi. Mais j'ai marché, une seconde, j'ai cru qu'ils venaient me faire la peau.

Les deux amis se jetèrent dans les bras l'un de l'autre. À entendre leurs remarques et leurs plaisanteries, Kezia comprit qu'elle assistait aux retrouvailles d'anciens compagnons de détention.

Finalement, le Mexicain parut s'apercevoir de sa présence. Avec son visage de Christ et son sourire désarmant de gentillesse, il faillit la faire rougir :

— Bonjour ! Comme ce grossier personnage ne pensera jamais à nous présenter, je le fais moi-même : Alejandro, pour vous servir.

— Moi, c'est Kezia.

Ils se serrèrent cérémonieusement la main et le jeune homme fit asseoir ses hôtes sur les deux seules chaises de la pièce, tandis que lui prenait place sur son bureau.

Il rayonnait d'une chaleureuse bonté, comme s'il avait tout vu, tout connu, tout pardonné. Durant leur conversation, Kezia ne put le quitter des yeux tant la fascinait ce regard bleu pâle.

— Il y a longtemps que vous habitez New York ? finit-elle par demander entre deux souvenirs échangés par les amis.

— Environ trois ans.

— C'est beaucoup trop, intervint Luke. Combien de temps encore vas-tu supporter ce galetas au lieu de retourner à Los Angeles ?

— J'ai tant à faire, ici ! Seulement, les enfants que nous soignons ne viennent qu'en consultation. Si nous possédions les locaux adéquats pour les garder le temps du traitement, il y a longtemps que nous serions installés ailleurs.

— Vous vous occupez d'enfants drogués ? demanda-t-elle.

159

— Oui, et de jeunes délinquants, aussi. Ce sont souvent les mêmes.

Comme elle le poussait à parler, son visage s'illumina encore davantage et il lui montra les installations dont il rêvait, plans à l'appui. L'obstacle majeur à toute vraie guérison restait l'absence de contrôle sur les patients. Tant que les enfants pourraient continuer à traîner dans les rues la nuit, à rentrer dans un taudis où parfois leurs mères faisaient des passes dans l'unique lit de la pièce, où leur père s'enivrait et les battait, et où leurs sœurs prenaient du hasch et des amphétamines, ils ne pourraient s'en sortir.

— Il faudrait d'abord les retirer de cet environnement, changer leur cadre de vie, mais ce n'est pas facile.

— Tu n'es qu'un doux dingue, commenta Luke.

Malgré tout, l'obstination de son ami l'impressionnait. Il l'avait vu repoussé, battu, vilipendé, tourné en ridicule, ignoré, sans que rien ne parvînt jamais à entamer sa détermination. Il croyait en son rêve. Comme Luke.

— Tu te crois plus raisonnable, peut-être ? répondit le jeune homme. Tu t'imagines que tu sauras un jour empêcher le monde de construire des prisons ? *Hombre*, tu seras mort avant qu'une seule d'entre elles ne ferme ses portes !

Tous deux repartirent dans une discussion mêlée d'anglais et d'espagnol dont Kezia conclut surtout qu'ils se portaient mutuellement autant de respect que d'admiration pour leurs croisades respectives.

— Et vous ? demanda Alejandro en s'adressant à elle. Que faites-vous ?

— Je suis journaliste.

160

— Et une bonne !

La jeune femme décocha un clin d'œil à Luke :

— Attends d'avoir lu ton interview avant de te faire une opinion.

— Disons que j'ai une première impression favorable.

En riant, il se tourna vers son ami, lui tendit un Havane.

— Veux-tu dîner en ville avec nous ?

Le Mexicain regardait avec surprise le cigare qu'il venait d'allumer.

— Cuba ? s'enquit-il.

— Oui. Cadeau de mademoiselle. Alors ce dîner ?

— Écoute, je ne peux pas. J'aurais bien aimé, seulement…

Il désigna la montagne de papiers qui jonchaient son bureau.

— Et puis à sept heures, nous recevons les parents de certains de nos patients.

— Tu fais de la thérapie de groupe, maintenant ?

— Oui, tout ce qui est dans nos possibilités pour aider un peu les enfants.

Kezia se dit que le malheureux avait entrepris d'assécher l'océan Pacifique à la petite cuillère, cependant, elle respectait ses convictions.

— Une autre fois, peut-être, acheva-t-il. Combien de temps restes-tu ici ?

— Je repars demain. Mais je reviendrai.

Alejandro sourit en tapotant son ami sur l'épaule.

— Je n'en doute pas un instant, mon vieux ! Et j'en suis ravi pour toi.

Il posa sur Kezia un regard bienveillant qu'elle prit comme une bénédiction.

En repartant vers le métro, Luke ne dit pas un mot, perdu dans ses pensées.

— Un de ces jours, commenta-t-il enfin, cet abruti se fera tuer, avec ses groupes de cinglés et son idéal à la noix. Il ferait mieux de s'en aller avant qu'il ne soit trop tard.

— Et s'il ne peut pas ?

— Pourquoi ça ?

— Tu devrais le comprendre, pourtant, parce que vous vous ressemblez ! Il livre une guerre, tout comme toi, et finalement vous ne vous souciez guère d'y rester ou non si elle a une chance d'aboutir. Tous les deux vous accomplissez une sorte de mission.

— Sans doute, mais tu te trompes sur un point.

— Lequel ?

— Il ne me ressemble pas du tout.

— Par bien des côtés, si.

— Non, il n'y a pas une once de méchanceté en lui.

— Tandis qu'en toi…

« Vas-y bonhomme ! Fais-toi mousser un peu ! »

— Crois-moi, mon ange. Avec son caractère, je n'aurais pas tenu six années en prison, pas six mois, pas un jour.

Silencieuse, elle le suivit sur le quai tandis que la rame arrivait. Quand ils entrèrent dans la voiture, elle s'assit près de lui et alors seulement interrogea :

— Il n'a jamais été en prison ?

— Alejandro ? Jamais de la vie. Tous ses frères, mais pas lui. Il rendait visite à l'un d'entre eux quand je l'ai rencontré. Nous nous sommes liés d'amitié et, quand j'ai été transféré ailleurs, il a obtenu la

162

permission de venir me voir. Mais il a suivi un autre chemin que moi. Il a été reçu avec mention à Stanford.

— À le voir, on ne le croirait pas !

— Justement, et il a un cœur d'or.

Parvenus à la 77ᵉ Rue, ils quittèrent le wagon et leur conversation changea du tout au tout. Comme s'ils ressortaient d'un univers souterrain où le soleil ne brillerait jamais. L'expression de Luke se rasséréna d'un coup.

— Je t'aime, mon chaton.

Il l'embrassa sur le quai, s'interrompit soudain :

— Je n'aurais peut-être pas dû !

— Pourquoi ?

— Tu vas encore te retrouver en première page des journaux.

— Rassure-toi, cela ne m'arrive jamais. Plutôt en page cinq, ou quatre à la rigueur. La une est réservée aux homicides, aux viols et aux désastres boursiers.

Elle lui prit ostensiblement le bras tandis qu'ils montaient l'escalier.

— Tu n'as rien fait de mal, Luke. Et puis, entre nous, rares sont les gens de mon « monde » qui prennent le métro. C'était peut-être le meilleur endroit pour m'embrasser, au contraire !

— Ce n'est pas tombé dans l'oreille d'un sourd !

13

— Luke ?

— Oui.

— Ça va ?

Il faisait nuit noire dans la chambre et elle venait de s'asseoir sur le lit.

— Oui. Quelle heure est-il ? marmonna Luke.

— Cinq heures moins le quart.

— Je préfère. Je croyais qu'il était temps de se lever !

— Non, c'est toi qui as fait un mauvais rêve, le rassura Kezia.

Un très mauvais rêve.

— Ne t'inquiète pas pour ça et excuse-moi de t'avoir réveillée.

Pourtant, il tremblait encore de fièvre et d'angoisse, les draps défaits autour de lui et trempés de sa sueur.

— Tu avais l'air épouvanté.

— Laisse tomber, va ! Tu t'y habitueras.

— Cela t'arrive donc souvent ?

Haussant les épaules, il prit à tâtons son paquet de cigarettes.

— Tu permets ?

— Oui. Veux-tu un verre d'eau ?

Il se mit à rire.

— Mais non ! Rassure-toi, je n'ai pas besoin d'une infirmière. Simplement je me suis trouvé parfois dans de drôles de situations, dans ma vie, et cela laisse des traces.

À ce point-là ? Elle l'avait écouté gémir près de vingt minutes avant d'oser le réveiller.

— Est-ce que… est-ce que cela date de tes années de prison ?

— En tout cas pas du jour où je t'ai rencontrée. Ne t'en fais pas, va, ce n'est rien.

Il l'embrassa sur le front mais elle sentit qu'il tremblait encore.

— Luke ?

— Oui.

— Combien de temps restes-tu ici ?

— Je pars demain.

— C'est tout ?

— C'est tout.

Écrasant sa cigarette, il la prit dans ses bras.

— Mais je reviendrai. Tu ne t'en tireras pas à si bon compte après tout le temps qu'il m'a fallu pour te trouver !

Elle sentit son sourire dans l'obscurité et ils se rendormirent dans les bras l'un de l'autre.

— Que veux-tu pour ton petit déjeuner ?

Tout en le regardant s'étirer, elle enfilait sa robe de chambre en satin.

— Juste du café noir, merci. Je n'ai pas beaucoup de temps devant moi.

Déjà il se levait pour commencer à s'habiller.

— Je vais m'ennuyer sans toi, soupira-t-elle.

— Moi aussi, monsieur Hallam, tu es une très jolie femme.

— Tais-toi donc ! s'esclaffa-t-elle. À quelle heure est ton avion ?

— À onze heures.

— La barbe !

Elle le regarda passer la porte de la chambre avec sa haute taille d'athlète, emmagasina mélancoliquement cette image pour la garder comme un trésor au fond d'elle-même, alors qu'elle avait l'impression de l'avoir toujours eu auprès d'elle à la faire rire et à se promener avec elle dans la nuit de New York et les couloirs du métro.

— Kezia, tu es folle !

— Pourquoi ?

Ils se rendaient à l'aéroport, confortablement installés dans la limousine louée la veille.

— Tu sais, ce n'est pas le moyen de transport de tout le monde !

— Je sais, mais reconnais que c'est agréable.

— D'accord, seulement je vais finir par culpabiliser.

— Pourquoi ?

— Parce que ce n'est pas mon genre. Comment t'expliquer ?

— Alors, n'explique rien et profites-en !

Plus sérieusement, elle ajouta :

— Écoute, j'ai passé la moitié de ma vie à refuser ces avantages et l'autre moitié à les accepter à contre-cœur tout en me reprochant de ne penser qu'à moi. Et puis voilà qu'aujourd'hui cela ne me préoccupe

Hochant vigoureusement la tête, elle se blottit dans ses bras.

— Très bien.

Il se pencha pour recueillir son souffle au bord de ses lèvres et elle en frémit des pieds à la tête.

— Merci d'être revenue, petite folle.

Quels risques n'avait-elle pas pris pour ce dernier baiser ! Pourtant, elle levait sur lui un visage rayonnant, se moquant d'être surprise ou non au milieu de cette foule, en plein jour, en pleine lumière. Il l'avait pourtant espéré, sans vraiment se l'avouer, et elle avait osé le faire, pour lui.

— Te rends-tu compte de ce qui t'attend ? demanda-t-il.

— Peut-être. Cependant, il le fallait bien, puisque je t'aime.

— Je le savais, tu n'avais pas besoin de venir me le répéter… mais tu ne peux pas imaginer le bonheur que tu me fais !

Après l'avoir serrée contre lui, il se détacha en souriant.

— Maintenant, il faut vraiment que je prenne cet avion. J'ai une réunion à Chicago à trois heures.

— Luke…

S'immobilisant, il la regarda encore, longuement. Elle avait failli lui demander de rester. Mais elle ne pouvait lui faire cela. Et puis il n'accepterait jamais.

— Prends bien soin de toi !

— Toi aussi. Nous nous reverrons la semaine prochaine.

Elle le suivit des yeux, le vit se fondre dans la foule des voyageurs, lui adresser un dernier grand signe de la main.

plus du tout, je n'y pense même pas, je trouve ça drôle, c'est tout.

— Évidemment, vu sous cet angle, c'est amusant. Tu m'étonnes, mon ange. Tu es à la fois généreuse et gâtée, tu trouves tout naturel de profiter de tant de facilités et tu en ris comme d'un jouet.

— J'essaie de prendre la vie du bon côté, mon amour.

Ils s'étreignirent et, quand le Kennedy Airport fut en vue, ils eurent l'impression d'avoir battu un record de vitesse. Le chemin restant fut parcouru dans le plus grand silence. Kezia tremblait intérieurement de le voir partir. Et si elle ne le revoyait jamais ? Si tout cela n'avait été finalement qu'une passade ? Elle s'était offerte corps et âme à cet homme, sans songer à protéger son cœur, et maintenant il s'en allait.

Discrètement, Luke surveillait le rétroviseur. Toutes les voitures de flics se ressemblaient. Bleues, jaunes ou vertes, elles portaient une longue antenne à l'arrière. Et puis il les sentait venir. Celle-ci les suivait à courte distance. Comment avaient-ils su qu'il était chez Kezia ? Le suivaient-ils donc depuis Washington ? Depuis Chicago ? Peut-être n'avaient-ils pas manqué la moindre de leurs sorties, leurs promenades. Il les repérait de plus en plus souvent, ces derniers temps.

Pendant que le chauffeur faisait enregistrer ses bagages, Luke demeura dans la voiture avec Kezia.

— Tu m'accompagnes jusqu'à la porte d'embarquement, mon chaton ?

Elle allait dire oui quand il se reprit :

— Tu ferais peut-être mieux de rentrer tout de suite. On ne sait jamais, ici tu pourrais te faire surprendre par une meute de photographes.

Ceux-ci seraient trop heureux de la trouver non au bras de Whitney Hayworth III, comme d'habitude, mais d'un syndicaliste contestataire. Sans parler des policiers dans la voiture bleue. Que dire s'ils s'approchaient, s'ils tentaient de l'effrayer, de tout gâcher ?

Elle l'entoura de ses bras pour l'embrasser.

— Luke, que vais-je faire, sans toi ?

— Je reviendrai bientôt.

— Je ne veux pas que tu t'en ailles ! murmura-t-elle les larmes aux yeux.

— Pas de ça, ma chérie ! Je te téléphonerai ce soir.

Il était parti. Si vite. Déjà. La portière venait de claquer doucement ; elle le regarda s'éloigner sans se retourner, et de longues larmes coulèrent sur ses joues.

Sur le chemin du retour elle n'adressa pas une parole au chauffeur. D'ailleurs, elle avait fermé la vitre de séparation. Elle voulait rester seule, avec l'odeur du cigare et ses souvenirs de la nuit, des nuits qu'ils venaient de passer ensemble.

Pourquoi ne l'avait-elle pas accompagné à sa porte d'embarquement ? De quoi avait-elle eu peur ? Ou honte ?…

La vitre de séparation s'ouvrit brusquement.

— Je veux faire demi-tour.

— Pardon, mademoiselle ?

— Je veux retourner à l'aéroport. Monsieur Johns a oublié quelque chose dans la voiture.

Sortant une enveloppe de son sac, elle la lui montra avant de la poser sur ses genoux. Piètre excuse, le brave homme devait la prendre pour une idiote, mais elle s'en moquait. Elle n'espérait plus qu'arriver à temps. Le temps de prouver que son courage ne l'avait

pas totalement abandonnée. Luke devait savoir dès maintenant qu'elle s'engageait à fond avec lui.

— Je prendrai la prochaine sortie, mademoiselle. Nous tâcherons de faire vite.

Il se donnait tant de mal qu'elle pouvait difficilement lui dire d'aller plus vite, pourtant elle grillait d'impatience. Vingt minutes après, ils se retrouvaient devant le terminal où Luke les avait quittés. Elle se fraya un chemin en courant parmi les hommes d'affaires, les vieilles dames avec leurs caniches, les jeunes femmes en tailleur et chemisier à cravate, les au revoir larmoyants, pour atteindre, à bout de souffle, la porte d'embarquement pour Chicago, presque la dernière, naturellement.

Intérieurement, elle riait de l'image évaporée qu'elle pouvait offrir à qui la reconnaîtrait. Bousculant un couple et un enfant, elle reconnut enfin la large silhouette de Luke au moment où il allait franchir la porte. Elle avait réussi.

— Luke !

Il se tourna lentement, son billet à la main, se demandant qui, à New York, pouvait l'appeler par son nom. Et puis il la vit, les cheveux défaits, exténuée d'avoir couru, le visage encore rouge. Un large sourire aux lèvres, il rebroussa chemin parmi les voyageurs qui attendaient derrière lui.

— Tu es encore plus folle que je ne pensais ! Je te croyais presque arrivée, à cette heure ! Je t'imaginais dans ta voiture, déjà en pleine ville.

— Nous étions… à mi-chemin… Mais… il fallait… que je… revienne…

— Pour l'amour du ciel, ne me fais pas une crise cardiaque maintenant ! Ça va ?

Pour la première fois de sa vie, elle resta dans l'aéroport, afin d'assister au décollage de l'avion. Il emportait son amour dans le ciel et elle se sentit soudain rassérénée ; elle venait d'assumer sa destinée, de se regarder en face. Elle n'avait plus besoin de se cacher à SoHo ni de s'esquiver à Antibes. Finies les escapades clandestines. Elle devenait une femme ordinaire. Amoureuse d'un homme comme tant d'autres. Elle jouerait le jeu jusqu'au bout, même si elle n'en connaissait pas toutes les règles, ni les mises qu'il pourrait lui en coûter. Elle ne remarqua pas le policier en civil qui venait d'allumer une cigarette sans la quitter des yeux. Pour elle, il était transparent. Elle pénétrait pourtant dans une jungle féroce, aussi nue et désarmée qu'un enfant.

14

— Où étais-tu donc passée ?

Whit semblait sincèrement inquiet, ce qui ne lui arrivait pas souvent vis-à-vis de Kezia.

— J'étais ici, voyons ! Tu as l'air aussi bouleversé que si tu venais de perdre quinze mailles à ton tricot !

— Ce n'est pas drôle, Kezia ! Il y a des jours que j'essaie de te joindre !

— J'avais la migraine.

— Oh, ma pauvre ! Je ne savais pas ! Pourquoi ne disais-tu rien ?

— Parce que je ne pouvais plus parler.

Sauf à Luke. Elle venait de passer deux journées totalement seule depuis son départ, deux journées de bonheur. Il lui avait fallu ce temps pour assimiler ce qui venait de lui arriver. Il lui avait téléphoné deux fois par jour, et elle ne supportait que sa voix grave et pleine de rire, d'amour et de complicité.

— Comment te sens-tu, maintenant, ma chère ?

— Très bien.

« Merveilleusement bien, si tu savais... »

— À t'entendre, on le croirait. Tu n'as pas oublié pour ce soir, j'espère ?

Il paraissait de nouveau tendu et vexé.

— Qu'est-ce qu'il y a, ce soir ?

— Kezia, ce n'est pas vrai !

La barbe ! Les obligations qui reprenaient de plus belle !

— Je te jure que je ne me rappelle pas. C'est comme ça, la migraine. Alors, dis-moi. Qu'y a-t-il, ce soir ?

— Les dîners de mariage des Sergeant qui commencent.

— Malheur ! Lequel est-ce ?

Aurait-elle déjà manqué une de ces fêtes frivoles ? Elle l'espérait bien.

— Le premier. La tante de Cassie reçoit en son honneur. Tenue de soirée. J'espère que tu t'en souviens, cette fois, ma chère ?

Hélas ! Cependant, il lui parlait comme s'il s'adressait à une handicapée mentale.

— Oui, Whit. Maintenant, je m'en souviens. Mais je ne sais pas si j'irai.

— Tu as dit que tu te sentais très bien.

— Bien sûr, mon cher. Mais voilà trois jours que je ne suis pas sortie de mon lit. J'ai bien peur que ce dîner ne me donne le vertige de l'année.

Pourtant, elle se devait d'y aller, ne serait-ce que pour sa chronique. Elle avait pris un retard considérable ; il lui fallait maintenant redescendre sur terre, revenir à la réalité. Mais comment ? Comment, après Luke ? L'idée en soi lui paraissait absurde. Quelle réalité ? Celle de Whit ? Il ne devait seulement pas savoir ce que signifiait ce mot. Seul Luke pouvait désormais représenter une quelconque réalité, pour elle.

173

— Écoute, si tu ne viens pas, c'est toi qui iras t'expliquer avec Mme FitzMatthew.

Whit semblait déchaîné :

— Un dîner de cinquante couverts ne s'organise pas comme ça ! Tu dois l'avertir à l'avance si tu lui fais faux bond.

— Tu as raison, tout compte fait, je ferais mieux d'y assister.

— C'est bien mon avis.

« Pauvre type ! »

— Très bien, mon cher ! soupira-t-elle avec un air de martyr. J'irai.

— Tant mieux ! Tu sais, je me demandais vraiment où tu étais passée.

— J'étais ici.

« Et même avec Luke, au début. »

— Avec la migraine, mon pauvre chou. Si je m'en étais douté, je t'aurais envoyé des fleurs.

— Ç'aurait été du beau !

L'exclamation était sortie toute seule.

— Pourquoi ? interrogea-t-il surpris.

— Parce que le parfum des roses aggrave les maux de tête, voyons !

— Ah ? Dans ce cas, il valait mieux que je me tienne tranquille, en effet. Allons, repose-toi bien ! Je passerai te prendre vers huit heures.

— Tenue de cocktail ou de soirée ?

— Je t'ai dit de soirée. La robe courte, ce sera pour vendredi.

— Quoi, vendredi ?

Décidément, elle avait perdu de vue toutes ses obligations mondaines.

— Tes maux de tête ne t'arrangent pas ! Vendredi, c'est le dîner de la répétition. Parce que tu viens au mariage, j'espère ?

— Je ne peux pas te dire encore… En principe, je devais me rendre à un mariage à Chicago, ce week-end. Je ne sais pas lequel des deux je vais choisir.

— Qui se marie, là-bas ?

— Une amie de classe.

— Je la connais ?

— Non, mais elle est adorable.

— Bien. Alors fais comme tu voudras. Tâche au moins de me tenir au courant, j'aurais aimé pouvoir compter sur toi.

— Nous en reparlerons. À ce soir, mon cher !

Sur un baiser dans le combiné, elle raccrocha.

— Un mariage à Chicago ! s'exclama-t-elle tout fort.

Pirouettant sur place, elle éclata de rire. La vérité valait tous les mariages de la terre : elle s'en allait rejoindre Luke.

— Quelle mine superbe, Kezia ! Tu es étourdissante !

Cette fois, Whit lui-même était impressionné. Elle portait une fine robe de soie corail drapée à la grecque sur une seule épaule, qui dansait autour d'elle à chacun de ses pas. Elle avait relevé ses cheveux en une haute queue-de-cheval nattée de rubans dorés, et ses sandales de même couleur semblaient à peine nouées autour de ses chevilles. Elle évoquait une vision aérienne, avec les diamants brillant à ses oreilles et sur sa gorge.

— Je crois ne t'avoir jamais vue dans une telle forme ! avoua-t-il.

— Merci, mon cher !

Souriante, elle passa devant lui, parfumée de Miss Dior. Elle était tout simplement exquise.

Un majordome accueillait à l'entrée chaque invité, après que deux valets eurent pris en charge sa voiture. Deux femmes de chambre, impeccables dans leurs robes noires, débarrassaient les dames de leurs capes et de leurs étoles, puis proposaient de les conduire aux chambres qui leur étaient réservées pour vérifier leur mise avant de faire leur entrée dans les salons.

Kezia leur tendit une veste de vison blanc.

— Ma chère ?

Whit lui tendit une coupe de champagne et ce fut la dernière fois de la soirée qu'il la vit près de lui. Ensuite, il l'aperçut de loin en loin, qui riait, entourée d'un cercle d'admirateurs, ou seule sur la terrasse, à rêver en contemplant l'East River scintillante des lumières de la nuit d'automne.

Il allait s'approcher d'elle quand il fut rejoint par Edward.

— Belle soirée, n'est-ce pas ?

— Magnifique. Cette chère Cassie Sergeant lève l'ancre en beauté.

— Ce n'est pas très charitable de la comparer à un cargo, observa férocement Edward.

Non loin d'eux, la future mariée évoquait plutôt une poupe en béton coulé dans une robe de satin rose.

— Mme FitzMatthew fait de son mieux.

Le dîner avait été éblouissant, commençant par une crème au crabe et aux asperges, suivie de saumon de Nouvelle-Écosse, d'écrevisses à la nage des Rocheuses, de caviar Beluga. Aux plats de poisson succédèrent des gigots d'agneau accompagnés d'innombrables légumes, puis une salade d'endives, une gigantesque roue de brie et enfin un soufflé au Grand Marnier.

Il fallait être Carla FitzMatthew pour posséder un personnel capable de servir ce délicat dessert à cinquante personnes.

— Quel dîner, n'est-ce pas, Whit !

Ce dernier hocha la tête en grimaçant un sourire. Il avait bu plus que de raison et s'éloigna d'un pas incertain vers Tiffany Benjamin à qui il donna sa coupe vide. Celle-ci fit immédiatement signe à un serveur de venir la lui remplir, sans se rendre compte qu'elle en avait une dans chaque main.

Edward se demanda où en était Kezia. Elle paraissait complètement ignorer Whit qui se morfondait dans son coin. S'il continuait à boire de la sorte, il ne serait pas en état de la raccompagner.

— Bonsoir ! Vous en faites une tête !

— Moi ? Pas du tout.

Sa pupille venait de surgir derrière lui, rayonnante de beauté. Edward lui tendit la main.

— Ton cavalier n'a pas l'air en forme, lui.

— Il est d'une humeur massacrante, je me demande bien pourquoi. Il prétend que c'est parce qu'il n'a pas pu me joindre pendant quatre jours, mais il s'en remettra, le cher trésor !

D'autant que la demeure de Mme FitzMatthew se trouvait à quelques rues de Sutton Place…

— Et toi, que fais-tu de beau ?

— Pas grand-chose. Je glane quelques échos par-ci, par-là, tant de gens sont venus, ce soir ! J'aurai de quoi écrire dans ma chronique, demain matin !

Virevoltant dans sa robe corail, elle vint lui déposer un baiser sonore sur la joue et le contempla d'un air angélique.

— Où étais-tu passée, ces jours derniers ? Whitney n'est pas le seul qui ait cherché à te joindre. Je m'inquiétais un peu.

— Il ne fallait pas.

— C'était ton artiste ? Celui du Village ?

Le pauvre, il paraissait réellement tourmenté ! Sans doute hanté par les flots d'argent qui pouvaient à tout moment s'échapper de ses frêles mains...

— Pas du Village, de SoHo. Mais je ne l'ai pas vu depuis une bonne semaine.

— Alors, qui était-ce ?

— Ne vous faites pas de souci, répliqua-t-elle mystérieuse.

— J'ai peut-être de bonnes raisons de m'en faire.

— Plus à mon âge.

Le prenant par le bras, elle l'entraîna dans un groupe d'amis pour l'empêcher de l'interroger davantage. Mais il sentait qu'un événement s'était produit, un événement sans précédent, car elle réagissait comme jamais il ne l'avait vue réagir, quelque chose en elle s'était métamorphosé, comme si elle venait d'échapper à jamais à son influence.

Une demi-heure plus tard, il crut comprendre qu'elle avait quitté la soirée. Pour s'en assurer, il interrogea deux domestiques, à la sortie, qui le lui confirmèrent. Elle était partie seule, ce petit crétin de Whit demeurant introuvable, lui aussi, mais certainement pas pour les mêmes raisons.

Edward fit ses adieux aux maîtres de maison, appela un taxi auquel il indiqua l'adresse de Kezia. Jamais il ne lui avait encore réservé ce genre de surprise, mais il se sentait dans l'obligation d'intervenir, quitte à commettre un impair.

— Kezia ?

Elle répondit dans l'interphone au premier coup de sonnette.

— Edward ? Que se passe-t-il ?

— Rien, excuse-moi. Puis-je monter ?

— Bien sûr.

Sa porte était entrouverte quand il atteignit le palier. Elle l'attendait dans l'entrée, pieds nus dans sa robe du soir, les cheveux défaits, sans ses bijoux. Edward se sentit ridicule.

— Edward, ça va ? insista-t-elle en refermant derrière lui.

— Oui... je... je ne voudrais pas t'ennuyer mais je devais m'assurer que tu étais bien rentrée. Tu sais que je n'aime pas te savoir seule dans les rues avec ces diamants sur toi.

— C'est trop gentil, mais vous vous inquiétiez pour rien ! s'exclama-t-elle en riant. Vous m'avez fait peur, je croyais qu'un malheur était arrivé.

— Qui sait ?

— Comment cela ? demanda-t-elle en s'assombrissant.

— Je dois faire une crise de sénilité galopante, ce soir ! J'aurais mieux fait de téléphoner au lieu de te déranger ainsi.

— Vous ne me dérangez pas, mais tant que vous êtes là, laissez-moi vous offrir un verre. Eau-de-vie de poire ou de framboise ?

179

Tandis qu'il prenait place dans un fauteuil, elle se dirigea vers le bar chinois qui lui venait de sa mère.

— Poire, merci, ma petite. Tu es très bonne envers ton vieil oncle Edward.

— Ne dites pas cela ! protesta-t-elle en lui tendant un petit verre à pied empli d'alcool blanc.

— Te rends-tu compte comme tu étais belle, ce soir ?

Détournant le compliment d'un geste de la main, elle alluma une cigarette tout en se demandant s'il n'avait pas un peu trop bu, lui aussi. Jamais elle ne l'avait vu dans cet état de mélancolie. Comment s'en débarrasser avant que Luke appelle ?

— Je suis content de te voir en pleine forme, poursuivit-il.

Puis soudain, comme incapable de retenir davantage les mots qui lui brûlaient les lèvres :

— Kezia, à quoi joues-tu, en ce moment ?

— À rien. Je m'apprêtais à me mettre en robe de chambre et à travailler un peu pour ma chronique. Je veux la dicter par téléphone demain… J'ai l'impression que Cassie n'appréciera pas beaucoup, mais elle est si facile à épingler, je n'ai pas pu résister !

Malgré l'air désinvolte qu'elle prenait, Edward lui paraissait soudain très vieux et très fatigué.

— Ce n'est pas de ce soir que je te parlais, voyons ! Je voulais dire… enfin, tu as l'air différente, ces temps-ci.

— Depuis quand ?

— Depuis ce soir.

— Ai-je l'air angoissée, ou malade, ou malheureuse, ou sous-alimentée ? Précisez votre pensée !

Elle n'aimait pas du tout la tournure que prenait cette conversation et se demandait comment le mettre dehors en douceur.

— Non, rien de tout cela. Tu parais en excellente forme, au contraire.

— Et vous vous inquiétez ?

— Oui, mais… Tu sais ce que je veux dire, à la fin ! Tu es comme ton malheureux père ! Tu ne dis rien à personne et ensuite nous nous retrouvons devant le fait accompli, obligés de ramasser les morceaux.

— Je vous assure que vous n'aurez strictement rien à ramasser. Et puisque j'ai l'air reposée, en bonne santé, bien nourrie, que mon compte n'est pas débiteur et que je ne me suis pas promenée toute nue dans la rue… de quoi pouvez-vous bien vous inquiéter ?

Une nuance d'irritation perçait sous la plaisanterie.

— Tu ne m'aides pas beaucoup.

— Pourquoi le ferais-je ? Je tiens à ma vie privée, malgré tout l'amour filial que je vous porte ! Je suis une grande fille, maintenant, je ne vous pose pas de questions indiscrètes, moi !

— Ce n'est pas gentil de me parler sur ce ton, Kezia.

— Peut-être, mais reconnaissez que j'ai de quoi m'énerver !

— Peut-être…

Elle se radoucit :

— Bon. Et si cela peut vous rassurer, sachez que vous n'avez strictement aucune raison de vous faire du souci pour moi en ce moment.

— Tu m'avertiras, le moment venu ?

— Vous ai-je jamais privé de cette joie ?

Il se mit à rire, se détendit.

— C'est bon. Je suis content de ce que j'apprends.

Maintenant, je vais te laisser travailler. Tu as certainement quelques croustillantes histoires à raconter dans ta chronique.

— Oui, et je ne m'oublierai pas au passage !

— Petite chipie ! Que vas-tu dire sur toi-même ? Que tu étais la plus belle de la soirée ?

— À peu près cela… enfin, je décrirai ma robe. Mais je parlerai surtout du départ à l'anglaise de Whit.

— Ne me dis pas que tu es vexée !

— Si. Et puis il doit savoir que la comédie est finie. Il suit son chemin, moi le mien. Tant pis pour lui s'il n'a pas le courage de s'assumer tel qu'il est !

— Grands dieux, Kezia, qu'as-tu écrit ?

— Rien d'indécent. Je n'en suis pas à créer un scandale autour de lui. Il n'en mérite pas tant, mais je ne suis plus en âge de jouer à son petit jeu ridicule. Tenez, je vais vous lire l'article : « *Les tourtereaux volaient bas, ce soir ; Francesco Cellini et Miranda Pavano-Casteja ; Jane Roberts et Bentley Forbes ; Maxwell Dart et Courtney Williamson ; et, bien sûr, Kezia Saint Martin et son éternel prince consort, Whitney Hayworth III, bien que ces derniers se soient peu montrés ensemble. On les sentait plutôt prêts à prendre leur envol chacun de son côté. Lui, dans un battement d'ailes, serait parti seul, abandonnant la blanche colombe au milieu des faucons, des vieilles chouettes et des perroquets. Sans doute l'élégant Whit se lasse-t-il de ses éternelles migrations dans le sillage des colombes. Les héritières ne sont pas faciles à satisfaire…* » Alors, qu'en pensez-vous ?

Elle paraissait ravie de ses lignes, toute colère oubliée.

182

— Je ne sais pas, soupira-t-il amusé. Encore que Whit risque d'y voir plus d'un sous-entendu.

— Tant mieux. C'était là mon objectif.

— Qu'attends-tu pour rompre tout simplement avec lui ?

— Parce que je n'ai aucune raison valable pour le faire, sauf celle que je ne suis pas censée connaître. Et puis… je n'en ai peut-être pas le cœur, moi non plus. Je préférerais que ce soit lui qui s'en aille. J'aurais peur de trop l'insulter si je devais lui dire en face ce que je pense de lui.

— Tu crois que c'est mieux de l'écrire dans les journaux ?

— Non, évidemment. Mais cela, il ne le sait pas !

Edward sourit, la main sur la poignée de la porte.

— Très bien, tu me diras si ton stratagème a marché.

— Promis.

— Et ensuite ? Tu l'annonceras dans ta chronique ?

— Non, je dirai une messe d'action de grâces.

— Parfois, je ne te comprends pas, ma petite. Là-dessus, je te souhaite une bonne nuit. Excuse-moi de t'avoir dérangée si tard.

— Vous êtes pardonné pour cette fois.

Le téléphone sonna et elle tressaillit, les yeux brillants.

— Je te laisse.

— Merci.

D'un baiser, elle le congédia et se précipita vers son bureau pour décrocher, laissant à Edward le soin de refermer derrière lui.

— Salut, mon ange, tu ne dors pas ?

— Bien sûr que non ! Je pensais à toi.

— Moi aussi. Je voudrais t'avoir auprès de moi.

Elle défit sa robe et emporta le téléphone dans sa chambre. Elle adorait entendre sa voix dans son lit. C'était comme s'il se trouvait de nouveau près d'elle.

— Je t'aime et je me sens bête loin de toi.

— Alors, si tu venais passer le week-end à Chicago ?

— J'allais te le demander.

Il rit, tout près de son oreille, tira une bouffée de son Havane et lui indiqua le numéro du vol qu'elle devrait prendre, lui envoya un baiser et raccrocha.

Kezia ôta joyeusement sa robe et demeura un instant pensive au milieu de la pièce. Luke ! Quel homme merveilleux ! Elle en avait complètement oublié la visite d'Edward ainsi que l'existence de Whit dont le coup de téléphone fut le premier qu'elle reçut le lendemain matin.

15

— Kezia ? Whitney.

— Oui, mon cher, je sais.

— Que sais-tu ?

— Que c'est toi qui m'appelles, niquedouille ! Quelle heure est-il ?

— Midi passé. Je te réveille ?

— Presque.

Ainsi l'article était paru dans la seconde édition du matin. Elle l'avait dicté dès l'ouverture des bureaux.

— Je t'emmène déjeuner.

Il paraissait tendu, lui parlait d'un ton presque professionnel.

— Là, tout de suite ? Je ne suis pas prête !

— Non, prends ton temps. Retrouvons-nous à *La Grenouille* à une heure, d'accord ?

— Avec plaisir. Moi aussi je voulais t'appeler. J'ai décidé de me rendre à ce mariage, à Chicago. Ils seraient très déçus de ne pas me voir.

— Tu as sans doute raison. Au fait…

— Oui ?

— As-tu lu les journaux d'aujourd'hui ?

« Évidemment, mon cher, puisque c'est moi qui les

ai écrits. Tout au moins l'article dont tu veux
parler… »

— Non. Pourquoi ? La guerre est déclarée ? Tu
sembles bouleversé.

— Lis la rubrique mondaine de Martin Hallam et
tu comprendras.

— Mon Dieu ! Que dit-il ?

— Nous en parlerons au déjeuner.

— Très bien, à tout à l'heure.

À peine assis en face d'elle, Whit lui dit ce qu'il
avait à lui dire. Nettement. Kezia garda tout son calme
en l'écoutant déclarer qu'il s'était trop attaché à elle,
qu'il devenait trop possessif et n'en avait pas le droit.
Le lui avait-elle assez fait comprendre ! Pis que tout,
il avait si peu à lui offrir en ce moment ; il n'était
même pas associé à cent pour cent à son cabinet
d'avocats, et, en comparaison de ce qu'elle possédait,
elle… Il n'en pouvait plus… Pouvait-elle comprendre
dans quelle situation il se trouvait ? Il savait perti-
nemment qu'elle ne l'épouserait jamais, pourtant elle
resterait la femme de sa vie, seulement lui devait se
marier, maintenant, fonder un foyer, avoir des enfants,
et elle n'était pas prête pour la vie qu'il allait lui
offrir… et, misère ! C'était épouvantable !

Hochant la tête avec surprise, Kezia en avala tout
rond ses quenelles. Bien sûr, elle comprenait, finit-elle
par répondre, il avait tout à fait raison, elle n'avait
pas la tête au mariage, sans doute à cause de la mort
de ses parents, et puis parce qu'elle était fille unique ;
d'ailleurs, elle ne se marierait peut-être jamais. Pour
garder son nom. De toute façon, elle ne se voyait pas
mettre au monde des enfants, encore moins les élever.

Elle regrettait de lui avoir fait du mal, mais c'était involontairement. Sans doute cela valait-il mieux ainsi. Pour tous les deux. Elle le remerciait pour sa sincérité. Bien sûr, ils resteraient « les meilleurs amis du monde ». Pour toujours.

Whitney se dit qu'il allait lui faire envoyer des fleurs par Effie toutes les semaines jusqu'à ses quatre-vingt-dix-sept ans. Dieu merci, elle avait bien pris la chose !

Maintenant, il était libre, il n'allait plus devoir jouer les chevaliers servants et, bien entendu, pour « se remettre de son chagrin », il ne serait pas libre pendant au moins six mois. Il allait enfin pouvoir s'installer à Sutton Place. Adieu Kezia, il allait vivre sa vie.

La jeune femme sortit du restaurant le cœur léger et marcha le long de la Cinquième Avenue. Elle allait partir pour Chicago… Chicago… Chicago ! Elle était libérée de Whit, de la meilleure façon possible. L'imbécile ! Pour un peu, il en eût pleuré de soulagement devant elle. Elle avait presque eu envie de le féliciter, de lui offrir le champagne. Certes personne n'avait connu aussi heureux divorce ! Heureusement qu'ils ne s'étaient jamais mariés. Doux Jésus ! Cette seule idée la faisait frémir.

Brusquement, une autre pensée l'assaillit. Il y avait des jours, une semaine… si longtemps… elle ne savait plus depuis combien de temps. Elle ne pensait même plus à lui. Mark. Tout cela en un seul jour ? Deux hommes à la fois, tout un pan de sa vie qui s'était écroulé sous l'irrésistible impulsion de Luke. Comme si deux dents de sagesse lui poussaient en un seul jour. Pauvre Mark, il ne méritait pas d'être traité comme Whit.

Ses pieds la portaient vers le métro. Il fallait absolument qu'elle réglât au plus vite cette situation.

Quand la rame démarra, elle se demanda pourquoi elle faisait tout cela. Pour Luke ? Mais elle le connaissait à peine ! Et s'il annulait le week-end ? S'ils ne devaient jamais se revoir ? Et si... non, ce n'était pas pour Luke, mais pour elle. Elle devait mettre un terme à tous ces petits jeux, avec Whit, avec Mark, avec Edward et tout le monde... et avec elle-même.

Ce fut beaucoup plus difficile avec Mark. Parce qu'elle tenait à lui.

— Tu t'en vas ?

— Oui.

Soutenant son regard, elle avait envie de lui caresser les cheveux, mais elle ne pouvait lui faire cela. Pas à lui.

— Pourtant, cela n'y a rien changé, cet été.

Il paraissait blessé, incrédule, encore plus jeune qu'il n'était.

— Aujourd'hui, cela change tout. Je serai sans doute partie très longtemps. Un an ou deux. Je ne sais pas exactement.

— Kezia, tu te maries ?

Si seulement elle pouvait lui répondre oui ! Ce serait trop facile. Elle mentait déjà suffisamment en prétendant partir.

— Non, Marcus. Je m'en vais, c'est tout. À ma façon, je t'aime trop pour te retenir. Je suis plus âgée que toi nous avons tous deux des routes différentes à

188

suivre. Il est temps, maintenant, de nous séparer et tu le sais aussi bien que moi.

Il avait vidé toute la bouteille de chianti avant qu'elle ne bût son second verre. Ils en commandèrent une autre.

— Je peux te poser une question idiote ?

— Vas-y.

L'air intimidé, il hésita ; ce sourire enfantin qu'elle aimait tant illuminait tout son visage. Mais là était l'ennui : elle aimait son sourire, ses cheveux, le *Partridge* et l'atelier, pas vraiment Mark. Pas à la façon dont elle aimait Luke. Pas assez.

— C'est toi, la nénette que j'ai vue dans le journal ?

Elle resta un long moment sans répondre, les oreilles bourdonnantes, puis elle releva la tête, le regarda droit dans les yeux.

— Peut-être. Pourquoi ?

— Je me disais, aussi… Cela fait quoi d'être quelqu'un ?

— Rien. On se sent seul, on a peur, on s'ennuie. Ce n'est pas terrible.

— C'est pour ça que tu venais ici ? Parce que tu t'ennuyais ?

— Au début, oui. Mais pas après. Tu comptais beaucoup pour moi, Mark.

— Je te servais d'évasion, en quelque sorte ?

« En quelque sorte. » Mais comment le lui dire ? Et pourquoi ? *Seigneur ! Surtout ne pas le blesser... le moins possible.*

— Non, tu es un être humain, tu es beau et je t'aimais.

— Tu le mets déjà au passé ?

Le regard enfantin se mouillait de larmes.

— Le temps passe, Marcus. Nous n'y pouvons rien. Il ne faut pas s'accrocher indéfiniment. Pour nous deux, il vaut mieux que je m'en aille.

Hochant tristement la tête, le jeune peintre baissa les yeux. Elle tendit la main pour lui caresser la joue, une dernière fois avant de se lever et de s'en aller.

Dans la rue, elle se mit à marcher tellement vite qu'elle faillit courir. Par bonheur, un taxi passait qu'elle héla. En se glissant à l'intérieur, elle put enfin donner libre cours à ses larmes.

Mark ne la revit jamais. Sauf parfois dans les journaux.

Le téléphone sonnait quand elle rentra chez elle. Elle était rompue, comme si ces deux dents de sagesse lui avaient effectivement poussé, non, quatre. Neuf. Cent. Qui l'appelait à cette heure ? Pas Whit, tout de même ! À moins que ce ne fût Edward ? Ou son agent ?

— Salut, mon ange.

— Salut, mon amour. Quel plaisir de t'entendre ! Je suis éreintée.

Elle avait tant besoin de sa voix… de ses caresses… de ses bras…

— Qu'as-tu fait, aujourd'hui ?

— Tout. Rien. J'ai passé une journée affreuse.

— C'est bien ce qu'il me semble, en effet !

— Pourtant, j'ai bien travaillé. J'ai lancé quelques banderilles dans ma chronique, ce matin, pour mettre Whit hors de lui et cela a marché au-delà de toutes mes espérances. Nous avons célébré notre rupture autour d'un déjeuner. Plus de Whitney pour m'escorter dans les réceptions.

— On dirait que cela te bouleverse.

— Pas vraiment, mais je ne voulais pas non plus l'écraser. Il était gentil. Alors nous avons joué notre petite comédie jusqu'au bout. Ensuite, je suis allée à SoHo pour tout mettre à plat avec Mark aussi. Ce ne sont jamais des moments très agréables à passer.

— Oui, je comprends. Crois-tu qu'il te fallait tout faire en un jour ?

Néanmoins, à son intonation, elle le sentait heureux et fier d'elle.

— Il le fallait, de toute façon. Maintenant, j'en suis délivrée, et fatiguée aussi. Et toi, mon amour. Comment s'est passée ta journée ?

— J'ai fait beaucoup de choses, mais moins importantes que toi. Et puis je n'ai pas non plus de bonnes nouvelles à t'apprendre. Tu as dû te lever du pied gauche, ce matin.

— Pourquoi ? demanda-t-elle inquiète.

— Je ne serai pas à Chicago, ce week-end. Il faut que je me rende sur la côte Ouest.

— Où ? Pour quoi faire ?

— Une affaire à régler. Je suis désolé, sincèrement. Ça ira quand même ?

— À merveille ! bougonna-t-elle.

— Allons, ne fais pas la tête !

— Alors, je ne pourrai pas te voir ?

— Non.

— Et si je te retrouvais là-bas ?

— Non, petite fille, ce ne serait pas sérieux.

— Mais je n'ai pas envie d'être sérieuse, moi ! Je viens de passer une journée épouvantable et toi tu m'annonces… S'il te plaît ! Laisse-moi venir !

— Ce n'est pas possible, mon chou. Je ne veux

191

pas que tu sois mêlée à ça. Ces deux semaines ne seront pas une partie de plaisir, crois-moi !

— Deux semaines !

Elle était au bord des larmes.

— Sans doute. On verra.

La jeune femme prit une longue inspiration, s'efforçant de ne pas éclater en sanglots, de ne pas trop réfléchir à ce qui lui arrivait.

— Luke, tu ne vas pas courir de risques, au moins ?

Après un temps d'hésitation, il répondit :

— Ça ira. Essaie de t'occuper pendant ce temps. Va à tes réunions de charité à la noix et ne te fais pas de mouron pour moi. Je sais me défendre, tu devrais le savoir.

— C'est tout ce que tu trouves à me dire pour me rassurer ?

— Je te préviendrai dès que je serai rentré. N'oublie pas une chose.

— Quoi ?

— Que je t'aime.

Ils raccrochèrent ensemble. Kezia avait l'impression qu'une chape de plomb venait de s'abattre sur ses épaules. Comme un automate, elle se changea et redescendit appeler un taxi.

La réunion avait lieu chez Tiffany, dans son magnifique appartement de la Cinquième Avenue qui donnait sur Central Park ; trois étages pour elle et sa famille. Et du bourbon et du scotch, sans addition d'eau ni de tonique. Il y aurait aussi du gin et de la vodka pour celles qui préféreraient. Chez elle, Tiffany ne buvait que du Black Label.

Elle se trouvait dans l'entrée, un verre à la main, quand la jeune femme entra.

— Kezia ! Tu es divine dans cet ensemble ! Nous allions juste commencer !

— Très bien.

Tiffany s'était déjà détournée, sans remarquer le ton lugubre sur lequel lui avait répondu son interlocutrice. Celle-ci regardait autour d'elle, essayant encore de ravaler ses larmes.

— Bourbon ou scotch ?

— Les deux.

Son hôtesse demeura un instant sans voix. Pourtant, elle était ivre depuis midi.

— Excuse-moi, reprit Kezia. Je me suis mal exprimée. Je voulais dire un scotch-soda. Mais laisse, je vais me servir seule.

Se dirigeant vers le bar, elle se servit un verre et demeura près de Tiffany pour le faire remplir aussi souvent qu'elle. C'était la deuxième fois qu'elle buvait à cause de Luke, mais plus pour noyer son bonheur.

16

— Kezia ?

C'était Edward.

— Bonjour. Quoi de neuf ?

— C'est ce que je voulais te demander. Te rends-tu compte que je reste sans nouvelles de toi depuis presque trois semaines ?

— Si cela peut vous consoler, personne n'en a eu. J'hiberne.

Tout en parlant, elle croquait une pomme, les pieds sur le bureau.

— Es-tu malade ?

— Non, j'ai du travail.

— Tu écris ?

— Ouais.

— Je n'entends plus parler de toi nulle part. Je commençais à m'inquiéter.

— Ce n'est pas la peine. Je vais très bien. Je suis sortie deux ou trois fois, histoire de garder la main pour ma chronique, mais je ne suis jamais restée longtemps. Je me trouve très bien à la maison, en ce moment.

— As-tu une raison précise à cela ?

— Aucune. Je travaille, c'est tout. Et je n'ai pas envie de sortir plus que nécessaire.

— Tu as peur de tomber sur Whit ?

— Non… enfin… un petit peu quand même. J'ai surtout peur de rencontrer tous ces gens qui m'enquiquinent. Et puis j'ai trois articles en route, que je dois rendre la semaine prochaine.

— Tant mieux pour ces bonnes nouvelles. Voudrais-tu que nous déjeunions ensemble ?

Levant les yeux au ciel, elle posa sa pomme sur le bureau.

— Eh bien, je…

Brusquement, elle éclata de rire.

— Bon, d'accord ! Je déjeune avec vous. Mais pas dans l'un de nos restaurants habituels.

— Sapristi, ma petite fille ! Tu tournes vraiment à l'ermite ! Es-tu sûre que tout va bien ?

— Certaine.

Mais tout irait encore mieux si elle avait pu voir Luke. Ils continuaient de s'appeler deux fois par jour, séparés par des milliers de kilomètres, mais il refusait encore de la laisser venir. Il se passait trop de choses. Alors, elle s'abrutissait de travail.

— Parfait, admit Edward. Alors, où veux-tu que nous nous retrouvions ?

— Je connais un petit coin tranquille où l'on mange naturel, sur la 63e Rue Est. Qu'en pensez-vous ?

— Rien de bon. Ensuite ?

Elle se remit à rire.

— Soyez beau joueur ! Vous allez adorer.

— Si cela peut te faire plaisir… va pour la cuisine naturelle. Mais dis-moi tout, c'est infect, n'est-ce pas ?

195

— Puisque vous avez si peur, apportez un panier déjeuner du *Lutèce* !

— Ne dis pas de bêtises.

— Alors vous goûterez et m'en direz des nouvelles.

— Ah !... Jeunesse !

Ils se donnèrent rendez-vous à midi et demi et elle arriva la première. Edward commença par jeter un coup d'œil inquiet autour de lui. La salle n'avait pas aussi mauvais aspect qu'il le craignait. Les tables paraissaient propres, les consommateurs, de bons citadins du centre ville, des secrétaires, des artistes, de jolies étudiantes en jean, des garçons en chemise de flanelle et aux cheveux courts et même un monsieur en complet-veston. Ni Kezia ni lui ne paraissaient détonner avec les autres clients et il en fut soulagé. Ce n'était évidemment pas *La Grenouille*, mais pas non plus un *Mac Donald*.

Kezia l'attendait à une table près d'une fenêtre. Elle portait un jean. Il se pencha pour l'embrasser.

— Cela fait plaisir de te voir, mon enfant.

— C'est vrai, nous arrivons presque à la Toussaint !

Quelque chose avait changé dans son regard... ce petit quelque chose qu'il avait déjà remarqué la dernière fois qu'il l'avait vue. Il lui trouva les joues creuses.

— Tu as maigri.

— Oui, mais pas beaucoup. Je mange un peu n'importe quoi quand je travaille.

— Tu devrais faire plus attention.

— Et passer mon temps au restaurant ? Ah non !

196

Elle ne protestait pas méchamment, mais avec la dernière énergie.

— Kezia, tu es trop âgée pour jouer les punks faméliques !

— Vous avez raison, et je pense à tout sauf à cela. Simplement, je passe mon temps devant ma machine à écrire. Je peux enfin vivre comme je l'entends. C'est merveilleux.

Il alluma un cigare, songeur. Peut-être ne devait-il pas chercher ailleurs l'explication de son étrange attitude. Elle aimait son travail et y trouvait d'immenses satisfactions. Quoi de plus respectable ? Néanmoins, cette réponse ne lui suffisait pas. Cette métamorphose physique, cette intensité dans ses moindres gestes, dans son regard, ne pouvaient provenir de là. Et puis elle se mettait à parler différemment, comme si elle s'impliquait enfin, dans ses convictions autant que dans ses activités.

— Est-il possible de boire quelque chose, ici ? interrogea-t-il d'un ton lugubre en déchiffrant le menu inscrit à la craie sur un tableau.

Il ne mentionnait que jus de carotte et de légumes. Aucun alcool.

— Edward ! Je suis navrée, je n'y ai pas pensé un instant.

— Tu travailles trop, mon pauvre petit. Voilà que tu perds la tête, maintenant.

— C'est vrai, soupira-t-elle. Je devrais peut-être prendre ma retraite. Mais, plus sérieusement, je trouve que cette fichue rubrique m'absorbe trop. J'ai mieux à faire.

— Ne me dis pas que tu vas l'abandonner !

En un sens, il pourrait le regretter : quelles occasions lui resterait-il de la voir si elle renonçait aux réceptions et autres soirées de gala ?

— Je verrai. Pour l'instant je ne décide rien, mais j'y songe. Sept ans, c'est long. Martin Hallam peut bien disparaître.

— Et Kezia Saint Martin ?

Sans répondre, elle soutint tranquillement son regard inquisiteur.

— J'espère que tu n'es pas en train de commettre une bêtise, mon petit. Ta décision de quitter Whit m'a comblé d'aise, mais n'était-elle pas dictée par...

— Non. J'ai aussi rompu avec mon ami de SoHo. Le même jour, d'ailleurs. Je faisais le ménage, en quelque sorte. Et je ne regrette rien.

— Alors tu te retrouves toute seule ?

Décidément, il insistait !

— Oui, articula-t-elle à regret. Moi et mon travail. Nous faisons très bon ménage.

— C'est peut-être ce dont tu avais le plus besoin pour le moment. Le tout sera d'en sortir.

— Pourquoi ?

— Parce que tu es beaucoup trop jolie et trop jeune pour passer le restant de tes jours devant une machine à écrire. Quelque temps, soit, mais ne t'y noie pas.

— M'y « noyer », Edward ? Moi qui avais, au contraire, l'impression d'enfin refaire surface !

Miséricorde, voilà qu'elle se braquait, tout comme son père autrefois. Quelque chose lui disait qu'elle ne reviendrait pas sur sa décision, quelle qu'elle fût.

— Ne commets pas d'imprudence, Kezia ! Et n'oublie pas qui tu es.

— Savez-vous combien de fois vous me l'avez déjà répété ?

« Et combien cela me rend malade de l'entendre, maintenant ? »

Elle le regardait fixement, d'un air si dur que cela le mit mal à l'aise.

— Bon, si nous commandions, maintenant ?

Retrouvant son sourire, elle fit signe à une serveuse.

— Je vous suggère de prendre l'avocat et l'omelette aux crevettes. C'est délicieux.

— Veux-tu que je t'appelle un taxi ?

— Non, merci. Je préfère marcher un peu. J'adore cette ville en octobre.

C'était une magnifique journée d'automne, claire et ensoleillée. D'ici à un mois, il ferait froid, mais la température était encore clémente, à cette époque. Si bien que New York en paraissait presque propre, invitant à flâner des journées entières dans ses rues animées.

— Téléphone-moi sans tarder, Kezia, c'est promis ? Je m'inquiète quand je reste trop longtemps sans nouvelles de toi, et tu sais que je n'aime pas m'imposer.

« Pas possible ? Depuis quand ? »

— Vous êtes toujours le bienvenu. Et merci pour le déjeuner ; vous voyez que ce n'était pas trop mauvais, finalement.

Après l'avoir embrassé sur la joue, elle s'en alla, se retournant avant de traverser au feu rouge, pour lui adresser un dernier signe de la main.

Elle descendit la Troisième Avenue jusqu'à la 60e Rue puis se dirigea vers Central Park. Ce n'était pas tout à fait sa direction, mais elle n'était pas pressée. Il faisait trop beau pour s'enfermer dès maintenant.

Les feuilles mortes jonchaient les allées du parc, crissant sous ses pieds. Des enfants poussaient des cris de joie dans un attelage tiré par un poney. Les animaux du zoo passaient la tête pour réclamer une friandise à son passage. Elle s'arrêta devant une cage de singes, parmi des mères accompagnées de leurs bambins. Ce devait être drôle d'avoir une si petite personne avec soi, qui riait et babillait, se barbouillait la figure de glace au chocolat et ne s'endormait qu'après s'être fait border et lire une histoire. Mais il fallait aussi lui enseigner qui elle était, ce que l'on attendait d'elle, ce qu'elle devrait faire en grandissant pour prouver qu'elle vous aimait… Pour cette raison, Kezia n'avait jamais voulu d'enfant. Pourquoi infliger une telle éducation à quelqu'un d'autre ? Non merci ! Elle-même en avait assez souffert.

Quittant le parc, elle revint vers Madison pour faire un peu de lèche-vitrines avant de rentrer. Elle était contente de sa promenade. Son esprit se remit à vagabonder du côté de Luke. Il lui sembla qu'une éternité s'était écoulée depuis qu'elle ne l'avait vu. Elle faisait tout son possible pour s'en accommoder, travaillant d'arrache-pied, riant avec lui quand il téléphonait, mais un doute insidieux commençait à se faufiler dans son imagination. Une sorte de tristesse qui empoisonnait chaque instant de la vie et dont elle ne parvenait plus à se débarrasser. Comment se faisait-il que Luke lui manquât tant ?

Le portier lui ouvrit et appela l'ascenseur pour elle en la saluant aimablement.

Il était tellement stylé, prenant bien soin de ne jamais regarder ses clients dans les yeux. Depuis vingt-quatre ans qu'il exerçait ce métier, impeccable dans son uniforme brun et or, il regardait le mur en envoyant d'innombrables « Bonjour madame », « Au revoir monsieur ». L'année prochaine, il prendrait sa retraite, décoré d'une médaille d'or et gratifié d'une bouteille de gin. S'il ne mourait pas avant, les yeux poliment fixés sur le mur d'en face.

— Merci, Sam.

— Oui, mademoiselle.

La porte de la cabine se ferma et l'ascenseur l'amena jusqu'à son étage. Elle sortit la clef de sa poche, ouvrit.

Elle prit le journal du soir sur la console de l'entrée. Elle aimait à lire quelques nouvelles quand elle arrivait chez elle. Pourtant, les journaux racontaient des histoires de plus en plus abominables, des enfants qui mouraient, un tremblement de terre au Mexique qui faisait des milliers de morts, les Palestiniens et les Israéliens qui se battaient encore, l'atroce guerre qui n'en finissait plus entre l'Iran et l'Irak, l'Afghanistan et ses horreurs, les famines du Sahel. Des assassinats dans le Bronx. Des cambriolages à Manhattan. Des révoltes dans les prisons.

Assise dans son fauteuil, elle feuilletait machinalement son quotidien, lisant quelques gros titres par-ci par-là. Tout bougeait, rien ne changeait. D'un seul coup, son cœur s'arrêta. En première page, elle venait de lire :

« Grève sanglante à San Quentin. Sept morts. »

— Seigneur ! Qu'il ne lui soit rien arrivé !

En réponse à cette prière formulée à haute voix, le téléphone se mit à sonner, la faisant sursauter. Pas maintenant… pas le téléphone… et si… Résignée, elle alla décrocher, sans lâcher son journal qu'elle ne pouvait s'empêcher de lire en marchant.

— Allô…

— Kezia ?

— Pardon ?

— Mademoiselle Saint Martin ?

— Non, elle est sor… Luke !

— Oui, à la fin ! Que t'arrive-t-il ?

— Je… excuse-moi… Oh, mon Dieu, Luke, est-ce que tu vas bien ?

La gorge sèche, elle n'osait se montrer trop précise au téléphone. Elle ignorait d'où il appelait. L'article venait de lui dessiller les yeux. Jusque-là, elle avait refoulé ses soupçons, maintenant elle savait. Quoi qu'il puisse lui dire, elle avait compris.

— Évidemment, je vais bien ! On dirait que tu viens de voir un fantôme. Tu as des ennuis ?

— Moi non, mais toi ?

— Attends encore quelques heures et je te raconterai tout et plus encore.

Sa voix grave et enrouée de fatigue se perdit dans un grand rire.

Kezia retenait son souffle :

— Que veux-tu dire ?

Elle venait d'éprouver la frayeur de sa vie et, brusquement, il semblait que… elle n'osait y croire. Si cela pouvait être vrai !

— Je veux dire : dépêche-toi, mon ange ! Je vais devenir enragé, loin de toi ! Si tu prenais le premier avion ?

— Pour San Francisco ? C'est vrai ?

— Et comment ! Tu me manques tellement que je ne sais plus où j'en suis. Il y a au moins cinq siècles que je t'attends !

— Oh, mon amour ! Je t'aime tant ! Tu ne peux pas savoir combien j'ai attendu ce moment ! Et là, tout d'un coup, j'ai cru… Je venais d'ouvrir le journal et…

Il l'interrompit d'un ton cassé :

— Laisse tomber, mon chaton. C'est oublié.

Elle n'en demandait pas davantage.

— Que vas-tu faire, maintenant ? soupira-t-elle.

— T'aimer, passer des jours et des nuits à t'aimer, voir des amis. Mais je ne veux voir personne avant toi. Quand penses-tu être là ?

Elle consulta sa montre. Pour elle, il était trois heures de l'après-midi.

— Je ne saurais te dire. À quelle heure part le prochain avion ?

— Tu as un vol à cinq heures et demie. Tu crois que tu pourras le prendre ?

— Aïe ! Il faudrait que je sois à l'aéroport à cinq heures dernier délai. Ce qui me fait partir d'ici à quatre heures. J'ai donc une heure pour faire mes bagages et… enfin, je me débrouillerai. Que faut-il que j'apporte ?

— Ton petit corps adorable.

— Mais quoi encore, gros malin ?

Elle ne souriait plus ainsi depuis des semaines. Trois, pour être exacte. Les trois plus longues semaines de sa vie.

— Comment veux-tu que je le sache ?

— Il fait froid ou chaud ?

— Brumeux. Froid la nuit et doux dans la journée. Je pense… Et puis, zut ! Tu n'as qu'à regarder dans le *Times*. Au fait, ce n'est pas la peine de prendre ton manteau de vison.

— Comment sais-tu que j'en ai un ? Tu ne l'as jamais vu.

Elle avait retrouvé toute sa gaieté. Au diable les journaux. Il allait bien et il l'aimait.

— Je me doute que tu en as un. Laisse-le où il est.

— Je n'avais pas l'intention de le prendre. Autre chose ?

— Oui, je t'aime dix fois trop et c'est la dernière fois que nous restons si longtemps séparés.

— On dit ça… Dis-moi plutôt où nous devons nous retrouver.

— Tu veux que je vienne te prendre ?

— Oui, pourquoi ?

— Penses-tu que ce soit raisonnable ?

Encore ces éternelles précautions à prendre.

— Je m'en fiche, là ! Tout ce que je sais c'est que je ne t'ai pas vu depuis presque un mois et que je t'aime.

— C'est bon, je viendrai.

Il paraissait ravi.

— Tu as intérêt !

— Bien, madame.

De nouveau, le rire profond lui résonna dans l'oreille et ils raccrochèrent. À n'en pas douter, il venait de livrer une rude bataille, et il avait perdu… ou gagné… Peu importait.

17

L'avion atterrit à dix-neuf heures quatorze, heure de San Francisco. Kezia s'était levée de sa place avant l'arrêt total de l'appareil et, malgré les rappels à l'ordre de l'hôtesse, se rua dans le couloir pour sortir la première.

Elle avait voyagé en classe touriste pour ne pas trop attirer l'attention et s'était vêtue d'un pantalon et d'un pull noirs. Une veste sur le bras, ses lunettes de soleil sur les cheveux, elle paraissait presque trop discrète, trop élégante, en tout cas, pour qu'un homme osât l'aborder. Mais les femmes considéraient avec envie ces hanches étroites, ces épaules droites, cette chevelure épaisse, ces grands yeux. En aucune circonstance, elle ne pouvait passer inaperçue, malgré sa petite taille.

Il lui sembla que les portes mettaient une éternité à s'ouvrir. Les sacs des passagers derrière elle lui heurtaient les jambes, un enfant se mit à pleurer. Enfin, la sortie fut dégagée. Kezia courut presque dans le tunnel qui menait à l'aérogare et, en tournant, elle l'aperçut.

Il dépassait ses voisins d'une bonne tête. Ses cheveux noirs brillaient mais elle ne voyait que ses yeux qui la guettaient et la repéraient enfin. Se frayant un chemin dans la foule, il vint à sa rencontre, un cigare à la main, la fit tournoyer dans ses bras.

— Mon ange ! Enfin !

— Oh, Luke !

Leurs bouches s'unirent en un fougueux baiser avant qu'il ne la repose à terre. Au diable les journalistes ! Tant mieux pour eux s'ils pouvaient s'offrir ce scoop. Les autres voyageurs passaient autour d'eux comme les eaux d'un torrent autour d'un rocher et tous deux se retrouvèrent bientôt seuls.

— Allons chercher tes bagages.

Main dans la main, ils se dirigèrent vers le tapis roulant, l'air si radieux que les gens se retournaient sur leur passage. Et les enviaient.

— Comment est ta valise ?

— J'en ai deux.

— Mais nous ne restons que trois jours !

Tandis qu'il se mettait à rire, elle se mordait les lèvres pour cacher sa déception. Trois jours ? Pas plus ? Elle n'avait pas songé à lui poser la question avant de partir. Enfin, ce serait toujours bon à prendre.

Attrapant la première valise sous le bras, l'autre par la poignée, il repartit sans avoir lâché Kezia.

— Tu ne parles pas beaucoup, mon ange. Fatiguée ?

— Non, heureuse.

Levant de nouveau les yeux sur lui, elle se réfugia contre son épaule.

— J'ai cru que ce moment ne viendrait jamais ! soupira-t-elle.

— Moi aussi, mais cela ne nous arrivera plus. C'est trop mauvais pour la tension.

Elle eût voulu le croire, mais elle savait que de telles attentes se reproduiraient, ou plus longues encore, parce que leur mode de vie le voulait ainsi. Néanmoins, pour cette fois, c'en était fini. Leurs trois jours de lune de miel venaient de commencer.

— Où descendons-nous ?

Au bord du trottoir, ils attendaient un taxi et jusque-là tout se passait bien : pas de photographes, pas même une seule personne qui la sût absente de New York. Elle s'était contentée d'avertir son agent qu'elle ne téléphonerait sa prochaine rubrique que le surlendemain. Ils pourraient toujours puiser dans les potins de la semaine qu'ils n'avaient pas encore utilisés.

— Au *Ritz*, répondit Luke en déposant les bagages dans le coffre du taxi.

— Tu plaisantes ? demanda-t-elle amusée.

— Tu verras bien. À moins que tu ne préfères le *Fairmont* ou le *Huttington* ? Ils sont beaucoup mieux, mais je craignais que tu ne t'inquiètes pour…

— Parce que le *Ritz* est plus discret ?

Il éclata de rire.

— Oui, je t'assure. C'est d'ailleurs pourquoi je l'ai choisi.

C'était une grande maison grise, qui avait connu des jours meilleurs, au cœur d'un ancien quartier élégant, sur les hauteurs dominant l'océan. De vieilles dames et des messieurs distingués en constituaient la principale clientèle, dans un décor suranné aux lustres en couleurs, aux meubles tapissés de velours rouge passé, aux rideaux de chintz à fleurs, aux crachoirs de cuivre.

Les yeux brillants de gaieté, Luke l'amena vers une petite personne d'un certain âge qui pépiait derrière un bureau trop grand pour elle. Ses cheveux étaient coiffés en macarons autour des oreilles et elle portait un dentier presque phosphorescent tant elle devait le blanchir.

— Bonsoir, Ernestine.

Elle avait tout à fait une tête à s'appeler Ernestine.

— Bonsoir, monsieur Johns !

Kezia fut jaugée et appréciée d'un regard. Sa tenue et ses bonnes manières conviendraient au *Ritz*.

Le liftier, qui semblait né avec son ascenseur, sifflotait en les menant au premier étage.

— D'habitude, je monte à pied, précisa Luke, mais je voulais te faire faire le tour des lieux.

Un panneau indiquait que le petit déjeuner était servi à sept heures, le déjeuner à onze et le dîner à cinq heures. Kezia pouffa de rire.

En sortant, il glissa une pièce au garçon d'ascenseur tout en lui disant de ne pas se déranger pour les bagages. Un vieux tapis rouge courait le long du couloir aux murs ornés de candélabres.

— À gauche, mon chaton.

Elle s'arrêta devant la porte qu'il lui indiquait.

— Tu me diras des nouvelles de cette vue.

Il ouvrit en poursuivant :

— Je suis tellement content que tu sois là ! J'avais peur que tu ne sois prise.

— Pas pour toi ! Je t'ai attendu si longtemps que j'aurais annulé n'importe quoi pour venir.

Lâchant les bagages, il la souleva dans ses bras afin de lui faire franchir le seuil de la chambre comme à une jeune mariée. Elle étouffa un cri de surprise en découvrant la profusion de satin et de velours bleu qui décorait toute la pièce.

— Une vraie bonbonnière ! s'exclama-t-elle en découvrant le grand lit orné de volants, de rubans et de coussins sous un dais majestueux.

Il y avait aussi une coiffeuse à l'ancienne, une chaise longue, une cheminée, un tapis usé jusqu'à la trame. Enfin, elle regarda les fenêtres.

La vue nocturne s'ouvrait sur la sombre baie de San Francisco limitée à l'horizon par les collines scintillantes de Sausalito, les lumières du Golden Gate changeant au gré de la circulation.

— Luke, c'est fabuleux !

— Le *Ritz*, pour vous servir.

— Chéri, je t'aime !

En se jetant dans ses bras, elle se débarrassa de ses chaussures.

— Tu ne peux pas m'aimer la moitié de ce que je t'aime, mon ange ! Pas même le quart.

— Tais-toi donc !

Elle lui effleura les lèvres des siennes et il l'attira doucement sur le lit bleu.

— Tu as faim ?

— Je ne sais pas. Je suis tellement heureuse que je n'arrive plus à réfléchir.

Roulant sur le côté, elle vint l'embrasser au creux de l'épaule.

— Tu mangerais bien des pâtes à l'italienne ?

— Sans difficulté.

Pourtant, elle n'esquissa pas un mouvement pour se lever. Il était une heure du matin, pour elle, avec le décalage horaire, et elle se trouvait fort bien où elle était.

— Allez, mon ange, debout ! Sinon je t'arrose avec la douche !

— Tu n'oseras pas, le défia-t-elle les yeux obstinément clos.

— Tu crois ça ?

— Non, non ! se ravisa-t-elle soudain. Je sais que tu le ferais, avec tes manières de paysan du Danube ! Et d'abord, je préférerais prendre un bain.

— Prends ce que tu voudras mais dépêche-toi.

Soulevant paresseusement les paupières, elle murmura, sans bouger d'un pouce :

— Dans ce cas, c'est toi que je prends.

— Après le dîner ou je vais tomber d'inanition. Je n'ai pas eu le temps de déjeuner, aujourd'hui, parce que je voulais tout conclure avant ton arrivée.

— Y es-tu parvenu ?

Accoudée sur l'oreiller, elle prit une cigarette, guettant sa réponse.

— Oui.

— Luke... insista-t-elle.

— Oui ?

— Écoute... dis-moi si je me mêle de ce qui ne me regarde pas, mais...

— Non. Tu as le droit de te poser des questions.

Il semblait brusquement triste et las. La belle ambiance de vacances s'était évanouie.

— J'ai vu les journaux, murmura-t-elle. Cette grève à San Quentin, tu en es l'instigateur, n'est-ce pas ?

Pour toute réponse, il hocha la tête.

— Que vont-ils te faire ?

210

— Qui ? Les vaches ?

— Par exemple.

— Rien. Pour le moment du moins. Ils ne possèdent aucune preuve contre moi. Je suis un pro. Mais ce doit être là le problème. Je suis sans doute trop calé pour eux. Ils ne pourront jamais m'attraper légalement, alors un de ces jours, ils me tendront un piège royal. Uniquement pour se venger.

— Ils ne feront pas cela ! protesta-t-elle, choquée.

— Crois-tu qu'ils se gêneront si l'envie leur en prend ? Pour le moment, ils ne doivent plus savoir où ils en sont.

— Et tu n'as pas peur ?

— Qu'est-ce que cela changerait ? sourit-il. Enfin non, je n'ai pas peur.

— Mais tu cours de grands dangers ?

— En ce qui concerne la prison ?

— Oui, entre autres.

— Pas forcément. Ils doivent m'en vouloir à mort, mais ce ne sont pas ceux qui peuvent agir que j'ai le mieux bernés. Quant à me remettre en prison, je ne crois pas que beaucoup d'entre eux y tiennent.

— Tout de même, soupira-t-elle, tu n'es pas à l'abri.

— Qui peut se vanter de l'être ? N'importe qui peut se faire écraser en traversant la rue. Et toi, tu pourrais te faire enlever et rançonner à tout moment, pourtant tu vis bien avec. Alors pourquoi te mettre martel en tête à cause de moi ? Pour l'instant, je suis bien, ici, avec toi. Je t'aime. Tu ne dois pas penser à autre chose.

— Si seulement tu étais agent de change ou d'assurances ! marmonna-t-elle.

— Mon pauvre ange ! s'esclaffa-t-il. Tu es mal tombée !

— Je sais, je dis n'importe quoi. Mais pourquoi organiser ces grèves dans les prisons ?

— Pourquoi ? Parce que ces pauvres types travaillent comme des esclaves pour trois fois rien. Ils sont comme tout le monde, ils ont femme et enfants à nourrir. Même si leurs familles sont assistées, ils devraient avoir au moins droit à un salaire décent. Que deviennent-ils en sortant de là les poches vides, y as-tu songé ? Alors je les pousse à faire grève, pour cesser d'engraisser l'administration sur leur dos. Et cela ne fait que commencer.

Devant l'air affolé de la jeune femme, il précisa :

— Ils n'auront plus besoin de moi, la prochaine fois. J'ai fait ce que j'avais à faire. Maintenant, ils sont organisés en syndicat.

— Pourquoi fallait-il que ce soit toi qui t'en charges ? Tu es libéré sur parole, non ? Ce qui signifie que tu « appartiens » toujours à l'État de Californie. Ta condamnation allait de cinq ans à la perpétuité, c'est cela ?

— Oui, et alors ?

— Alors, légalement, ils peuvent te boucler à tout moment, et te garder jusqu'à ta mort ?

— Non, pour deux ans et demi seulement, le temps que je viens de passer dehors. On dirait que tu t'es renseignée sur la question, non ?

Luke alluma une autre cigarette en évitant son regard.

— Oui ! s'écria-t-elle. Et ton histoire de deux ans et demi ne tient pas debout ! Ils peuvent révoquer ta

212

libération n'importe quand et t'enfermer pour le restant de tes jours, ou pour cinq ans.

— Mais, enfin, Kezia… pour quel motif feraient-ils cela ?

— Je t'en prie, Luke ! Ne joue pas les naïfs ! Pour avoir semé l'agitation dans les prisons, en violation de ta parole, justement. Je ne suis pas aussi bête que tu as l'air de le croire !

— Je n'ai jamais prétendu cela, Kezia. Mais souviens-toi de ce que je t'ai dit : ils ne pourront jamais m'accuser d'être à l'origine de cette grève.

— Qu'en sais-tu ? Et si un prisonnier t'accusait ? Et si on te tirait dessus pour se débarrasser de toi d'une manière encore plus radicale ?

— Nous verrons le moment venu, pas maintenant.

Tout d'abord, elle ne répliqua rien, mais ses yeux brillaient de larmes.

— Pardonne-moi, finit-elle par murmurer, mais je ne peux pas m'empêcher d'avoir peur.

— Allons, mon chaton, n'y pense plus et allons manger un morceau.

Lui déposant un baiser sur l'œil et un autre sur la bouche, il la tira fermement du lit. Kezia ne dit plus rien. À quoi bon tenter de convaincre un joueur de ne plus jouer ? Il lui restait à espérer qu'il ne perdrait jamais.

Tous deux se retrouvèrent dans le hall une demi-heure plus tard.

— Où allons-nous ?

— Chez *Vanessi*. Il fait les meilleures pâtes de la ville. Tu ne connais pas San Francisco ?

213

— Pas très bien. Je suis venue une fois, enfant, et il y a une dizaine d'années pour une soirée. Je me rappelle les tramways et les collines, mais c'est tout. J'étais avec Edward et Totie.

— Pas très folichon comme compagnie.

À dix heures du soir, le restaurant était encore bondé d'une foule animée d'artistes, de journalistes et de spectateurs sortis des théâtres. La cuisine parut succulente à la jeune femme qui avait commandé des *gnocchi*. Lui mangea des *fettuccini* et, pour le dessert, ils partagèrent un inoubliable sabayon.

Remuant distraitement son expresso, elle regardait la salle autour d'elle.

— Tu sais, cela me rappelle un peu *Chez Gino*, à New York, en mieux.

— Tout est mieux, à San Francisco. J'adore cette ville. Le seul ennui c'est que tout s'arrête à minuit.

— J'en ferais bien autant. Seigneur ! Il est déjà deux heures et demie du matin, pour moi.

Luke lui avait pris les mains et s'apprêtait à répondre quand elle le vit se crisper, le regard fixé par-dessus son épaule. Elle se retourna pour ne voir qu'une tablée d'hommes assis non loin d'eux.

— Tu les connais ?

— Si on veut.

Avec leurs costumes, leurs cravates et leurs chapeaux, ils avaient l'air de gangsters.

— Qui est-ce ?

— Des vaches.

— La police ?

— Oui, des inspecteurs chargés de me fabriquer un bon petit flagrant délit…

— Tu ne te fais pas des idées ? Ils ne font que dîner, comme nous.

— J'aimerais bien.

Pourtant, la belle humeur de Luke s'était envolée et tous deux s'en allèrent sans tarder.

— Dis-moi, demanda-t-elle dans la rue, tu n'as rien à me cacher, au moins ?

— Non, mais l'un d'entre eux me suit depuis que je suis arrivé ici. Je commence à en avoir assez.

— Il ne te suivait pas, ce soir, assura-t-elle d'un ton incertain. Je l'ai vu qui dînait avec des amis. Il ne s'occupait pas de toi.

— Ça, c'est ce qu'ils veulent me faire croire. Je n'aime pas les voir ainsi sur mes talons. Et je ferais mieux de ne pas t'inquiéter ainsi. Je déteste les policiers et ils me le rendent bien, mais c'est tout.

Sauf que leur dernier affrontement s'était soldé par sept morts...

Tous deux marchèrent un peu dans les rues animées, mangèrent une glace puis rentrèrent en taxi au *Ritz*.

Kezia ne tarda pas à s'endormir entre ses bras, épuisée de bonheur.

Lui la regardait, caressant en souriant ses longs cheveux noirs qui couvraient son dos comme des rubans de soie. Elle était si belle. Et il l'aimait tant.

Où trouverait-il les mots pour tout lui dire ? Doucement, il sortit du lit pour aller se mettre à la fenêtre. Il enfreignait ses propres lois. Il n'avait pas le droit de faire courir de tels dangers à Kezia. Pas tant qu'il ne saurait pas. Mais il avait désiré la jeune femme dès la première minute où il l'avait vue. Désormais, tout devenait différent. Il avait besoin d'elle, il l'aimait. Il voulait lui donner une part de lui-même… ne serait-ce que ses dernières heures avant l'éternelle nuit. De tels moments ne se présentaient pas tous les jours, dans la vie, certains ne les rencontraient même jamais. Seulement, maintenant, il allait devoir tout lui dire. Mais avec quels mots ?

18

— Luke, laisse-moi dormir ! Il fait encore nuit.

— Non, ce n'est que du brouillard. N'oublie pas que le petit déjeuner est servi à sept heures.

— M'en fiche.

— Certainement pas. Et puis nous avons une journée chargée.

— Luke... je t'en prie !

Rasé de frais et habillé, il la regardait se tourner paresseusement sous ses couvertures.

— Ma petite Kezia, si tu ne te lèves pas immédiatement, tu passeras la journée entière au lit et tu le regretteras.

Pour adoucir ce réveil un peu brutal, il lui caressait la gorge et les épaules.

— Je ne demande que ça, maugréa-t-elle en l'attirant sur l'oreiller.

— Ne me tente pas, il faut que je te fasse visiter cette ville.

— En pleine nuit ? Cela peut bien attendre demain, non ?

— Il est sept heures et quart.

— C'est bien ce que je disais...

En riant, il la prit dans ses bras pour aller la déposer dans la baignoire remplie d'eau tiède.

— J'ai pensé que tu ne voudrais pas d'une douche, ce matin.

— Luke, je t'adore !

Le bain la tirait voluptueusement du sommeil et, les yeux encore engourdis, elle ajouta :

— Tu me gâtes. C'est pour cela que je t'aime.

— Je me disais aussi... Ne reste pas trop longtemps. La cuisine ferme à huit heures et je ne veux pas sortir l'estomac vide.

Paresseusement, elle s'enfonça davantage dans l'eau de l'énorme baignoire à l'ancienne sur pieds de lion qui pouvait en contenir deux comme elle.

Ils se retrouvèrent devant un solide petit déjeuner, au cours duquel Kezia n'éprouva pas, pour la première fois de sa vie, l'envie de lire les journaux et leurs effrayantes nouvelles. Elle se sentait trop gaie pour avoir envie de se soucier des horreurs du monde.

La matinée fut consacrée au Golden Gate baigné de soleil après les brumes matinales. Ils roulèrent en haut des collines pour admirer la vue sur la baie et le pont rouge qui la traversait. Ils se promenèrent en amoureux dans les parcs alentour, s'arrêtant à chaque bosquet pour s'embrasser. Ils prirent le thé dans le jardin japonais, marchèrent le long de la plage aux eaux si glacées que seuls les phoques osaient s'y plonger, pour revenir vers le fameux quai Fisherman avec ses boutiques pittoresques.

Ils y mangèrent du crabe et des crevettes puis se dirigèrent vers le quartier chinois et ses hautes collines. Kezia se sentait une âme de touriste, elle qui avait toujours une adresse précise où se rendre quand elle se déplaçait. Elle découvrit avec émerveillement les vieilles maisons victoriennes qui contrastaient si bien avec les gratte-ciel du centre-ville.

La nuit tombée, ils dînèrent dans un restaurant italien de Grant Avenue qui n'offrait que des tables de huit où chacun venait s'installer sans façon quand il trouvait une place libre. Un bon moyen pour lier conversation. La jeune femme bavardait avec ses voisins et Luke se demanda ce qu'ils diraient s'ils savaient qu'ils avaient affaire à Kezia Saint Martin. Encore que ce nom ne leur aurait peut-être pas dit grand-chose. C'étaient des plombiers, des étudiants, des chauffeurs d'autobus et leur famille. Kezia Saint qui ? Elle ne risquait rien, parmi eux. Il était heureux de lui faire découvrir des endroits où elle ne serait pas traquée par les reporters et les potins.

— Luke, avoua-t-elle tandis qu'ils rentraient tranquillement vers l'hôtel, que j'aimerais habiter ici !

— Et tu n'as encore rien vu.

— Qu'avons-nous fait, aujourd'hui ?

— Du tourisme. Demain, je te montrerai la baie dans sa splendeur.

De fait, Kezia découvrit la côte accidentée qui entourait San Francisco, les vagues explosant sur d'énormes roches, des mouettes et des cormorans, des plages désertes presque sauvages sous un vent chargé d'embruns.

Ils dînèrent tôt dans un ancien restaurant chinois de Grant Avenue et Kezia se sentit bien dans cette salle discrète. À l'abri dans un recoin en alcôve fermé par un rideau aux couleurs un peu passées, ils entendaient les rires et les murmures de leurs voisins aussi bien cachés qu'eux et, de loin en loin, des tintements de vaisselle et des conversations en chinois. Luke aimait cet endroit et en avait pratiquement fait son repaire. Seulement, jusque-là, il y était venu pour régler des affaires plus sérieuses. D'aucuns auraient trouvé immoral que l'on puisse discuter devant un riz cantonais des victimes d'une grève durement réprimée, mais pas lui, ni ceux qui combattaient avec lui : ils savaient que chacun d'entre eux pouvait passer d'un mode d'existence à l'autre, mais aussi de la vie à la mort, en un tour de main. Ils l'acceptaient tous.

— Tu ne m'écoutes pas, Luke.

— Si, ma chérie, et je viens de passer une journée magnifique.

— Moi aussi, mais tu dois être fatigué d'avoir conduit toutes ces heures.

— Nous dormirons bien cette nuit, dit-il en se penchant pour l'embrasser.

Ce ne fut qu'en sortant qu'il reconnut le visage de celui qu'il rencontrait un peu trop souvent depuis son arrivée à San Francisco. Un journal sous le bras, l'homme se cacha instantanément dans l'une des alcôves mais, cette fois, Luke voyait rouge.

— Attends-moi dehors, je n'en ai pas pour longtemps.

— Qu'est-ce qu'il y a ?

— Vas-y, j'arrive.

Effrayée par l'expression de son visage, elle eut l'impression qu'un barrage venait de se rompre.

— Vas-y, je te dis ! cria-t-il.

La prenant par le bras, il la poussa rudement vers la sortie puis revint en direction de l'alcôve où il avait vu se réfugier l'homme. En deux enjambées, il y parvenait à son tour, ouvrait le rideau fané avec une telle violence qu'il faillit le déchirer.

— Maintenant, ça suffit comme ça ! s'écria-t-il.

Apparemment plongé dans son journal, l'homme leva sur lui un visage stupéfait.

— Pardon ?

Malgré ses tempes grisonnantes, il paraissait aussi solide que Luke et plutôt sur le point de bondir que réellement désemparé.

— Debout !

— Mais, monsieur…

— Je t'ai dit de te lever, minable ! siffla Luke entre ses dents. Tu es sourd ?

L'attrapant par le col de sa veste, il le força à se mettre sur ses pieds, ajoutant d'une voix étrangement douce :

— Maintenant, tu vas m'expliquer ce que tu me veux, au juste.

— Je suis venu tranquillement dîner ici, mec, et je te conseille de me lâcher ou j'appelle la police !

Les mains de l'homme remontaient lentement le long de ses côtes, avec une précision de professionnel habitué à la bagarre.

— Tu ne manques pas d'air, avec ta police ! s'indignait Luke. Tu as une radio sur toi, ou quoi ? Écoute, gros lard, j'ai invité une dame à dîner et je ne veux pas être filé à longueur de temps. Ça ne se fait pas, vu ?

Pour toute réponse, son adversaire lui envoya un direct sur la joue qui le fit chanceler.

— Comme ça, tu seras plus joli, mon vieux ! Tu ferais mieux de rentrer comme un gentil petit garçon ou je te fais coffrer pour outrage et voies de faits. Ta liberté sur parole pourrait en prendre un sale coup ! Tu auras de la chance si tu ne te fais pas coffrer pour meurtre, un de ces quatre.

Le souffle court, Luke ne put s'empêcher de protester :

— Comment ça, pour meurtre ? On pourrait m'arrêter pour des dizaines de raisons, mais je n'ai jamais tué personne.

— Et les gardiens de San Quentin, ils comptent pour du beurre ? C'est comme si tu les avais exécutés toi-même au lieu de le faire faire par tes nervis.

Les deux hommes parlaient toujours à voix basse, si bien que l'altercation passait totalement inaperçue des autres dîneurs.

— Et c'est à cela que je dois l'honneur de ton escorte ? reprit Luke en se frottant la joue.

— Non, ceci n'est pas de mon ressort. Et crois-moi si tu veux, mon coco, mais je n'aime pas plus te suivre que tu n'aimes être suivi.

— Tais-toi, tu vas me faire pleurer.

Se servant un verre d'eau, il en avala une longue gorgée en se demandant pourquoi il n'avait pas rendu son coup à cet abruti. Bon sang !... sous l'influence de Kezia, il était en train de s'amollir, et cela pouvait être grave de conséquences pour lui.

— Johns, que tu le veuilles ou non, si je te file le train c'est pour ton bien.

— Pas possible ! ricana Luke. Tu as peur que je me fasse renverser ?

— Moi, je m'en contrefiche, mais ma consigne est de te protéger contre d'éventuelles attaques.

— Tu rigoles ?

— D'après toi ?

— Enfin, je ne vois pas…

— Précisément. Tu ne te rends même pas compte que tu irrites quelques extrémistes de gauche avec ta campagne anti-prisons. Tu leur prends leur cause, mon vieux, alors, forcément, ils t'en veulent.

— Ah oui ? Écoute, s'ils me sautent dessus je te sifflerai, en attendant je me passerai fort bien de ta sollicitude.

— Ce n'est pas à nous de décider, sans quoi je te laisserais aussi bien réduire en bouillie par une mitrailleuse. Enfin, on dîne bien ici, c'est déjà ça !

Luke se releva l'air sombre.

— Tu as encore de la veine que je sois dans ma semaine de bonté ! maugréa-t-il, mais ne t'avise plus de porter la main sur moi, ou j'aurai le plaisir de t'arranger le portrait.

— À ta disposition. Seulement cela te mènerait directement au trou, mon vieux, et pour un certain temps. En attendant, méfie-toi, on te cherche.

Haussant les épaules, Luke quitta l'alcôve. Kezia l'attendait dehors.

— Ça va ? demanda-t-elle.

— Évidemment ! Pourquoi voudrais-tu que ça n'aille pas ?

— Cette marque sur ta joue…

— Ça va, je te dis ! Ne t'occupe pas de mes affaires. Viens, prenons un taxi pour rentrer.

Au matin, levée la première, elle avait commandé un gigantesque petit déjeuner qui leur fut apporté au moment où elle s'efforçait d'éveiller Luke :

— Bonjour, monsieur ! Votre plateau est arrivé.

Il se retourna, ouvrit une paupière.

— Quel plateau ?

— Du jus d'orange, des céréales, du café, des œufs au bacon, des toasts.

L'appétit aiguisé par un si fameux menu, il se redressa en souriant :

— Ne me dis pas que tu as faim !

— Si, et je veux tout manger.

— Un petit baiser d'abord !

— Les œufs vont refroidir.

— Femme sans cœur.

En riant, elle apporta le plateau sur le lit, retourna les tasses, souleva les couvercles pour humer chaque plat, versa le café tandis que son compagnon dépliait le journal. Quand elle leva la tête, ce fut pour découvrir son expression décomposée, ses yeux embués de larmes, sa mâchoire crispée de rage et de chagrin.

— Luke, mon chéri ! Qu'est-ce qu'il y a ?

En même temps, elle lisait par-dessus son épaule le grand titre de la première page :

« *Un ancien aumônier des comités anti-prisons sauvagement assassiné.* »

Selon toute vraisemblance, le meurtre avait été commis par des extrémistes de gauche. C'est en quittant sa maison avec sa femme que Joseph Morrissey avait reçu huit balles dans la tête. La photo montrait l'épouse effondrée sur le corps inerte. Joe Morrissey. Il allait être père dans trois mois.

— Ce n'est pas vrai ! articula Luke d'une voix blanche.

— Mon pauvre chéri !... Tu le connaissais bien ?

— Trop...

Les yeux clos, il demeura un instant silencieux avant que Kezia se risque à demander :

— Qui était-il pour toi ?

— Mon maître à penser, celui qui m'a tout appris. Il avait été l'aumônier de quatre pénitenciers avant d'abandonner la prêtrise. Il est devenu l'un de nos plus ardents syndicalistes, toujours le premier à s'exposer. En même temps, il me protégeait, me servait autant de garde du corps que d'avocat. Et voilà… que nous l'avons tué. Je l'ai tué. Ce n'est pas vrai !

Se levant, il se mit à marcher de long en large dans la pièce sans chercher à cacher les larmes qui lui inondaient la face.

— Kezia ?

— Oui ? répondit-elle d'une petite voix effrayée.

— Je veux que tu t'habilles et que tu fasses tes bagages immédiatement. Il ne faut pas que tu restes une minute de plus ici.

— Tu… tu as peur ?

— Oui, maugréa-t-il.

— Pour moi ? Ou pour toi ?

Une esquisse de sourire se dessina sur son visage. Il n'avait jamais peur pour lui-même. Cependant, ce n'était pas une raison pour faire courir le moindre risque à sa compagne.

— Disons qu'il vaut mieux ne pas s'attarder dans les parages.

— Tu pars aussi ?

— Plus tard.

— Que comptes-tu faire avant ? demanda-t-elle terrifiée.

Seigneur ! S'ils le tuaient, lui aussi ?

— J'ai quelques affaires à régler. Je rentrerai à Chicago ce soir, et toi à New York, bien sagement. Alors dépêche-toi, maintenant, bon sang !

Découvrant son air épouvanté, il se radoucit :

— Excuse-moi, mon ange, je ne voulais pas…

Pour mieux la rassurer, il la prit dans ses bras tandis qu'elle éclatait en sanglots.

— Oh, Luke ! Et s'ils…

— Chut !

La serrant contre lui, il lui caressa les cheveux, l'embrassa sur le front.

— Pas de « et si… », mon ange ! Il ne m'arrivera rien.

Comment pouvait-il l'affirmer ? Avec ce qui venait de se passer. Son garde du corps ! N'était-ce pas le pire des avertissements, au contraire ?

— Allez, prépare-toi vite !

Ravalant ses larmes, elle entassa ses vêtements dans ses deux valises. Luke lui paraissait soudain si dur, si lointain.

— Que vas-tu faire, aujourd'hui ? finit-elle par demander.

— Beaucoup de choses. Je te téléphonerai dès que j'arriverai à Chicago. Et tu ne vas pas à un mariage, nom d'un chien ! Mets n'importe quoi et finissons-en !

— Je suis presque prête.

Quelques minutes plus tard, ils franchissaient la porte de la chambre, Kezia sobrement vêtue d'un pull et d'un jean, de grosses lunettes noires cachant son absence de maquillage.

— Je ne t'accompagne pas, expliqua-t-il dans l'escalier. Je vais appeler un taxi que tu attendras en compagnie d'Ernestine. Moi je file. Tu prendras le premier avion pour New York, même s'il fait quinze escales avant d'y arriver. Il ne faut surtout pas que tu traînes dans cet aéroport. C'est bien compris ?

Détournant les yeux, il ajouta d'un ton amer :

— Je n'aurais jamais dû te faire venir ici !

— Et moi j'en suis heureuse, affirma-t-elle en soutenant son regard, je ne regrette rien. Sauf pour ton ami...

Luke sourit, lui prit la main :

— Tu es une fille bien.

19

Depuis une semaine qu'elle avait quitté San Francisco, Luke téléphonait de Chicago deux ou trois fois par jour. La jeune femme n'en était pas rassurée pour autant. Il avait beau lui dire que tout allait bien et qu'il viendrait à New York dès que possible, elle tremblait pour lui à chaque instant. Elle croyait percevoir dans sa voix une sorte de retenue qui l'empêchait de lui dire ce qui se passait réellement. Il devait craindre les écoutes. L'interminable solitude endurée au cours de leur première séparation n'était rien à côté de la peur qui l'habitait maintenant.

Par tous les moyens, elle s'efforçait de s'occuper, pour ne plus avoir à penser. Elle était allée jusqu'à envisager d'écrire un papier sur Alejandro.

— Et sur sa bauge de traîne-savates ? demanda Luke.

— Oui. Simpson pense que cela peut intéresser beaucoup de lecteurs. Crois-tu que ton ami accepterait ?

— Sans aucun doute. Un peu de publicité pourrait l'aider à trouver de l'aide.

— Bon, alors je vais m'y atteler.

« Tout plutôt que de tourner en rond comme une folle, mon lapin bleu. »

— D'accord, alors maintenant qu'est-ce que je fais ? Je n'ai jamais été interviewé.

Kezia sourit devant la fébrilité de son interlocuteur. Il était si gentil, si plein d'humour et de simplicité !

— Voyons, Alejandro, pour tout avouer, vous êtes la deuxième personne sur qui je fais un article, alors nous allons tous les deux prendre notre temps.

Avec son jean et sa queue-de-cheval, elle avait plus l'air d'une gamine que d'une journaliste.

— C'était Luke le premier ? demanda finement le Mexicain.

— Oui, pourquoi ?

— Que représente-t-il vraiment pour vous ? Est-ce sérieux ?

— Très. Pour la première fois de ma vie, je me suis impliquée sincèrement.

— Cela veut-il dire que vous avez toujours joué la comédie, jusqu'ici ?

— En effet. Je vivais plusieurs vies à la fois, je passais toujours à côté du sens réel des choses.

— Et aujourd'hui ?

Elle baissa la tête.

— Aujourd'hui c'est encore pire. Sauf en ce qui concerne Luke, bien sûr.

— Vous n'aimez pas cela ?

— J'en ai affreusement honte, Alejandro.

— Il ne faut pas. C'est ainsi que vous êtes faite.

— Mais c'est tellement dégoûtant !

— Ne vous condamnez pas en bloc, jeune fille. Et

puis il y a tellement de gens qui rêveraient d'avoir vos privilèges.

— Pour se retrouver devant un vide total ? Tout votre temps, toute votre énergie s'en vont dans des futilités absurdes. On n'est occupé qu'à paraître, pas à vivre, on triche, on ment, on ne pense qu'aux milliers de dollars que vous coûtera une robe alors qu'ils serviraient tellement mieux ici. Tout cela ne signifie plus rien pour moi.

— Je dois dire que je ne sais à peu près rien de cette société.

— Tant mieux pour vous.

— Peut-être, mais vous, ne rejetez pas votre monde, votre essence, votre éducation. Croyez-vous que les gens ne mentent ni ne trichent, ici ? Ils volent pour de la drogue, ils exploitent leurs enfants, ils battent leurs mères et leurs femmes, chaque jour ils souffrent davantage, ils n'ont plus de temps pour rien, ils ne pensent qu'à trouver les moyens de se shooter. Alors ne vous plaignez pas et tâchez plutôt de profiter de votre vie telle qu'elle vous est donnée.

— Je ne sais pas, soupira-t-elle songeuse. Je crois que je la hais parce que j'ai peur de m'y laisser étouffer à jamais. Comme par une pieuvre.

— Il vous reste votre libre arbitre. Si vous n'en voulez pas, vous n'avez qu'à la quitter, tranquillement, sans vous armer d'un bazooka dans une main et d'une grenade dans l'autre. Personne ne pourra vous retenir. N'y avez-vous donc jamais songé ?

— Je crois que non. Je ne voyais pas d'issue possible.

— Il en existe pourtant. Nous pouvons tous choisir notre mode de vie. Le tout est d'en prendre les moyens.

Moi aussi, je peux tout laisser tomber du jour au lendemain. Seulement je ne le fais pas.

— Pourquoi ?

— Parce qu'ils ont besoin de moi. Et puis j'aime ça. J'ai l'impression de ne pouvoir me dépêtrer de cette mission que je me suis donnée, alors qu'en fait je n'en ai simplement pas envie. Sans doute ne voulez-vous pas quitter votre monde vous non plus. Parce que vous n'y êtes pas prête. Vous vous sentez en sécurité parmi les vôtres, c'est normal, même s'ils vous ennuient, tandis que vous ne pouvez prévoir ce qui vous attend en abordant un monde inconnu.

— Jusqu'ici, je n'étais pas prête, en effet. À mon âge, cela peut paraître idiot. J'aurais déjà dû virer ma cuti depuis longtemps.

— Allons donc ! Cela ne se fait pas du jour au lendemain. À trente ans, je n'avais toujours pas eu le courage de quitter mon petit univers tranquille de *Chicano* de Los Angeles pour venir ici.

— Quel âge avez-vous ?

— Trente-six ans.

— Vous ne les paraissez pas.

— Peut-être pas, *querida*, mais je les sens, croyez-moi !

Les yeux brillants, il ajouta en souriant :

— Parfois, j'ai plutôt l'impression d'avoir quatre-vingts ans.

— Moi aussi, soupira-t-elle. Surtout quand je pense à ce que peut faire Luke… Il s'expose tellement !

Inquiète, elle releva la tête :

— Croyez-vous qu'il risque un gros pépin, un de ces jours, comme de se faire… tuer ?

Elle ne pouvait s'empêcher d'évoquer le cas de Joseph Morrissey, et son regard s'emplit d'une nouvelle frayeur.

— S'il a des ennuis, Kezia, il nous le dira.

— Le jour où les poules auront des dents, oui ! Il ne parle qu'en cas d'extrême nécessité.

— Que voulez-vous ? Il est comme ça.

— Et je suppose qu'il faut s'en accommoder.

Le jeune homme voulut lui prendre la main afin de la réconforter mais n'esquissa même pas le geste. Tout ce qu'il pouvait faire pour elle, c'était parler à Luke. Cette fois, il en était grand temps.

— Ce sera le mot de la fin, merci, Alejandro !

Poussant un soupir, elle s'adossa à la chaise en refermant son carnet. L'interview avait duré plusieurs heures.

— Vous pensez avoir tout ce qu'il vous faut ? demanda-t-il amusé.

— Plus qu'il ne m'en faut. Puis-je vous inviter à dîner en ville, pour me faire pardonner de vous avoir bloqué tout votre après-midi ?

— Je ne sais pas, avoua-t-il en souriant. En tout cas, ma petite Kezia, si cet article me fait de la publicité, cela pourrait améliorer bien des choses, ne serait-ce qu'en me rendant un peu plus crédible, en nous faisant adopter par le voisinage. C'est mon pire problème, actuellement. Ils me détestent encore plus cordialement que ne le font les services sociaux de la ville. Nous sommes attaqués de toutes parts.

— C'est bien l'impression que j'ai.

— Votre papier contribuera peut-être à les faire changer d'avis.

— Je l'espère, sincèrement. Alors, ce dîner ?

— Cette fois, j'accepte. C'est moi qui devrais vous inviter, ici, mais Luke nous tuerait tous les deux. Il n'a certainement pas envie que vous traîniez trop long-temps vos guêtres par ici.

— Monsieur est snob !

— Non mais, pour une fois, il réfléchit. Vous ne devez pas venir ici comme ça, c'est dangereux, Kezia. Très !

La jeune femme s'amusait de le voir afficher la même inquiétude que Luke. Les deux durs qui proté-geaient la délicate petite fleur…

— D'accord, d'accord ! J'ai compris. Figurez-vous que Luke voulait déjà que je vienne ici en voiture avec chauffeur !

— Et c'est ce que vous avez fait ? demanda Ale-jandro les yeux brillants.

L'effet sur les voisins !

— Certainement pas. Je suis venue en métro.

Tous deux partirent d'un rire complice. Kezia appréciait la compagnie de cet homme, non seulement pour sa loyauté, son dévouement et sa sincérité mais aussi parce qu'elle le trouvait très séduisant, sensible et drôle à la fois. Néanmoins, la pensée de Luke balaya vite ces petites tentations. Pourtant, quel avenir pouvaient-ils espérer ensemble ? Où leur amour allait-il les mener ? Elle n'y avait jamais songé jusque-là, et Luke certainement pas non plus.

— Kezia… et si nous dînions au Village ?

— Italien ?

Elle ne mangeait à peu près que cela avec Luke et elle commençait à en avoir assez.

— Non ! C'est Luke qui ne jure que par les pâtes. Je connais un excellent restaurant mexicain.

La jeune femme se mit à rire.

— À vous entendre, tous les deux, on dirait que vous ne mangez jamais de hamburgers ni de hot-dogs ou de steaks.

— Pas question ! Ce soir, je vendrais mon âme pour des *burritos*. Vous ne vous rendez pas compte de ce que cela peut être pour un Mexicain d'habiter une ville pareille ! On n'y mange que de la cuisine kascher ou des pizzas.

— Kezia ?

Alejandro posa son verre de vin, l'air soudain sérieux.

— Oui ?

— Vous êtes certainement ce qui pouvait lui arriver de mieux, mais il faut me faire une promesse...

— Laquelle ?

Décidément, elle l'aimait bien, ce drôle de Mexicain. Il attachait de l'importance à tout, même à elle.

— Il ne faut pas que vous soyez si vulnérable. Luke mène une vie très dure, très éloignée de tout ce que vous connaissez. C'est un joueur, il joue et il paie quand il le faut. Seulement maintenant, s'il perd, vous paierez aussi... Vous en prendrez plein la figure, jeune fille, à un point que vous pouvez à peine imaginer.

— Je m'en rends compte.

Tous deux restèrent silencieux un long moment, les yeux perdus dans la flamme de la bougie qui éclairait leur table.

Alejandro la raccompagna chez elle. Elle sursauta en voyant que Luke l'attendait dans le salon.

— Luke ! s'exclama-t-elle joyeuse.

Elle courut dans ses bras et se trouva aussitôt soulevée de terre.

— Oh, mon chéri ! Tu es là !

— Oui, et tout cela pour surprendre ma femme en compagnie de cet affreux Mexicain ! plaisanta-t-il.

— Nous avons fait l'interview aujourd'hui.

Ses mots se perdirent dans la veste en tweed de Luke, car elle restait la tête appuyée sur son épaule, l'agrippant comme une enfant craintive.

— Je me demandais où tu étais passée. Je t'attends depuis deux heures.

— Je ne savais pas.

Elle paraissait vraiment contrite, comme si elle avait instantanément oublié les moments de fièvre et d'angoisse qu'elle venait de vivre. Alejandro les observait tous les deux, un petit sourire aux lèvres.

— Nous venons de dîner au Village, reprit-elle. Dans un mignon petit restaurant mexicain.

— Il a osé t'emmener dans cet endroit pourri ?

Souriante, elle se détacha de lui, envoya promener ses chaussures en s'étirant.

— C'était bon, tu sais ! insista-t-elle taquine. Et très agréable. Alejandro se montre tout à fait prévenant avec moi.

— Je n'en attendais pas moins de lui. Veux-tu un café, Al ?

— Non merci, je vais vous laisser à vos retrouvailles.

— Tu es bien bon, mais tu peux rester tant que Kezia fera ses bagages. Nous partons demain matin pour Chicago.

— C'est vrai ? Oh, Luke, que je t'aime ! Combien de temps resterons-nous ?

Cette fois, elle tenait à s'informer à temps.

— Pourquoi pas jusqu'à la fin novembre ?

— Ensemble ? Trois semaines ? Luke, tu es fou ! Je ne peux pas m'absenter aussi longtemps ! Ma chronique…

— Comment fais-tu en été ?

— Je travaille par correspondance, je parle des gens qui voyagent. Mais il n'y a personne à Chicago à cette époque de l'année.

Il s'esclaffa sans retenue.

— Qu'est-ce qui te fait rire ?

— Cette façon que tu as de dire « personne » ! Cette ville ne compte jamais que trois millions d'habitants. Ne me dis pas que tu ne trouveras pas quelques réunions bon chic bon genre à te mettre sous la dent !

— Si, cela se pourrait.

Et puis elle avait tellement envie d'y aller !

— Alors c'est réglé. De plus, je tâcherai de rassembler mes rendez-vous afin de me libérer dans une semaine. Rien ne m'empêchera, ensuite, de préparer mes prochains meetings depuis New York. Je pourrai toujours faire la navette s'il le faut.

— Moi aussi, murmura-t-elle le regard plein d'étoiles.

— Parfaitement, mon ange ! J'ai préparé ce projet dans l'avion, en arrivant. Je t'avais promis que nous ne passerions jamais plus trop de temps séparés. Je ne peux plus me passer de toi.

— Luke, mon amour, je t'adore !

Elle se pencha sur le canapé où il était assis, pour l'embrasser.

236

— Alors viens me border dans mon lit. Bonne nuit, Alejandro !

Leur ami partit en riant.

Luke s'était endormi avant qu'elle n'eût éteint la lampe. Elle le contempla longuement. Luke Johns. Son homme. Sa raison de vivre. Voilà qu'elle allait se mettre à le suivre de ville en ville, comme une bohémienne. Cette idée l'enchantait mais elle se rendait compte qu'un jour ou l'autre il lui faudrait se décider, choisir... Sa chronique... elle ne s'était rendue à aucune réception depuis des semaines... maintenant, elle partait pour Chicago... et ensuite ? Au moins Luke était-il près d'elle. Sain et sauf. Au diable les réceptions quand elle avait craint pour sa vie.

20

— Kezia, quand comptes-tu rentrer ?

Depuis une demi-heure, elle était en ligne avec Edward à New York, par l'interurbain.

— Sans doute dans le courant de la semaine prochaine. Je travaille encore à mon article, en ce moment.

Elle avait bien assisté à deux soirées mais, connaissant mal Chicago et ses habitants, elle s'y mouvait avec moins d'aisance que dans sa propre ville. Il lui fallait beaucoup plus de temps pour mettre à nu les petits secrets de chacun.

— J'ai vu ton dernier article dans *Harper's*. Il était très bien. Simpson m'a laissé entendre qu'un de tes papiers percutants allait paraître dans le *Times*.

— C'est vous qui me l'apprenez. Lequel ?

— Quelque chose sur un centre anti-drogue de Harlem. J'ignorais que tu t'intéressais à cela.

— Je l'ai écrit juste avant mon départ, il y a dix jours. Mettez-le-moi de côté quand il sortira.

— Très bien, ma petite, mais dis-moi, comment vas-tu ?

Il remettait ça avec sa curiosité !

— Très bien, Edward, je vous assure. Nous déjeunerons ensemble dès mon retour, la semaine prochaine, afin que vous puissiez vous en rendre compte par vous-même. Je vous emmènerai à la *Côte Basque*.

— Ma chérie, c'est trop !

Au moins savait-il toujours faire preuve d'humour. Ils parlèrent comptabilité puis raccrochèrent.

— Tu peux lui dire qu'il te reverra plus vite, si tu veux, observa Luke.

— Pourquoi ? Tu ne veux plus de moi ?

— Mais non, idiote ! répliqua-t-il en souriant. Je voulais seulement te dire que nous pouvions rentrer demain. Toi, tu as ton travail, quant à moi, il faut que je me rende à Washington pour la fin de la semaine. Je dois prendre la parole à plusieurs réunions qui y sont organisées. Ils ont l'air de m'apprécier, là-bas.

De nombreux chèques de soutien lui arrivaient régulièrement de cette ville.

— Alors, proposa-t-il, nous pourrions aussi bien nous installer quelques semaines à New York.

— Tant que ça ? plaisanta-t-elle. Es-tu certain de pouvoir rester aussi longtemps au même endroit ?

— En tout cas, j'essaierai.

En quatre jours à New York, elle avait assisté à la première d'une pièce de théâtre, à deux vernissages, deux cocktails et à un défilé de mode. Les pieds gonflés, l'esprit embrouillé, les oreilles bourdonnantes, elle commençait à se demander à quoi bon tout cela. Elle en venait à se moquer éperdument de tous ces potins.

— Luke, si j'entends encore une fois le mot « divin », je laisse tout tomber !

— Tu m'as l'air bien fatiguée.

— J'en ai plein le dos, oui !

La seule bonne nouvelle qu'elle en avait tirée était l'annonce du mariage de Marina et Halpern. Et encore. Qui d'autre que leurs amis cela pouvait-il intéresser ?

— Que faisons-nous ce week-end ?

S'il lui répondait qu'ils repartaient pour Chicago, elle piquerait une crise de nerfs. Elle n'avait envie d'aller nulle part ailleurs que dans son lit.

— Rien. J'irai peut-être rendre visite à Al. Veux-tu que je te le ramène à dîner ?

— Bonne idée. Je lui préparerai un bon petit plat. J'apprécie de plus en plus ces moments de tranquillité.

— Moi aussi, ma chérie. Plus encore que toi, sans doute. Je me demande comment j'ai pu vivre si longtemps sans toi.

Elle lui avait donné un double de ses clefs et il utilisait son répondeur, une chambre d'amis qu'elle lui avait fait aménager en bureau, et la femme de ménage avait fini par lui adresser un sourire.

— Nous avons de la chance, murmura Kezia en se serrant contre lui. Beaucoup de chance.

Elle était contente, comme si elle venait d'attraper une étoile filante.

— Messieurs, je propose un toast à la disparition de Martin Hallam.

— Luke, que veut-elle dire ? demanda Alejandro ébahi.

Luke parut tout aussi étonné :

— Kezia, faut-il en conclure que…

— Parfaitement. Après sept ans de bons et loyaux

services, Martin Hallam s'en va. Je laisse tomber ma rubrique mondaine.

— Qu'en disent les journaux ?

— Ils ne le savent pas encore. J'en ai juste averti Simpson qui se chargera du reste. Ils l'apprendront demain.

— Alors, il est encore temps de revenir en arrière.

— Je suis tout à fait sûre de moi, Luke. Je n'ai plus de temps à perdre avec ces inepties.

Elle intercepta le regard qu'échangeaient les deux hommes à sa table.

— Cela n'a pas l'air de vous impressionner, mais tant pis pour vous !

Alejandro sourit, Luke éclata carrément de rire.

— Disons plutôt que nous en sommes babas, mon ange ! Est-ce que tu ne ferais pas ça à cause de moi, par hasard ?

— Détrompe-toi, mon cher, j'ai pris ma décision seule. J'en ai assez de passer la moitié de ma vie dans ces réceptions abrutissantes. Tu as vu comme j'étais fatiguée, cette semaine. Et tout cela pour quoi ? Ce n'est plus mon truc, voilà tout.

— Edward est-il au courant ?

— Non. Je lui téléphonerai demain. Vous en êtes les premiers informés après Simpson. Et c'est tout l'effet que ça vous fait ?

— Excuse-moi, mon chaton. J'en suis stupéfait.

Levant son verre, il lança sans conviction :

— À Martin Hallam, alors.

Alejandro fit de même, les yeux fixés sur Luke.

— À Martin Hallam. Qu'il repose en paix.

— Amen.

Kezia avala son vin d'un seul trait.

241

Il fallut ensuite annoncer la nouvelle à Edward…

— Non, Edward, je suis sûre de moi. Et Simpson m'approuve. Je n'ai plus le temps pour ce genre de distractions. Je veux me consacrer à des articles plus sérieux.

— Faut-il pour autant couper tous les ponts, Kezia ? Depuis que tu tiens cette chronique, tout le monde s'y est habitué. Martin Hallam est devenu une institution. Tu devrais encore y réfléchir.

— Voilà des mois que je le fais. Et puis je n'ai pas envie d'être une « institution » mais une bonne journaliste. Je crois que je viens de prendre une excellente décision.

— Kezia, tu m'inquiètes.

— Quelle idée ! Pourquoi ?

Croisant et décroisant ses jambes devant son bureau, elle s'agaça de ne pas le voir applaudir comme Simpson.

— Tu devrais le savoir. Parce que je me demande ce que tu nous prépares encore, même si cela ne me regarde pas.

Toujours ces façons détournées pour l'interroger…

— Edward, vous allez mourir avant l'âge à force de vous faire du souci pour rien.

— Bon, comme tu voudras. Excuse-moi, mais c'est plus fort que moi, dans mon esprit tu resteras toujours une petite fille.

— Et je vous aimerai toujours et vous vous inquiéterez toujours. Pour des broutilles.

Néanmoins, il était parvenu à la mettre mal à l'aise. Après avoir raccroché, elle demeura un moment immobile à se poser mille questions. Ne commettait-elle pas effectivement une bêtise en abandonnant cette chronique ? À une époque, elle y avait attaché tant d'importance. Mais plus maintenant. Et si… si elle était en train de perdre de vue tout ce qu'elle avait été ? En un sens, elle le faisait pour Luke. Et pour elle-même. Parce qu'elle désirait s'octroyer une totale liberté de mouvement pour le suivre où bon leur semblerait.

Elle eut envie d'en parler avec Luke… Il était parti pour la journée. Elle pouvait toujours appeler Alejandro, mais elle répugnait à le déranger. Pourtant, il lui semblait qu'elle s'éloignait d'insouciants rivages pour une destination inconnue. Il lui faudrait vivre désormais en des mers moins tranquilles. Martin Hallam était mort, sa rubrique mondaine n'existait plus.

Se levant lentement, elle s'étira et décida de sortir se promener. Un ciel gris de fin novembre plombait la ville et l'atmosphère sentait l'hiver. Enroulant une écharpe rouge autour de son cou, elle décida d'aller marcher dans Central Park, soudain ivre de liberté. Le fardeau de Martin Hallam ne lui pèserait plus sur les épaules.

Elle enfila une vieille veste de mouton retourné, de hautes bottes noires sur son jean serré, un bonnet rouge assorti à son écharpe, des gants. Elle avait l'impression de faire peau neuve, de vivre enfin, d'écrire selon son goût, non plus pour faire ricaner ceux qu'elle n'écorcherait que le lendemain. Les yeux brillants, le sourire aux lèvres, elle traversa la rue à grandes enjambées. Quelle merveilleuse journée ! Et il n'était pas encore midi ! Elle faillit acheter de quoi manger sur le pouce dans le parc puis opta plutôt pour un sachet de marrons chauds que vendait un vieux marchand édenté installé sur la Cinquième Avenue. Il était adorable. Comme tout le monde.

Depuis une demi-heure, elle marchait d'un bon pas dans une allée bordée de grilles donnant sur la rue quand elle vit une femme vaciller sur la chaussée et tomber devant un attelage tiré par un vieux cheval harassé. Elle était blonde et portait un manteau de fourrure noire. De loin, c'était tout ce que Kezia pouvait voir. Le cocher s'en aperçut et stoppa son animal qui s'immobilisa placidement. L'homme sauta de sa calèche tandis que Kezia rangeait ses marrons et se mettait à courir. La femme tenta de se relever en titubant mais ce fut pour mieux s'écrouler dans les jambes du cheval qui fit un écart. Le cocher la poussa sur le trottoir en l'injuriant copieusement puis regagna sa place et donna un coup de rênes pour faire repartir son cheval tellement habitué à sa route qu'une bombe eût pu exploser sous ses pieds sans le tirer de sa torpeur.

Tournant le dos à Kezia qui courait vers elle, la femme secouait la tête et s'agenouillait sur le trottoir, dans un long et magnifique vison qui ne l'empêchait pourtant pas de tousser sèchement. Quand elle tourna la tête, Kezia s'immobilisa, interdite. C'était Tiffany, la figure amaigrie et pourtant boursouflée, les yeux gonflés, les joues creuses, la bouche et les paupières striées de ridules. Elle était complètement ivre.

— Tiffany ?

Se penchant sur elle, la jeune femme caressa ses cheveux emmêlés pour s'apercevoir que le visage ravagé ne portait pas trace de maquillage.

— Tiffie... c'est moi, Kezia !

— Salut.

Le regard vague de la malheureuse sembla passer au travers de celle qui lui portait secours, incapable de rien voir ni de rien comprendre.

— Où est oncle Kee ?

Oncle Kee. Pourquoi parlait-elle du père de Kezia ? Oncle Kee. Il y avait si longtemps que la jeune femme n'avait entendu ce nom… Oncle Kee… Papa.

— Tiffie, tu n'es pas blessée ?

— Moi ?

— Le cheval, il ne t'a pas touchée ?

— Quel cheval ?

Partant d'un rire sinistre, elle parut se rappeler :

— Ah oui, le cheval ! Non, non, je suis bonne cavalière !

Tremblante comme une feuille, elle se releva, épousseta son manteau. Kezia s'aperçut qu'il ne lui restait qu'un escarpin de daim noir au pied et que ses bas étaient déchirés sous sa jupe de velours noir ; le manteau ouvert dévoilait aussi un corsage de soie crème et un triple rang de perles blanches et grises. Ce n'était pas là une tenue pour se promener dans le parc à cette heure de la journée. N'était-elle donc pas rentrée chez elle de la nuit ?

— Où vas-tu ?

— Dîner chez les Lombard.

Kezia y avait été invitée, elle aussi, mais avait refusé depuis longtemps. Les Lombard. Que s'était-il passé depuis la veille au soir ?

— Veux-tu que je te ramène chez toi ?

— Chez moi ? demanda Tiffany en écarquillant les yeux. Non ! Pas chez moi ! Non…

Luttant désespérément pour se dégager, elle trébucha et s'assit par terre en pleurant.

Émue, son amie tenta de la relever.

— Viens, Tiffie… il ne faut pas rester ici.

— Non… je… Oh, mon Dieu, Kezia !… Je t'en prie…

La physionomie torturée de désespoir, elle s'accrochait à ses épaules. Kezia héla un taxi qui vint s'arrêter devant elles.

— Non ! hurla Tiffany.

— Nous allons chez moi.

— Je suis malade !

— Mais non, allez, viens !

La poussant fermement en avant, elle parvint à la faire entrer tant bien que mal dans la voiture puis donna sa propre adresse au chauffeur. Alors, elle baissa les vitres pour donner de l'air à la malheureuse.

— Tiffie ? Tu n'avais pas de sac ?

Celle-ci oscillait de la tête sur le dossier de la banquette, les yeux clos.

— Peut-être pas, non.

Elle portait encore sa grosse émeraude en marquise sertie de diamants. Si on lui avait volé son sac, elle serait également dépouillée de ses bijoux. Kezia en frémit rétrospectivement : la pauvre femme aurait pu être la victime de toutes sortes d'attaques.

— Marché… toute… la nuit…

Sa voix tournait au bredouillement inintelligible.

— Où as-tu marché ?

Elle préférait ne pas l'interroger trop précisément dans le taxi. Mieux valait d'abord la mettre au lit puis téléphoner chez elle, avertir la gouvernante que Mme Benjamin allait bien. Elles discuteraient après. Pas de scène d'hystérie dans le taxi… Le chauffeur pourrait s'y intéresser d'un peu trop près et Kezia n'avait certes pas besoin de ce genre de publicité.

— Église... toute la nuit... marché... dormi... à l'église...

Elle s'agrippait à la main de Kezia comme à une bouée de sauvetage.

Il ne leur fallut pas longtemps pour parvenir à son appartement. Le portier les aida sans poser de question. Par chance, c'était un jour sans femme de ménage.

Tiffany s'assit sur le lit comme une masse.

— Où est l'oncle Kee ?

Encore son père...

— Il est sorti, Tiff. Etends-toi un peu, je vais téléphoner chez toi pour dire que tu rentreras plus tard.

— Non !... Dis-leur... dis... dis-lui d'aller se faire voir !

Éclatant en sanglots, elle se remit à trembler de tous ses membres. Kezia sentit une sueur froide lui couler dans le dos. Il y avait quelque chose dans ses mots, dans le ton de sa voix... quelque chose... c'était comme si un pan de sa mémoire se dévoilait petit à petit et elle eut peur. Tiffany la fixait avec des yeux de bête traquée, le visage baigné de larmes. Kezia restait devant le téléphone, incapable de bouger, n'osant plus s'approcher d'elle.

— Tu ne veux pas que je leur dise... ?

— Non... divorce...

— Bill ?

Tiffany hocha lourdement la tête.

— Bill a demandé le divorce ?

Elle fit oui, puis non, poussa un long soupir en hoquetant :

— Ma belle-mère... elle a téléphoné hier soir... après le dîner des Lombard. Elle m'a traitée de... d'ivrogne... de... et les enfants... elle va prendre les enfants et dire à Bill... dire à Bill...

— Dire à Bill de divorcer ?

Tiffany s'étouffa en sanglots sans cesser de secouer la tête en tous sens.

— Mais elle ne peut forcer ton mari, voyons ! C'est un adulte !

— L'affaire familiale... Toute sa vie... en dépend... Et les enfants... leur héritage... Il... elle pourrait... il va...

— Il ne va rien du tout, il t'aime. Tu es sa femme.

— Et elle sa mère.

— Et alors, bon sang ? Réfléchis un peu ! Il ne va pas divorcer pour ça...

Tout d'un coup, Kezia se posa la question : qui ne divorcerait si sa fortune en dépendait ? Aimait-il Tiffany au point de se laisser déshériter pour elle ? Alors elle sut que son amie ne se trompait pas. Sa belle-mère avait tous les atouts en main.

— Et les enfants ?

Elle lut la réponse dans ses yeux égarés.

— Elle... elle... ils...

S'accrochant au dessus-de-lit, elle s'efforçait de parler envers et contre tout :

— Elle les a... enlevés... Ils n'étaient plus là... au retour du dîner... et... Bill... est... à Bruxelles... elle a dit... Je... Oh, mon Dieu, Kezia ! Aide-moi, je t'en supplie !...

Cette fois, la jeune femme se fit violence et s'approcha, lentement, à grand-peine. Elle avait l'impression d'entendre à nouveau... de les entendre... ces choses qui lui revenaient en mémoire. Au bord des larmes, elle éprouvait une affreuse envie de gifler la femme qui gisait sur ses draps… de la frapper, de la secouer, de… Seigneur, non…

Debout devant son lit, elle s'entendit crier d'une voix sèche et impitoyable :

— Si tu ne picolais pas non plus comme une pocharde… Hein ?

Se laissant tomber près d'elle, elle la prit dans ses bras et les deux femmes pleurèrent ensemble. Kezia eut l'impression de sangloter des heures durant, si bien qu'à la fin c'était Tiffany qui la consolait. Elle s'abandonna sur cette épaule revêtue de vison noir, cette épaule qui la ramenait vingt ans en arrière. Pourquoi ?

— Ma pauvre Tiffie, soupira-t-elle enfin. Pardonne-moi. Tu… tu viens de me ramener à de pénibles souvenirs.

Son amie la contemplait en souriant mais complètement dessoûlée, comme elle ne l'avait sans doute pas été depuis des jours.

— Je sais. Excuse-moi. Je n'apporte que le mal autour de moi.

De chaudes larmes continuaient à couler de ses yeux mais sa voix paraissait presque normale.

— C'est faux ! Et je ne sais que te dire pour les enfants et ta belle-mère. Il faudrait te battre.

— Comment veux-tu…

— Tu le sais. Il faut commencer par te désintoxiquer.

— C'est ça ! Et quand je sortirai, elle aura eu le temps de tout régler pour que je ne puisse seulement plus les voir, même si j'en sors totalement guérie. Elle me tient, Kezia. Elle me prend tout, mon cœur, ma vie…

Comme elle refermait les yeux, une effrayante expression de douleur lui tordit les traits. Kezia la reprit dans ses bras. Elle paraissait si mince, si fragile, même dans son épais manteau de fourrure. Et que lui dire, quand tout paraissait d'ores et déjà perdu ?

— Avant tout, il faudrait que tu tâches de dormir un peu.

— Et ensuite ?

— Ensuite, tu prendras un bain, tu mangeras, et je te ramènerai chez toi.

— Et ensuite ?

Que répondre encore ? Tiffany se leva et se dirigea d'un pas incertain vers la fenêtre.

— Il est temps que je rentre.

Le regard perdu dans le lointain, elle ne vit pas Kezia soupirer de soulagement. Celle-ci ne souhaitait en effet que la voir partir, se retrouver seule avant que d'autres paroles ne ravivent dans son esprit d'insupportables brûlures. Elle avait l'impression de se retrouver en face d'un spectre, la réincarnation de Liane Holmes-Aubrey Saint Martin. Sa mère… la poivrote…

— Veux-tu que je te raccompagne ?

Tiffany secoua la tête en souriant doucement :

— Non, il faut que j'y aille seule.

Traversant la chambre, elle se retrouva dans l'entrée. Immobile sur le lit, Kezia se demandait si elle devait la laisser partir ainsi mais ne fit rien pour la retenir. Elles se regardèrent un instant, puis Tiffany porta la main à son front en un petit salut militaire, s'enveloppa dans son manteau et lança, comme au temps de l'école :

— À un de ces quatre.

La porte se referma lentement derrière elle. Kezia entendit l'ascenseur arriver et l'emmener. Elle n'avait pas d'argent sur elle, mais son portier paierait le taxi. Les gens riches pouvaient presque traverser la terre entière les poches vides. Tout le monde les connaissait. Son portier recevrait un bon pourboire pour ce service et le tour serait joué.

Au moins avait-elle quitté l'appartement de Kezia. Poussant un soupir, celle-ci alla machinalement regarder par la fenêtre, penser à sa mère, à son amie, les aimer et les haïr à la fois. Toutes deux finirent par se mêler confusément dans son esprit. Elles se ressemblaient tant...

Il lui fallut un grand bain chaud et une longue sieste pour reprendre figure humaine. Sa gaieté, sa liberté du matin avaient disparu. Au moins, quand elle s'éveilla, se sentit-elle mieux. Beaucoup mieux. Luke se tenait au pied du lit, en train de la contempler. Elle jeta un coup d'œil à son réveil sous la lampe allumée. Il était beaucoup plus tard qu'elle ne le pensait, dehors il faisait nuit.

— Bonsoir, paresseuse. Tu as dormi comme ça toute la journée ?

Elle lui sourit, lui fit signe d'approcher, l'embrassa.

— J'ai fait une rencontre désagréable.

— Un journaliste ?

— Non, une amie.

Peu encline à en dire davantage, elle détourna la conversation :

251

— Veux-tu boire quelque chose ? Je vais préparer du thé. Je gèle.

Frissonnante, elle regarda la nuit froide par la fenêtre.

— Je prendrais bien du café, répondit Luke.

— Bien sûr.

Ils échangèrent un baiser et elle ramassa le journal qu'il avait laissé tomber en se penchant pour l'embrasser.

— Cette bonne femme, en première page, tu la connais ?

— Qui ?

Pieds nus, elle s'en allait chercher des chaussures en bâillant.

— Cette femme du monde.

— Attends.

Arrivée dans la cuisine, elle alluma et jeta un coup d'œil au journal qu'elle tenait dans la main. La pièce se mit à danser autour d'elle.

— C'est… c'est… Je… Mon Dieu, mon Dieu…

Trahie par ses jambes, elle tomba sur le seuil en regardant la photo de Tiffany Benjamin. Celle-ci s'était jetée par la fenêtre de son appartement vers deux heures de l'après-midi.

— *À un de ces quatre… à un de ces quatre…*

Soudain, les mots résonnaient dans sa tête.

— À un de ces quatre.

Avec ce petit salut de l'école…

Kezia sentit à peine les bras de Luke qui la soulevaient pour aller l'asseoir sur le canapé.

21

— Veux-tu que je vienne avec toi ?

Kezia fit non de la tête en fermant sa robe noire.
Puis elle enfila ses chaussures en croco noires achetées
l'été précédent à Madrid.

— Non, merci, mon chéri. Ça ira.

— Vrai ?

En souriant, elle mit sa toque de vison.

— Juré.

— En tout cas, je te trouve très élégante.

— Là n'était pas l'objectif, mais enfin…

Elle passa un manteau très simple, en drap noir, de
Saint-Laurent.

— Tu es parfaite. Maintenant, promets-moi que, si
tu as trop de mal à supporter cette cérémonie, tu rentreras avant.

— On verra.

— Non, ce n'est pas ce que je te demande.

Il prit son visage entre ses mains en le tournant
vers lui et vit qu'elle baissait les yeux, incapable de
soutenir son regard.

— Je répète : si tu supportes mal cette cérémonie,
tu rentres. Sinon, je viens avec toi.

Ce dont il ne pouvait être question : l'enterrement de Tiffany allait être un des « événements mondains » de la saison. Mais Luke tenait à ce que Kezia ne se sentît plus responsable de sa mort, pas plus que de celle de sa mère. Ils en avaient parlé des heures durant et il voulait s'assurer qu'elle n'allait pas revenir en arrière à la première occasion. Se blottissant contre lui, elle l'étreignit avec une intensité inaccoutumée.

— Je suis contente que tu sois là.

— Moi aussi. Alors, j'ai ta promesse ?

Hochant silencieusement la tête, elle quémanda un baiser d'une moue de la bouche et il le lui donna sans se faire prier.

— Continue comme ça, soupira-t-elle en se détachant de lui, et je ne partirai plus !

— Cela me conviendrait parfaitement.

D'une main, il caressait l'ouverture en V de sa robe, et la jeune femme recula en riant.

— Luke !

— À votre service, madame !

— Tu es odieux !

— Odieusement amoureux.

En la regardant encore mettre de simples perles en boucles d'oreilles, deux doigts de parfum et du rouge à lèvres, il demanda d'un ton détaché :

— Edward t'accompagne ?

Faisant oui de la tête, elle prit son sac en croco noir et une paire de gants blancs. Un grand foulard noir et blanc de Dior illumina cette tenue austère.

— Je lui ai donné rendez-vous là-bas. Et ne t'inquiète pas pour moi, je suis assez grande pour me débrouiller seule. Je t'aime et tu t'occupes de moi mieux que personne au monde.

Le sourire qu'elle lui décocha le rassura et, la voyant partir, il la rattrapa, la souleva de terre.

— Luke ! Tu es impossible ! Lâche-moi donc…

Pour toute réponse, il lui bâillonna les lèvres d'un baiser et, quand elle parvint à se dégager, ce fut pour lancer d'un ton triste et joyeux à la fois :

— Vraiment… il faut que je parte.

— Je sais.

L'aidant à rajuster son manteau, il la laissa ouvrir la porte.

— Sois sage !

L'église était pleine quand Kezia entra. Edward l'attendait près d'une porte ; il lui fit signe discrètement et elle le rejoignit, glissa une main sous son bras.

— Tu es ravissante.

La jeune femme regarda autour d'elle, s'efforçant de ne pas trop regarder le cercueil inondé de roses blanches. Mme Benjamin mère se tenait au premier rang, pieusement plongée dans ses prières, à côté de son fils et de ses petits-enfants. Kezia crut brusquement étouffer de fureur et faillit lui crier :

« Meurtrière ! C'est vous qui l'avez tuée en la menaçant de faire divorcer votre fils et de lui retirer ses enfants… vous… »

Elle aperçut Whit à trois rangées devant elle. Il paraissait amaigri et presque efféminé dans son costume trois-pièces trop bien ajusté, trop… à la mode. Sans doute un cadeau de son ami, car ce n'était pas le genre de tenue qu'il se serait offert.

Marina était là, elle aussi, avec Halpern, cachant mal son bonheur un peu déplacé dans cette église tendue de noir. Ils allaient se marier pour la nouvelle année, à Palm Beach. Au moins semblait-elle avoir résolu ses problèmes.

Instinctivement, Kezia les regardait tous avec les yeux de Martin Hallam ; mais elle ne pouvait plus se cacher derrière cet échotier. Il était mort, lui aussi. Elle n'était plus que Kezia Saint Martin, en deuil de son amie. De longues larmes lui coulèrent sur les joues quand elle vit emporter le cercueil vers le corbillard. Un cordon de policiers contenait la presse et les curieux qui attendaient à la sortie.

Elle avait du mal à croire que Tiffany avait cessé de vivre. Toutes deux s'étaient tellement bien amusées à l'école, avaient échangé tellement de lettres, les premières séparations venues. Demoiselle d'honneur à son mariage, Kezia s'était moquée d'elle en la découvrant enceinte. Quand donc s'était introduit le premier grain de sable ? Pourquoi s'était-elle mise à boire ? Était-ce après son premier bébé ? Ou après le deuxième ? Ou plus tard ? Ou bien avant ? La jeune femme songeait avec horreur qu'elle s'était presque habituée à la voir ainsi, trouvant tout « divin » entre deux lampées d'alcool. Faudrait-il qu'elle ne garde que cette image d'elle, toujours entre deux verres, riant ou pleurant à tort et à travers, s'écroulant dans la rue... Tiffany... Où était-elle passée la gentille écolière ?... Et ce petit salut militaire en guise d'adieu... ce... « à un de ces quatre »... à un de ces quatre... à un de ces quatre...

Il fallut qu'Edward l'entraînât à la suite du cortège, car elle demeurait sur place, perdue dans ses amères pensées.

Quand elle vint serrer la main de Bill, celui-ci lui parut raide et compassé, dispensant de petits sourires crispés et des hochements de tête, plus comme un ordonnateur de pompes funèbres que comme un mari. Les enfants semblaient ne rien comprendre. Tout autour, les gens se cherchaient des yeux, s'épiaient, s'observaient, vérifiant qui était venu, quels vêtements portait chacun, jetant le regard navré de circonstance sur le cercueil de Tiffany... Tiffany l'ivrogne... Tiffany la poivrote... Tiffany... l'amie. Et tout cela ressemblait tant à l'enterrement de la mère de Kezia que cette dernière étouffait, tout comme Edward qui arborait une mine de papier mâché.

— Edward, murmura-t-elle en lui prenant la main, quand je mourrai, je veux que l'on se contente de répandre mes cendres dans l'Hudson, ou quelque chose comme ça de simple et de paisible. Si vous m'organisez une mascarade comme celle-ci, je reviendrai vous tirer les pieds la nuit.

Ce ton de plaisanterie ne correspondait pas vraiment à son état d'esprit, mais son tuteur l'avait parfaitement comprise.

— J'espère que je ne serai plus là pour m'en occuper, répondit-il sans joie. Veux-tu continuer jusqu'au cimetière ?

Elle hésita puis se souvint de la promesse faite à Luke. Elle en avait assez supporté ainsi.

— Non. Et vous ?

Tristement, il fit signe qu'il irait.

— Pourquoi ?

Parce qu'il le fallait. C'étaient des raisonnements de cet acabit qui tuaient les gens comme Tiffany.

— Voyons, Kezia, il le faut...

Sans écouter la suite, elle l'embrassa sur la joue et descendit les marches du porche.

— Je sais, Edward. À bientôt.

En se retournant pour lui faire signe par la lunette arrière du taxi, elle le vit qui essuyait une larme de chagrin. Tout cela lui rappelait tant ce jour abominable où il avait fallu suivre l'enterrement de Liane...

— Alors, comment était-ce ?

Luke l'attendait avec du thé.

— Horrible. Merci, mon chéri.

Elle avala une gorgée brûlante avec reconnaissance avant même d'ôter son manteau.

— Affreux, continua-t-elle. Sa belle-mère a eu le mauvais goût d'amener les enfants.

Pourtant, Kezia aussi avait assisté à l'enterrement de sa mère. Peut-être était-ce dans l'ordre des choses. Aussi douloureux que possible afin que cela se grave à jamais dans l'esprit.

— Veux-tu que nous dînions dehors ou ici ?

Elle n'y avait pas réfléchi et haussa les épaules. Quelque chose la gênait. Tout la gênait.

— Qu'est-ce qui te tracasse, mon chaton ? Tu n'as pas bien supporté cet office ? Je t'ai dit...

— Je sais. Je sais. Mais tu te doutais que je n'allais pas en sortir indemne, non plus ! Et puis il y a autre chose... je n'arrive pas à définir quoi. Peut-être est-ce d'avoir vu tous ces fossiles qui croient que je leur appartiens. Enfin, cela passera. J'ai du chagrin pour Tiffany, c'est tout.

— Es-tu sûre qu'il n'y a rien d'autre ?

— Je te l'ai dit, je ne sais pas quoi. Mais ce n'est pas grave. Tout a tellement évolué pour moi, ces derniers temps... Je dois être en train de vieillir.

Elle voulut lui sourire mais il ne se dérida pas.

— Kezia, est-ce moi qui te rends malheureuse ?

— Oh, mon chéri, non ! Ce n'est pas du tout cela !
s'exclama-t-elle horrifiée.

Comment pouvait-il penser une chose pareille ?
Avait-il passé l'après-midi à se monter ainsi la tête ? Il
paraissait déprimé.

— En es-tu certaine ?

— Bien sûr, voyons, Luke !

En l'embrassant, elle lut dans ses yeux une infinie
tristesse et s'en émut.

— Ne regretterais-tu pas d'avoir abandonné ta
chronique ?

— Non, j'en suis heureuse, au contraire ! Simplement, cela me fait un peu drôle. Je me sens un peu
moins sûre de moi.

Sans répondre, il s'abîma dans un silence pensif, la
regardant boire son thé dans sa sévère robe noire. Un
long moment s'écoula ainsi, avant qu'il ne reprît la
parole, d'une voix étrangement cassée :

— Kezia... j'ai quelque chose à te dire.

La jeune femme leva sur lui un sourire innocent :

— De quoi s'agit-il, mon amour ?

Elle ne put s'empêcher d'ajouter en riant :

— Tu es marié et tu as quinze enfants ?

— Mais non, sotte ! C'est autre chose.

— Dis-moi tout.

Elle ne s'inquiétait pas outre mesure, peut-être
parce qu'il ne pouvait s'agir de rien de grave. Il ne
le lui annoncerait pas ainsi de but en blanc, pas le
jour où elle pleurait Tiffany...

— Mon chaton, je n'ai pas la manière et je vais
certainement te paraître brutal. Mais il faut que tu
saches. Cela ne peut plus attendre. Ma libération sur
parole risque d'être annulée.

Les mots tombèrent dans la pièce comme une bombe. Tout explosa. Tout s'arrêta.

— Comment ?

Ce n'était pas possible, elle avait mal compris... elle était en plein cauchemar. Ou plutôt c'était lui, et il venait de la contaminer.

— Je vais être convoqué, insista-t-il, pour enquête sur mes activités. Tu comprends, je jette trop de trouble dans les prisons.

— Seigneur, Luke... dis-moi que ce n'est pas vrai !

Les paupières closes, elle ne bougea plus, comme si elle attendait, mais il la voyait qui serrait les poings sur ses genoux.

— Si, malheureusement ! Crois-tu que je m'amuserais à inventer une telle histoire ?

S'approchant d'elle, il lui prit les mains. Alors elle rouvrit ses yeux baignés de larmes.

— Depuis quand le sais-tu ?

— Il y a longtemps que c'était dans l'air, bien avant notre rencontre, pour tout dire. Mais je n'y croyais pas. J'ai reçu ma convocation aujourd'hui. Je suppose qu'ils ont pris leur décision après les événements de San Quentin.

— Mais qu'allons-nous faire ? Peuvent-ils prouver que tu es intervenu dans cette grève ?

— Non, mais c'est justement ce qui les embête, alors ils vont essayer de m'avoir par tous les moyens. Bien sûr, nous allons nous défendre comme de beaux diables, j'ai un bon avocat et de la chance, en général. Il y a quelques années, on n'avait même pas droit à une défense pour ce type d'enquêtes. Il fallait se débrouiller seul contre le jury. Alors, tu vois, cela aurait pu être pire. J'ai un bon avocat, je t'ai, toi, et personne ne pourra me faire le moindre reproche sur notre vie à tous deux. Il ne nous reste qu'à attendre le jour de l'audience de pied ferme.

Comme s'il ne s'agissait que de leur vie privée ! Il était accusé de semer la révolte dans les prisons, ce qui était autrement grave.

— Allons, mon ange, haut les cœurs !

Se penchant sur elle, il l'embrassa, l'étreignit, mais elle demeura froide et immobile entre ses bras, le visage fermé. Il s'aperçut qu'elle tremblait de tous ses membres et eut l'impression de l'avoir tuée.

— Quand a lieu cette audience ?

À la limite, elle eût souhaité qu'il lui annonçât le lendemain.

— Dans six semaines. Le huit janvier, à San Francisco.

— Et ensuite ?

— Qu'entends-tu par là ?

Elle restait tellement droite et raide qu'elle commençait à lui faire peur.

— S'ils te condamnent ?

— Ils ne me condamneront pas, répondit-il d'une voix sourde.

— Suppose que si, Luke ! cria-t-elle.

— Je te dis que non !

Pour tenter de la calmer, il avait parlé très bas. Il ne s'était pas attendu à une telle réaction, même s'il l'avait entraînée si loin de sa vie quotidienne et de son insouciance, bouleversant son existence. Il l'avait entraînée si loin pour lui annoncer maintenant que cela pouvait s'effondrer à tout moment. Il était le seul responsable de la peine terrible qu'il lui causait.

— Ma chérie, cela ne se passera pas de cette façon. Et si cela devait arriver – je dis bien « si » – nous n'en mourrons pas. Nous avons tous les deux le cran de l'assumer, si nécessaire.

Encore parlait-il pour lui, mais elle ?

— Luke… non ! souffla-t-elle dans un murmure à peine audible.

— Mon chaton, je ne voulais pas…

Que dire encore ? Ce qu'il avait tant redouté finissait par se produire. Par une cruelle ironie du sort, il s'en était peu soucié jusqu'à l'arrivée de Kezia dans sa vie. Il n'avait alors rien à perdre… tandis que maintenant… Comme si le destin lui reprenait une fois de plus tout ce qu'il lui avait offert, au pire moment… Pourquoi fallait-il qu'elle en assumât elle aussi les conséquences ?

Seulement il s'était senti obligé de l'avertir. Alejandro l'y poussait depuis des semaines, et il reculait chaque jour l'échéance, se mentait à lui-même. Maintenant, le point de non-retour était atteint. La convocation l'attendait sur le bureau. Quel gâchis !…

Il lui souleva doucement le menton, lui effleura les lèvres d'un tendre baiser. C'était tout ce qu'il pouvait lui donner : son amour. Il leur restait six semaines. S'il ne se faisait pas assassiner avant.

22

Au cours des jours qui suivirent, ils ne parlèrent pour ainsi dire pas de la menace qui pesait sur leurs têtes, sauf, parfois, la nuit. Ces six semaines, Kezia entendait ne pas les gâcher ; aussi s'efforçait-elle de se montrer aussi gaie que possible. Luke comprenait à quel combat elle se livrait, mais il ne pouvait intervenir. Ses vieux cauchemars venaient maintenant le hanter en pleine journée, ils avaient pris forme, la forme d'une convocation. Il voyait la jeune femme maigrir à vue d'œil, pourtant elle riait, elle plaisantait, elle s'amusait. Il leur arrivait de faire l'amour deux ou trois fois d'affilée, comme pour prendre de l'avance, faire provision d'inoubliables souvenirs. Six semaines. C'était tellement court !

— Kezia, tu as mauvaise mine.
— Edward, mon cher, vous m'ennuyez !
— Je veux savoir ce qui se passe.
Le serveur emplit leurs coupes de Louis Roederer.
— N'insistez pas.
— Plutôt deux fois qu'une ! Et si tu voyais ta tête, tu t'inquiéterais toi aussi.

— C'est bon. Je suis amoureuse.

— Je m'en serais douté. Il est marié ?

— Pourquoi croyez-vous toujours que les hommes avec lesquels je sors sont mariés ? À cause de ma discrétion ? Elle me paraît pourtant légitime.

— Peut-être, mais cela ne te donne pas le droit de faire n'importe quoi.

— Ce n'est pas n'importe quoi, puisque cet homme est beau et que je l'adore. Nous vivons et voyageons ensemble depuis un peu plus de deux mois. Et la semaine dernière, nous avons appris… que…

Sa voix s'était mise à trembler et elle se mordit les lèvres.

— Nous avons appris qu'il était malade. Très malade.

La physionomie d'Edward se décomposa :

— Quelle sorte de maladie ?

— Rien de contagieux, rassurez-vous, mais les médecins ne se prononcent pas pour le moment…

De nouveau il lui fallait mentir, mais, cette fois, elle croyait presque à cette histoire, plus facile à assumer que la vérité.

— Ils lui donnent une chance sur deux de s'en tirer. Vous comprenez, maintenant, le pourquoi de ma mauvaise mine ? acheva-t-elle les yeux pleins de larmes.

— Je compatis, ma pauvre petite. Est-ce que… je le connais ?

Il en devenait comique, à force de persévérance, et elle eut presque envie de rire.

— Non. Nous nous sommes rencontrés à Chicago.

— C'est bien ce que je me disais. Est-il jeune ?

— Assez, mais il est plus âgé que moi.

Kezia se sentait mieux ; en un sens, elle lui avait dit la vérité. Renvoyer Luke en prison équivalait à le condamner à mort. Trop d'hommes le haïssaient ou le vénéraient, il était trop connu, il en avait trop fait. San Quentin le tuerait, d'une façon ou d'une autre, quelqu'un armerait le bras d'un codétenu ou d'un gardien.

— Je ne sais que te dire.

— Alors ne dites rien, soupira-t-elle en baissant la tête. Je… je ne peux rester davantage… excusez-moi.

Après l'avoir embrassé sur la joue, elle prit son sac et se leva. Son tuteur ne la retint pas mais la suivit des yeux, inquiet et navré à la fois.

Dans le froid mordant de cet après-midi d'hiver, elle prit le métro pour Harlem. Seul Alejandro pourrait l'aider à surmonter l'affolement qui la gagnait peu à peu.

Parvenue à la station, elle monta lentement les marches qui menaient à la surface, sans prendre garde à l'allure qu'elle offrait dans ces rues miséreuses, avec son manteau rouge de Paris et sa toque de vison blanc. Les passants la suivaient des yeux comme si elle descendait d'une soucoupe volante.

Une fille se trouvait dans le bureau d'Alejandro et tous deux riaient quand Kezia entra.

— Al, je vous dérange, peut-être ?

— Je… non… Pilar, tu veux bien m'excuser ?

La fille abandonna son siège et passa, l'air effaré, devant cette visiteuse sortie tout droit d'un magazine de mode.

— Je suis désolée de vous interrompre ainsi.

— Ce n'est rien. J'allais… Kezia !

Elle venait de fondre en larmes, lâchant son sac qui tomba lourdement par terre.

— Kezia… *pobrecita*… calmez-vous…

— Oh ! Alejandro… je n'en peux plus !

Comme il la prenait dans ses bras, elle enfouit la tête dans son épaule pour y sangloter de plus belle.

— Que faire ?… Ils vont le remettre… en prison… J'en suis sûre…

Essayant de retenir ses pleurs, elle le regarda dans les yeux, implorante :

— Ils ne lui feront pas de cadeau.

— C'est peu probable.

— Alors vous pensez que tout est déjà joué ?

— Je ne sais pas.

— Si ! Vous le savez très bien ! Dites-moi la vérité, pour l'amour du ciel !

— Je ne la connais pas, bon Dieu !

Elle criait et il criait plus fort encore, les murs répercutant leur angoisse et leur colère.

— Oui, ils vont peut-être le remettre en prison, mais attendez que ce soit fait avant de vous laisser aller ! Ce n'est pas le moment de vous suicider, ni de l'abandonner. Rien n'est encore dit, vous aviserez le moment venu !

À ces mots, elle ravala ses pleurs, s'efforça de reprendre le contrôle de ses nerfs.

— Vous avez raison, finit-elle par admettre. Mais j'ai tellement peur ! Je ne sais plus que faire pour tenir le coup… pour surmonter cette anxiété qui m'étouffe chaque jour davantage.

— Rien, si ce n'est de vous montrer raisonnable et de ne plus tenir compte de vos états d'âme.

— Et si nous nous enfuyions ?

— Ils vous retrouveraient un jour ou l'autre et ils tireraient à vue. D'ailleurs, Luke n'acceptera jamais.

— Je sais.

Doucement, il passa une main sur son visage baigné de larmes.

— Et dire que je ne sais quoi faire pour l'aider, pour écarter cette menace abominable ! soupira-t-elle.

— Vous n'y pouvez rien. Le mieux est de rester avec lui, de l'épauler et de tenir bon. Vous ne lui rendriez pas service en vous effondrant. Ni avant ni après la sentence, si elle est prononcée.

— Oui, peut-être…

— J'ignorais que vous étiez à ce point défaitiste.

— C'est faux.

— Alors réagissez. Relevez la tête. La route sera difficile mais personne n'a encore dit qu'elle allait s'achever là. Et surtout pas Luke. Alors un peu de cran ! Pour l'amour de lui.

La serrant contre lui, le Mexicain ajouta :

— Et de moi, car je vous aime bien, tous les deux.

— Ne soyez pas trop gentil avec moi ou je vais pleurer de nouveau !

Riant à travers ses larmes, elle le vit qui prenait un vieux blouson des surplus de l'armée.

— Je vous raccompagne.

— Vous n'allez pas faire tout ce chemin, voyons !

— J'ai assez travaillé pour aujourd'hui. Si nous faisions l'école buissonnière ensemble ?

Les yeux du jeune homme brillèrent de malice et Kezia se crut revenue vingt ans en arrière.

— Je ne demande pas mieux.

Ils sortirent de la maison bras dessus, bras dessous, le magnifique manteau rouge jurant insolemment avec le blouson râpé. La jeune femme ne regrettait pas de s'être déplacée. Alejandro avait le don de la rassurer ; elle avait besoin de lui, d'une autre façon mais presque autant que de Luke.

Ils sortirent du métro à la 86e Rue et entrèrent dans un salon de thé viennois pour y prendre un chocolat chaud nappé de crème Chantilly. Un orchestre mettait une ambiance bon enfant dans la salle et, dehors, les lumières de Noël clignotaient déjà autour des magasins. Les deux jeunes gens ne parlèrent pas de l'audience mais de leur passé, des fêtes de leur enfance, de la Californie, de leurs parents. Elle qui ne pensait pour ainsi dire jamais à son père se mettait à l'évoquer souvent, ces temps-ci, et elle appréciait de s'adresser à une oreille attentive. Il lui devenait extrêmement difficile de parler à Luke car chaque conversation finissait toujours par les amener à la menace qui pesait sur leur avenir.

— J'ai l'impression que vous ressemblez beaucoup à votre père, Kezia. À vous entendre, il ne devait pas être très conformiste, lui non plus, si l'on se donnait la peine de gratter un peu la surface.

Humant l'odeur épicée du chocolat sous son nez, elle sourit :

— Non, en effet. Mais cela faisait partie de son personnage. Il n'était pas obligé de composer sans arrêt avec son entourage, comme moi.

— Autres temps, autres mœurs. Sans doute subissait-il des contraintes différentes. Et votre tuteur, à quoi ressemble-t-il ?

268

— Edward ? C'est un homme charmant, attaché à tenir ses promesses autant qu'à respecter les traditions ; il doit être très seul.

— Et amoureux de vous ?

— Je n'y ai jamais pensé mais je ne crois pas.

— Je parie que vous vous trompez.

Ce disant, il plongea les lèvres dans sa tasse crémeuse pour en émerger avec une magnifique moustache.

— Il me semble que beaucoup de choses vous échappent, Kezia. Vous ne vous rendez pas compte de votre impact sur les gens. C'est votre côté naïf.

— À ce point ?

Pourtant, elle ne dit pas non, songeuse. Autrefois, elle parlait aussi ouvertement avec Edward mais il y avait longtemps que tous deux n'avaient plus de ces conversations. Il semblait qu'Alejandro allait prendre sa place, la conseiller fraternellement quand elle ne pourrait plus se confier à son tuteur ni à Luke. Elle releva la tête pour lancer d'un air taquin :

— Dois-je en conclure que vous aussi êtes amoureux de moi ?

— Peut-être.

— Gros bêta !

Ils rirent ensemble puis burent leur chocolat en écoutant la musique.

— Que faites-vous pour Noël ?

— Je ne sais pas. Vous connaissez Luke, il n'a encore rien décidé, ou il ne m'en a pas parlé. Restez-vous ici ?

— Oui. Je voulais rentrer chez moi, à Los Angeles, mais j'ai trop à faire ici et le voyage coûte cher. Il y a pourtant des installations que j'aimerais visiter à San Francisco. On verra au printemps.

— Quelle sorte d'installations ?

Allumant une cigarette, elle s'adossa à sa chaise. L'après-midi prenait une tournure des plus plaisantes.

— Une espèce de centre thérapeutique qui accueille des pensionnaires à temps complet, ce qui décuple leurs chances de guérison.

Jetant un coup d'œil à sa montre, le Mexicain poussa une exclamation de surprise. Il était cinq heures passées.

— Venez dîner à la maison, proposa-t-elle.

— Non, je vais vous laisser en amoureux. D'ailleurs, j'ai une petite à voir, moi aussi.

Kezia sourit :

— J'ignorais que vous vous rouliez dans le stupre !

— Oh ! Nous nous connaissons à peine, elle garde des enfants près de chez moi.

— Vous n'avez personne d'autre, dans votre vie ? Comment cela se fait-il ?

— Je l'ignore. Les femmes doivent me trouver trop laid ou trop quelconque.

— Allons donc ! Dites-moi tout.

— Qui sait, *hija* ? Cela vient peut-être de mon travail, qui m'absorbe tellement ; les femmes ne supportent pas cela longtemps, à moins de partager un amour exceptionnel, comme vous avec Luke. Et puis je suis très difficile.

— Je pencherais plutôt pour cette dernière raison.

Loin d'être laid ou quelconque, Kezia le trouvait au contraire fascinant et se félicitait des liens qui venaient de se nouer entre eux.

— Quel âge a votre nouvelle amie ?

— Vingt et un, vingt-deux, dans ces eaux-là.

— Je suis jalouse.

— Vous pouvez.

Contemplant le fin visage de porcelaine sous la toque blanche, les yeux brillants comme des saphirs, il secoua la tête.

— Oui, reprit-elle, mais je vais sur mes trente ans, cela fait un bail à côté de vingt-deux ans.

— C'est beaucoup mieux.

Effectivement, songea-t-elle, à vingt-deux ans elle ne profitait pas beaucoup de la vie. Elle n'avait commencé à se sentir bien dans sa peau que lorsqu'elle s'était mise à écrire. Avant, elle s'ennuyait à mourir dans une existence parfaitement oisive et inutile, incapable de décider de ce qu'elle voulait faire ou devenir, tout en se devant de remplir le rôle de la jeune fille bon chic bon genre pour lequel elle avait été élevée.

— Si vous m'aviez connue il y a dix ans, Alejandro, vous auriez bien ri.

— Je ne valais pas mieux à cette époque.

— Au moins deviez-vous jouir d'une plus grande liberté.

— Peut-être ; je me donnais des airs de hippy avec mes cheveux longs, mes jeans troués et mes chemises indiennes.

— Et moi je portais un collier de perles, des jupes plissées et des mocassins à petits talons. J'étais une gentille héritière bien sage et bien innocente, je faisais le singe savant à tous les bals de débutantes. Les rombières me disaient « absolument adoraaable ». Mais je n'étais pas heureuse.

— Tandis qu'aujourd'hui vous l'êtes.

— Oui.

Ses pensées retournèrent vers Luke… et l'audience. Alejandro lut le désarroi dans ses yeux et se leva :

— Il faut que j'y aille.

— Faites un saut à la maison, Luke sera content de vous voir.

Ce dernier attendait, installé sur le canapé du salon, un grand verre de bourbon à la main.

— Tiens ! s'exclama-t-il en les voyant arriver. Où étiez-vous encore passés, tous les deux ?

Malgré son air réjoui, Kezia crut percevoir une intonation grinçante dans sa voix. Se pouvait-il qu'il fût jaloux ?

— Nous sommes allés boire une tasse de chocolat.

— Joli mensonge ! Mais je, vous pardonne pour cette fois.

— C'est très généreux à toi, mon chéri.

Se penchant sur lui, elle l'embrassa. À son contact, elle eut l'impression qu'il réprimait une violente tension. Elle se redressa, inquiète.

— Luke…

— Si tu offrais une bière à notre ami ? coupa-t-il.

Le Mexicain fit la grimace :

— Une bière après le chocolat chaud ? Tu veux ma mort ?

Kezia comprit, cependant, qu'ils désiraient rester entre hommes et s'en alla préparer du café. Que mijotaient-ils, tous les deux ? Elle refusait de croire qu'il s'agissait de l'audience. Non, ils devaient lui préparer un cadeau, ou une sortie, ou une autre surprise agréable… D'ailleurs Luke paraissait plutôt remonté…

Quand elle revint dans le salon, il l'accueillit d'un ton jovial mais elle remarqua immédiatement l'air malheureux d'Alejandro. Comme si ce dernier venait d'apprendre une terrible nouvelle.

Posant le plateau sur la table, elle s'assit et déclara d'un ton calme :

— Ça suffit, maintenant, je ne joue plus, alors vous allez me dire ce qui se passe.

— Pourquoi veux-tu qu'il se passe quelque chose ?

— C'est simple : tu as bu, lança-t-elle à Luke.

— À peine.

— Je ne t'ai jamais vu parti comme ça. Et puis tu as peur. Je veux savoir pourquoi. Tu en as informé Al, maintenant c'est mon tour.

— Je n'ai rien…

— Arrête ! s'écria-t-elle furieuse. Ne me prends pas pour une idiote ! J'en ai assez de tes cachotteries à la noix ! Dis-moi ce qu'il y a !

— Non, mais tu l'entends, Al ?

Luke les regardait l'un après l'autre, un sourire plaqué sur les lèvres, mais son ami paraissait de plus en plus mal à l'aise.

— Bien, enchaîna Kezia en se maîtrisant. Alors c'est Alejandro qui va me le dire.

Avec un soupir exaspéré, Luke se pencha en avant sur son siège.

— Calme-toi d'abord, mon ange ! Et je te raconterai tout.

Il continuait de se pencher et se pencha tellement qu'il faillit tomber sur les genoux. Alejandro se précipita pour lui retirer son verre dont une partie venait de se répandre sur le tapis. Le visage de Luke venait de virer au gris.

— Doucement, mon vieux ! lança le Mexicain en lui prêtant main forte.

— Luke ! cria Kezia.

D'abord incapable de réagir, elle le vit s'asseoir lourdement à ses pieds. Il était ivre et en état de choc. Comme elle se penchait enfin, il leva doucement la tête vers elle.

— Ce n'est rien, mon ange. On a essayé de me tirer dessus et on m'a raté d'un pouce.

Épouvantée, elle lui prit le visage entre les mains. Les yeux exorbités, la bouche ouverte, elle ne parvenait pas à prononcer un mot.

— On aura voulu me tuer, ou me faire peur. Enfin, ça va, je suis un peu secoué, c'est tout.

Mais elle pensait à Joseph Morrissey, à ce cadavre en première page du journal.

— Mon Dieu... Luke... qui a fait cela ? articulat-elle en tremblant de tous ses membres.

— Je ne sais pas. C'est difficile à dire.

Il paraissait à bout de forces.

— Viens, souffla son ami. Tu devrais te coucher.

Comme il l'aidait à se relever, le Mexicain se demanda s'il ne devrait pas d'abord porter secours à Kezia qui paraissait complètement effondrée.

— Tu y arriveras, Luke ?

— Évidemment ! Je ne suis pas blessé, seulement bourré.

Il partit d'un rire nerveux et se dirigea d'un pas incertain vers la chambre, suivi d'une Kezia accablée. Quand, assise à son chevet, elle lui glissa un oreiller sous la tête, il se rebiffa :

— Ne te donne pas tant de mal ! Je ne suis pas à

l'article de la mort ! Tiens, apporte-moi plutôt un autre verre, tu veux ?

— Crois-tu ?

— Et comment donc !

Son sourire fut le premier qu'il parvint à lui tirer depuis dix minutes, mais elle ne put se lever.

— Enfin, Luke, comment est-ce arrivé ?

— Je ne m'en suis pas bien rendu compte. Je devais rencontrer des gens à Spanish Harlem cet après-midi et, à la sortie de la réunion, nous nous retrouvions à plusieurs dans la rue quand le coup de feu a claqué. J'ai entendu la balle siffler à mes oreilles. Ce fumier m'a raté de peu.

Immobile, Kezia le regardait en songeant que son agresseur aurait pu tout aussi bien le toucher, que Luke pourrait être mort à l'heure qu'il était, comme Joseph Morrissey… Des gouttes de sueur glacée lui sillonnaient le dos à cette pensée.

Finalement, Alejandro alla chercher lui-même le bourbon demandé, le tendit à son ami puis s'assit sur une chaise à côté du lit.

— Qui était au courant de cette réunion ? interrogea-t-il d'un ton encore altéré par l'émotion.

— Peu de gens.

— Combien ?

— Très peu.

— Luke, je t'en prie ! intervint la jeune femme. Qui a pu faire cela ?

Ce disant, elle éclata en sanglots. Ce fut son compagnon qui dut se redresser afin de l'étreindre et de la réconforter.

— Allons, mon chaton ! Calme-toi. Cela pouvait aussi bien être n'importe qui. Un gosse ou un mec dérangé, ou quelqu'un qui n'aime pas mes idées. Comment savoir ? L'important est qu'ils ont raté leur coup. Je suis là, tu es là. Je t'aime. C'est tout ce qui compte, non ?

D'un seul coup, il retomba sur son oreiller en riant à pleines dents mais ni Kezia ni Alejandro n'étaient d'humeur à l'imiter.

— Je vais t'engager un garde du corps, déclara-t-elle en s'essuyant les yeux.

— Non, ma jolie. Surtout pas. J'en ai soupé, des gardes du corps !

— Que veux-tu dire ?

— Rien. Je ne te demande que ton sourire et ton amour.

Il but une gorgée de bourbon, lui tapota la main en continuant :

— Tout ce que tu me donnes déjà si bien.

— Oui, et mes conseils tu t'en fiches ! Pourquoi ne veux-tu pas de garde du corps ?

— Parce que j'en ai déjà eu un.

— Tu l'avais engagé ?

Qu'il était donc difficile de le faire parler !

— Pas exactement. C'était un policier.

— La police te fait protéger ?

— Tu veux dire surveiller, ricana-t-il. Et depuis longtemps, figure-toi !

La jeune femme n'avait pas encore songé à cet aspect de la situation. Brusquement, elle se rendit compte que, si Luke était plus ou moins considéré comme un hors-la-loi, elle-même, vivant avec lui, ne devait pas être en odeur de sainteté vis-à-vis des autorités.

— Et ne t'y trompe pas, ma belle. Cette balle pouvait tout aussi bien provenir d'un flic.

— Tu plaisantes ? protesta-t-elle en blêmissant. Pourquoi feraient-ils ça ?

— S'il s'avère que c'est un bon moyen de se débarrasser de moi, ils ne se gêneront pas, crois-moi.

— Mon Dieu...

Des policiers tirant à froid sur Luke ? Jusqu'ici, Kezia les avait toujours considérés comme les protecteurs des honnêtes gens. Mais, précisément, à leurs yeux, Luke ne faisait pas partie des « honnêtes gens », au contraire, il les menaçait, et, pour cela, méritait sans doute d'être abattu à la première incartade.

— Et plus d'escapades à Harlem, ajouta-t-il l'air sévère, ni de jogging dans Central Park toute seule, ni de balades dans le métro ! À partir de maintenant, tu suivras tous mes conseils, on ne plaisante plus. D'accord ?

— Oui, mais...

— Non ! cria-t-il d'une voix tonitruante. Écoute-moi, bon sang ! Si tu cours le moindre risque, ils pourraient aussi bien s'en prendre à toi...

Comme il marquait une hésitation, la jeune femme s'aperçut, bouleversée, que ses yeux se mouillaient de larmes.

— S'ils faisaient cela... reprit-il le timbre cassé, je ne pourrais pas... le supporter...

Muette d'émotion, elle l'entoura de ses bras, attira sa tête sur sa poitrine. Ils demeurèrent dans cette position un temps qui leur parut une éternité, Luke pleurant doucement contre son épaule, se reprochant le mal qu'il était en train de lui faire. Comment pouvait-il

infliger de telles épreuves à la femme qu'il aimait ?...
Kezia... Il finit par s'endormir et, quand elle se
dégagea doucement pour aller éteindre la lampe, elle
se souvint soudain d'Alejandro sur sa chaise. Elle se
retourna pour constater qu'il était parti, vraisembla-
blement depuis longtemps.

23

Luke raccrocha, l'air consterné, et Kezia comprit aussitôt.

— Qui était-ce ?

Elle posait la question machinalement car elle savait déjà la réponse, quel que fût le nom de son correspondant, de quelque ville que vînt l'appel. Il suffisait de voir l'expression de Luke dès qu'il était question de prisons. Mais maintenant, si près de Noël…

— Un de mes amis de la prison de Chino.

— Alors ?

— Alors…

Se passant une main dans les cheveux, il mordit le bout de son cigare. Tous deux s'apprêtaient à se coucher quand le téléphone avait sonné.

— Alors ils veulent que j'y aille. Crois-tu que tu tiendras le coup, mon ange ?

— En allant avec toi ?

C'était la première fois qu'il lui demandait son avis.

— Non, en restant ici. Je serai de retour pour Noël mais… on dirait qu'ils ont besoin de moi, ou du moins le croient-ils.

À son intonation assurée et déjà lointaine, elle le devinait prêt à partir, à reprendre le combat malgré les dangers qu'il courait. Il avait besoin de retrouver ses réunions, ses hommes, sa cause. Il n'y avait pas de place pour Kezia dans ce monde ; comme ses co-détenus, Luke avait bien dû s'habituer à vivre sans femme. Pas un instant, il n'envisagerait de l'emmener avec lui, pas quand il devait affronter un risque, pas après ce qui s'était passé à San Francisco, pas après s'être fait tirer dessus.

— Bien sûr que je tiendrai le coup, mais la maison semblera bien vide sans toi.

S'efforçant de cacher sa tristesse et sa frayeur, elle ajouta d'un ton détaché :

— Ainsi va la vie ! Mais tu es certain d'être rentré pour Noël ?

— Autant que je puis l'être. Ils ont peur que de nouvelles révoltes éclatent mais je pense que nous pourrons les stopper avant.

Avec un peu de chance… Elle se demandait jusqu'à quel point il le souhaitait vraiment ou s'il ne préférait pas jouer encore avec le feu.

— Je ferai mon possible, mon ange.

— Je l'espère, mais ça ira, ne t'en fais pas.

Glissant les bras autour de son cou, elle l'embrassa sur le front. Il sentait le cigare. Il repartait « à la guerre ».

— Luke…

Malgré une hésitation, elle se jeta à l'eau. Il fallait que cela fût dit.

— Oui, mon chaton ?

— Tu es fou de faire ça maintenant. Avec cette audience qui t'attend. Et…

— Non, Kezia, ne recommence pas avec ça !

Se détachant d'elle, il se leva nerveusement et se mit à marcher de long en large, comme un fauve :

— Prends bien soin de toi et ne t'occupe de rien d'autre. Crois-tu qu'ils m'épargneront davantage si je ne bouge plus ? Avec ce qu'ils me préparent, je peux aussi bien continuer ce que j'avais commencé, cela n'y changera rien.

— Peut-être que si, souffla-t-elle en soutenant son regard. Peut-être que, cette fois, cela changera une libération en condamnation, et un coup de feu manqué en assassinat réussi.

— N'importe quoi ! Et de toute façon… il faut que j'y aille, voilà !

Furieux, il claqua derrière lui la porte de la chambre et Kezia en conclut qu'au fond il redoutait exactement les mêmes choses qu'elle. Il n'avait pas le droit de lui faire cela, de gâcher leurs deux destinées. Si ce voyage devait lui coûter la liberté ou la vie, que deviendrait-elle ? Y avait-il seulement songé ? Mais non, il ne pensait qu'à lui…

En pénétrant à son tour dans la chambre, elle le surprit qui faisait sa valise.

— Luke. – Il ne répondit pas. – Ne t'en va pas. Je t'en prie… pas pour moi, pour toi !

Quand il leva la tête, elle comprit qu'elle l'avait perdu.

Le 23 décembre, elle reçut le coup de téléphone qu'elle redoutait tant : il ne rentrerait pas pour Noël. Il serait absent encore au moins une semaine. Quatre hommes étaient déjà morts dans la révolte de Chino, il n'avait pas le cœur à songer aux fêtes. Kezia se mordit les lèvres pour ne pas le traiter de lâcheur mais elle savait qu'il ne le méritait pas. Il était ainsi fait, elle n'y pouvait rien.

Cependant, elle ne voulut pas avouer à Edward qu'elle allait passer Noël seule ; ce serait reconnaître une défaite qu'elle n'admettait pas. Et puis il allait vouloir la consoler, l'emmener à Palm Beach, quand elle n'avait envie que de rester avec Luke, pas avec son tuteur ni avec Hilary. Elle avait caressé l'idée de prendre l'avion pour la Californie afin de le rejoindre, mais il n'apprécierait certainement pas, pas plus qu'il ne pourrait se libérer pour lui consacrer une minute de son précieux temps.

Alors elle resterait toute seule. Devant une masse d'invitations de toutes sortes, pour lesquelles d'autres eussent donné leur peau, réveillons au champagne dans les plus grands hôtels, un bal à l'Opéra, un gala à Rockefeller Center pour célébrer les fiançailles d'Halpern Medley et Marina Walters, nuits blanches dans les boîtes les plus sélectes. Et aussi Gstaadt ou Chamonix… Courchevel ou Klosters… Athènes… Rome… Palm Beach. Mais rien de tout cela ne la tentait.

Finalement, elle se sentirait moins seule dans son appartement qu'au milieu de ces gens qui lui étaient devenus complètement étrangers. Elle pourrait toujours inviter quelques amis, mais ils risquaient de la trouver sinistre. D'ailleurs, sûrement aucun d'eux n'était encore libre. Ils devaient crouler sous les projets, comme elle les autres années, courant à droite et à gauche pour commander quelques robes, acheter les cadeaux les plus extravagants, surveiller les derniers préparatifs de leurs réceptions. Elle serait bel et bien seule, avec une armada de portiers et de techniciens qui avaient déjà tous reçu leurs étrennes. Le concierge de l'immeuble lui avait discrètement fait parvenir une note vers le 15 décembre, pour se rappeler à son bon souvenir. Vingt-deux personnes, qui comptaient toutes sur leur gratification. Joyeux Noël.

L'après-midi du 24, elle resta chez elle à ne rien faire, dans sa robe de chambre de satin crème, un sourire aux lèvres. Dehors, un premier tapis de neige recouvrait les rues.

« Joyeux Noël, mon amour. »

Ces mots, elle les gardait pour Luke. Tenant sa parole, il lui téléphonait chaque jour et elle attendait son prochain appel. Noël par téléphone. C'était mieux que rien. Mais bien peu. Les boîtes enrubannées, sur le bureau, étaient pour lui : une cravate, une ceinture, une bouteille d'eau de Cologne, un attaché-case et deux paires de chaussures, tous griffés. La panoplie parfaite de l'homme du monde. Elle trouvait encore le courage de plaisanter, se souvenant de son exclamation incrédule quand elle lui avait expliqué ce que signifiaient, dans son monde, une cravate Dior ou des bagages Vuitton.

— Alors tous les hommes portent les mêmes ?

Elle s'était esclaffée, expliquant que les femmes en faisaient autant avec quelques marques fétiches. Tout juste avaient-ils, parfois, droit au choix des couleurs. N'était-ce pas follement original ? C'était devenu une plaisanterie entre eux et ils pouffaient de rire chaque fois qu'ils croisaient quelqu'un, dans la rue, en chaussures Gucci ou en robe Pucci. Le clan des Pucci-Gucci.

Elle imaginait d'ici sa tête quand il ouvrirait ses paquets.

Mais son plaisir décuplait en pensant au véritable cadeau qu'elle lui réservait, caché dans les poches de l'attaché-case. La chevalière qu'elle avait fait spécialement graver pour lui, avec son nom et la date de leur rencontre à l'intérieur de l'anneau. Et puis, soigneusement emballé dans un papier de soie, un recueil de poèmes avec une belle couverture en cuir qui lui venait de son père et qu'elle avait toujours vu sur son bureau. Elle se plaisait à songer qu'il appartiendrait désormais à Luke. Un symbole d'une importance capitale pour elle, la tradition de la famille qui se perpétuait.

Une tasse de chocolat à la main, elle regardait tomber la neige. Il faisait froid, dehors, un de ces froids rigoureux comme seules New York et quelques autres villes de la région savaient vous les assener, une gifle méchante qui vous assaillait dès que vous mettiez le nez dehors. Un vent glacé vous transperçait alors jusqu'aux os, vous enrobait comme une laine d'acier.

Le téléphone sonna dans la pièce silencieuse. Elle tressaillit.

— Allô ?

— Kezia ?

Ce n'était pas la voix de Luke, d'ailleurs elle ne reconnaissait pas ce léger accent.

— Que faites-vous ?

— Oh ! Alejandro !

— Oui, ce n'est que moi. À vous entendre, on croirait que vous attendiez le père Noël.

— Presque, je pensais que ce serait Luke.

— Évidemment, je ne fais pas le poids… Mais je me doutais que vous seriez là. J'ai lu les journaux, et j'imagine ce qui peut se passer à Chino. Il ne devait pas vouloir vous mêler à ça. Alors, que faites-vous ? Vous êtes sans doute invitée à trois mille dîners, non ?

— À peu près, mais j'ai tout refusé en bloc. D'autre part, vous avez raison, il ne veut pas de moi en Californie.

— Cela vaut mieux, parce qu'il ne doit pas faire bon, là-bas, observa-t-il gravement.

— Il est fou de se mêler encore de ces histoires ! Il ne fait qu'aggraver son cas, mais il n'a rien voulu savoir.

— Le contraire m'aurait étonné. Que faites-vous, pour Noël ?

— Je vais mettre mes souliers devant la cheminée, préparer une dinde aux marrons, et…

Tout d'un coup, une idée fusa dans son esprit :

— Et vous ? Que faites-vous ? Ne me dites pas que vous allez travailler toute la nuit !

— Un peu, si. Cela vaut mieux que de rester seul chez soi. Moi qui ai l'habitude de passer les fêtes en famille, à boire des litres de tequila. Nous sommes toujours si gais et si bruyants, tous ensemble ! Si je veux éviter la déprime, j'ai intérêt à me donner de sérieuses occupations… Avez-vous décoré votre sapin ?

— Je n'en ai pas acheté, avoua-t-elle.

— Comment, comment ? Mais c'est un sacrilège.

— Pardonnez-moi, mon père. Je cours réparer !

— Rien du tout. Vous avez du pop-corn ?

— Oui.

Quelques semaines auparavant, autant dire une éternité, elle et Luke en avaient fait sauter devant la cheminée.

— Alors préparez-nous-en un tas, avec du chocolat par exemple, et je suis là dans une heure. À moins que vous n'ayez mieux à faire ?

— Rien d'autre que d'attendre le père Noël.

— Il prend le métro et il arrive.

— Vous savez, je n'ai pas de tequila… précisa-t-elle en plaisantant.

— Ce n'est pas grave, j'apporterai la mienne. Quand j'y pense… pas de sapin pour Noël !

Fidèle au rendez-vous, le Mexicain arrivait une heure plus tard avec un sapin plus grand que lui.

— À Harlem, on les paie deux fois moins cher que chez vous, surtout la nuit de Noël. Ici, il aurait coûté trente dollars, je l'ai eu pour dix.

Il paraissait transi mais heureux et détacha fièrement les ficelles qui retenaient les larges branches de l'arbre.

— Où dois-je le mettre ?

Lui désignant un coin du salon, elle vint l'embrasser sur la joue.

— Alejandro, vous êtes le meilleur ami de la terre ! Ce sapin est magnifique ! Avez-vous apporté votre tequila ?

Cela commençait à sentir vraiment Noël. Elle qui n'avait rien voulu préparer puisque Luke ne venait pas, se réjouissait de la présence de son ami.

— Miséricorde ! se lamenta celui-ci. Je l'ai oubliée !

— Ce n'est pas grave, j'ai du bon cognac.

— Alors d'accord !

Elle lui en versa un verre en guise de bienvenue et partit chercher les décorations qu'elle gardait des sapins des années précédentes. Certaines remontaient à son enfance et elle les considérait chaque fois avec tendresse.

Tous deux se mirent à orner activement l'arbre, jusqu'à ce que, deux heures plus tard, toutes les boîtes fussent vides.

— Il est superbe comme ça ! s'exclama-t-elle joyeusement en contemplant leur œuvre.

Son visage brillait d'une excitation enfantine qui fit sourire le jeune homme. Ils s'assirent par terre et trinquèrent, un énorme bol de pop-corn entre eux.

— Nous avons fait du bon travail ! soupira-t-elle en vidant son verre.

— Oui, si nous dînions, maintenant ? Que diriez-vous d'une pizza ?

— Une pizza pour Noël ?

Elle paraissait vraiment choquée.

— Si vous avez une meilleure idée…

— Entre nous, ce ne sera pas difficile ! Je vous ai dit que j'avais une dinde.

— Alors gardez-la pour demain.

— Pourquoi ? demanda-t-elle l'expression soudain décomposée. Vous devez déjà repartir ?

— Non, mais j'ai effectivement une meilleure idée : si nous allions faire du patin ?

— Adopté !

Elle enfila une veste de fourrure sur son gros pull-over, des chaussettes sous ses bottes, elle prit un chapeau de laine et des gants et remplit une flasque de cognac.

— Pour la route, dit-elle.

— Kezia ! Vous avez l'air d'une vedette de cinéma.

Pour le cas où Luke appellerait, elle brancha son répondeur et tous deux partirent braver le froid mordant de la nuit. Il n'y avait pas de vent, que cet air glacé qui vous forçait à plisser les yeux.

Ils mangèrent des hamburgers, burent du thé et elle rit gaiement quand il lui raconta le chaos des Noëls familiaux au Mexique. Des dizaines d'enfants dans les jambes, les femmes qui cuisinaient, les hommes qui se soûlaient, la fête dans chaque foyer. Elle lui rapporta sa première grande déception :

— J'avais six ans et je rêvais d'une robe en velours mauve et or que j'avais vue dans un magazine. Alors j'ai écrit au père Noël, et j'ai posté mon courrier dans une bouche d'égout, comme je croyais qu'il fallait le faire. Bien sûr, je ne l'ai jamais reçue.

— Qu'avez-vous eu, à la place ? la taquina-t-il. Un manteau de vison ?

— Non, mon cher, une Rolls, avec chauffeur !

Devant ses yeux écarquillés, elle se mit à rire et continua :

— J'avais aussi des gardes du corps et tout ce beau monde m'emmenait à l'école le matin. Ils me déposaient à trois rues de l'entrée, parce qu'il ne fallait pas que j'arrive devant mes petits camarades en voiture de maître, n'est-ce pas ? Alors je continuais à pied, suivie de loin par ces messieurs.

— C'est drôle, mes parents pensaient la même chose. Moi aussi je devais aller à l'école à pied. Les enfants doivent affronter de ces épreuves…

— Ne vous moquez pas de moi !

Tous deux éclatèrent de rire et, après le patin, se rendirent à la messe de minuit, à la cathédrale Saint-Patrick. Kezia n'était pas catholique mais n'en apprécia pas moins la cérémonie religieuse, finalement assez proche des offices qu'elle avait connus dans son enfance. Et puis il faisait bon se retrouver au milieu de tous ces fidèles, dans cette foule chaude et fervente, d'entendre les grandes orgues, de regarder briller les flammes des milliers de bougies.

Il était une heure et demie passée quand ils quittèrent l'église et ils hélèrent un taxi pour rentrer.

— Je vous offre un dernier verre ? proposa-t-elle.

— Je ne devrais pas…

— Il s'agit bien de ça ! Allons, venez.

— Bon, mais alors cinq minutes.

Tous deux étaient épuisés mais atteignirent l'appartement en riant comme des collégiens. Une bonne odeur de pin les accueillit à l'entrée et la jeune femme fut heureuse de voir clignoter les guirlandes de son arbre de Noël.

— Cela ne vous ennuierait pas si je prenais plutôt un chocolat chaud ? demanda le Mexicain.

— Bien sûr que non.

La flasque avait été vidée et elle préféra, comme Alejandro, ne plus boire d'alcool.

Elle revint bientôt, avec deux tasses fumantes et ils s'assirent par terre, seulement éclairés par le sapin.

— Joyeux Noël, monsieur Vidal !

— Joyeux Noël, mademoiselle Saint Martin !

Après ces solennelles paroles, tous deux se turent un long moment, perdus dans leurs pensées.

— Vous savez, Alejandro… finit-elle par reprendre.

— Non, quoi ?

Étendu sur la moquette, il fermait les yeux.

— Dormez sur le canapé. Vous n'allez pas ressortir au milieu de la nuit, par ce froid. Je vais vous donner des draps et des couvertures, vous pourrez rester ici.

« Et demain, je ne me réveillerai pas dans un appartement vide, et nous pourrons rire et nous promener dans le parc et passer ensemble une bonne journée. Restez, je vous en prie... restez... »

— Cela ne vous ennuierait pas trop ?

— Non, au contraire !

— Vous en êtes sûre ?

— Oui. Et je sais que Luke n'y verrait rien à redire.

Elle pouvait lui faire confiance, il n'aurait aucun geste déplacé, et elle ne passerait pas seule cette nuit de Noël, cette fête entre toutes réservée aux gens qui s'aimaient.

— Alors, vous restez ?

— Avec plaisir.

Elle l'embrassa doucement sur le front et s'en alla chercher des draps. Quelques minutes plus tard, elle refermait derrière elle la porte du salon en murmurant une dernière fois :

— Joyeux Noël.

En guise de merci.

24

Kezia était sortie faire des courses. Elle ne passait plus ses journées à guetter un éventuel appel de Luke. De peur de devenir folle. Aussi passa-t-elle l'après-midi à faire les boutiques de Madison Avenue et, quand elle rentra, ce fut pour découvrir une valise répandue au milieu du salon, vomissant son contenu sur la moquette : brosse, rasoir, peigne, chemises sales, pulls en désordre, deux cigares cassés, un ceinturon et une chaussure. Luke était là.

Installé au téléphone, il lui fit signe depuis le bureau, un large sourire aux lèvres. Elle se précipita vers lui, l'entoura de ses bras, savoura le bonheur de se serrer enfin contre lui. Il était si grand, si beau, ses cheveux sentaient bon et coulèrent comme une douce soie noire sous ses doigts. Il raccrocha et se tourna, lui emprisonna le visage entre ses paumes, contempla ces iris mauves qu'il aimait tant.

— Enfin toi, mon ange !

— Mon chéri ! J'avais tellement hâte de te revoir !

— Moi aussi. Et pardonne-moi, pour Noël.

Il nicha familièrement sa tête contre la poitrine de la jeune femme, poussa un long soupir de bonheur.

— Je suis si contente que tu sois là ! Et j'ai passé un très bon Noël. Même sans toi. Alejandro s'est occupé de moi comme un frère.

— Il est gentil.

— Oui.

Mais elle n'avait plus envie de penser au Mexicain, quand elle avait Luke Johns devant elle. Il se leva, l'étreignit avec force, l'embrassa longuement et, la soulevant de terre, l'emmena en riant vers la chambre, manqua tomber en se prenant les pieds dans les affaires qui traînaient par terre, referma la porte d'un coup de pied et parvint à effacer en un instant la mélancolie de sa compagne. Il était bel et bien là.

Il lui avait rapporté un bracelet navajo en argent et turquoises et il s'amusa beaucoup des cadeaux qu'elle lui avait achetés... puis se tut devant le livre qui avait appartenu à son père, comprenant l'importance de ce geste. Il ne sut que lever les yeux et hocher la tête d'un air grave. Elle l'embrassa tendrement et, cette fois, leur baiser fut l'aveu d'un amour totalement partagé.

Peu après, il reprenait le téléphone, un verre de bourbon à la main et, une demi-heure plus tard, annonçait qu'il devait ressortir. Il ne reparut qu'à neuf heures du soir, pour se précipiter à nouveau sur le téléphone. Quand, enfin, il se coucha, à deux heures du matin, Kezia dormait depuis longtemps. Il s'éveilla pourtant le premier, le lendemain, et plusieurs journées s'écoulèrent à ce rythme tendu. Luke était systématiquement suivi, si bien que Kezia elle-même finit par repérer les policiers en civil.

— Mon chéri, j'ai l'impression de n'avoir seulement pas eu le temps de te parler, hier, et tu t'en vas déjà ?

— Oui, mais je rentrerai tôt. Nous devons repartir pour San Francisco dans trois jours.

Trois jours. Où était-elle allée chercher qu'ils passeraient bientôt quelque temps tranquilles à New York ? Le temps de se promener dans le parc, de bavarder, de se retrouver ensemble au lit la nuit et de penser tout fort, de rire devant le feu en faisant sauter du pop-corn ? Rien de tout cela ne se produisait plus. L'audience avait lieu dans moins d'une semaine, maintenant, et conformément aux injonctions de Luke elle ne s'éloignait plus de la maison. Il y tenait. Il avait assez de soucis en tête pour ne pas avoir, en outre, à s'inquiéter pour elle.

Ce soir-là, il ne rentra pourtant qu'à dix heures, les traits tirés, l'air à bout de forces et de nerfs, se précipita sur le bourbon et les cigares.

— Luke, tu devrais te reposer !

Comme il secouait la tête, elle insista :

— Au moins une demi-journée, ou une soirée…

— Bon Dieu, Kezia ! Lâche-moi, trois secondes ! Si tu crois que j'ai le temps de m'amuser !

Pas de trêve avant l'audience. Ils n'auraient plus une minute de tranquillité ensemble, plus d'intimité, plus de dîners aux chandelles. Luke ne ferait qu'entrer et sortir, l'air de plus en plus sombre, levé à l'aube, ivre à midi, dégrisé le soir mais éreinté au point de tomber sur le lit et de s'endormir comme une masse. Quand il n'était pas réveillé par ses cauchemars.

Un fossé s'était creusé entre eux, qu'elle ne pouvait même pas contourner, car il le lui interdisait.

Leur dernier soir à New York, elle entendit la clef de Luke tourner dans la serrure. Elle resta à son bureau, malgré la mine exténuée qu'il présentait.

— Qu'est-ce que tu fais ? demanda-t-il.

— Rien. On dirait que tu n'es pas dans ton assiette.

— Pas vraiment.

Ses yeux s'étaient creusés et, en quelques jours, il semblait avoir pris dix ans. Il se laissa tomber dans un fauteuil.

— Tu veux boire quelque chose ? proposa-t-elle.

Il fit non de la tête mais elle crut reconnaître une étrange lueur dans ses yeux… comme si le Luke qu'elle avait connu lui revenait subitement, ce soir. Il n'en pouvait plus, mais il n'avait pas bu. S'approchant de lui, elle l'entoura de ses bras.

— Pardonne-moi, murmura-t-il, je me suis conduit comme un butor.

— Mais non. Et puis je t'aime… trop.

Leurs regards se rencontrèrent et ils se sourirent.

— Tu sais, Kezia, quoi qu'on fasse, on n'y échappe pas. J'ai fait tout ce que j'ai pu, ce sera toujours ça.

Pour la première fois, il lui laissait entendre qu'il avait peur, peut-être autant qu'elle. Comme si un train arrivait sur eux et qu'ils ne pouvaient se dégager de la voie où ils étaient attachés… et le bruit infernal des roues montait… montait… montait…

— Kezia ?

— Oui, mon amour ?

— Allons nous coucher.

Il la prit par la main et l'entraîna dans la chambre. L'arbre de Noël occupait toujours le coin du salon, un tapis d'aiguilles mortes autour de son pot, ses

branches commençant à ployer sous le poids des guirlandes.

— Je voulais t'en débarrasser cette semaine, glissa
Luke en passant devant.

— Nous le ferons en rentrant.

Les yeux au plafond, comme s'il réfléchissait, il
s'arrêta sur le seuil sans lui lâcher la main :

— Il faut que tu comprennes, mon ange, que je
pourrais bien ne jamais revenir. S'ils décident de me
garder, ce sera sur-le-champ. Sache-le et accepte-le,
je ne veux pas te voir t'effondrer en l'apprenant.

— Je tiendrai le choc, articula-t-elle d'une toute
petite voix.

— Noblesse oblige ?

Elle sourit. Toute sa vie, cet adage l'avait suivie.
L'obligation de garder la tête haute quoi qu'il arrive,
l'élégance de continuer à boire son thé quand le monde
s'écroulait autour de vous, la capacité de sourire quand
un cancer vous dévorait la gorge. Noblesse oblige.

— Oui, admit-elle, et autre chose aussi.

Elle avait repris toute son assurance :

— L'amour que j'ai pour toi me soutiendra. Ne
t'inquiète pas. Je tiendrai bon.

Ce n'était pas pour cela qu'elle comprendrait sa
condamnation, encore moins qu'elle l'accepterait.
Mais rien de tout cela ne leur arriverait, ce n'était pas
possible... sûrement pas...

— Tu es une sacrée bonne femme, Kezia.

La reprenant dans ses bras, il la garda longtemps
sur le seuil de la chambre.

25

Le voyage fut une fête de bout en bout. Ils avaient décidé de voyager en première.

Ostensiblement, Luke arborait son nouvel attaché-case Vuitton bien voyant et ses chaussures Gucci de daim marron, plus pratiques, pour l'avion, que celles de cuir noir. Il se sentait d'une humeur tellement déchaînée qu'à peine installé à sa place il commençait à s'agiter.

— Luke, rentre tes pieds ! s'exclama Kezia en riant.

Il balançait une jambe dans le couloir, empêchant les autres passagers de se rendre dans la cabine réservée à la classe touriste.

— On ne verra plus mes belles chaussures si je les cache !

Allumant un cigare Romanoff, de la nouvelle boîte qu'elle venait de lui offrir, il lui lança sur le nez le bout de sa cravate Dior.

— Monsieur Johns, vous n'êtes qu'un parvenu ! lança-t-elle d'un ton exagérément méprisant.

— Et vous une méchante pécore, rétorqua-t-il en l'embrassant.

À les surprendre ainsi, qui roucoulaient comme de jeunes mariés, l'hôtesse sourit. Ils faisaient plaisir à voir, ces deux-là, et paraissaient tellement heureux qu'ils en frisaient le ridicule.

— Quand sert-on le champagne ici ?

— Attends au moins que nous ayons décollé.

— J'ai soif, et faim aussi. Je veux du caviar.

Depuis quatre mois qu'il fréquentait Kezia, il avait pris goût à un certain luxe, sans jamais en oublier pour autant ni ses origines ni sa mission. Ensemble, ils prenaient ce qu'ils trouvaient de meilleur dans chacun de leurs deux mondes. Le snobisme de la haute société l'amusait mais il en appréciait certains côtés. À commencer par le caviar ; et le foie gras.

Pendant la projection du film, ils se tinrent par le cou et plaisantèrent à voix basse, commandant bouteille sur bouteille. Ils avaient l'impression de partir en voyage de noces, d'autant que Luke avait promis de lui consacrer toute la journée du lendemain. Elle avait réservé une suite au *Fairmont*, le plus grand hôtel de la ville, juste pour le plaisir de lui offrir une nuit à six cents dollars.

L'avion se posa doucement à San Francisco, quelques minutes avant trois heures de l'après-midi. Ils avaient le reste de la journée pour eux. Leur voiture de maître les attendait et le chauffeur se chargea des bagages. Pardessus tout, ils tenaient à éviter les photographes. Ce n'était vraiment pas le moment.

— Crois-tu qu'il a remarqué mes chaussures ? demanda Luke en prenant place dans l'interminable limousine.

— Tu sais, dit-elle pensive, je crois que j'aurais dû t'en acheter des rouges.

— Ils ont du champagne, dans cette voiture ?

— Bien sûr !

Elle avait pensé à tout : un seau les attendait dans le bar, garni d'une bouteille de Louis Roederer.

— C'est ça la vie ! s'écria-t-elle en renversant la moitié de sa coupe comme ils démarraient.

— Tu es à moitié ivre.

— Et toi tu es génial. En plus, je t'aime.

D'un mouvement brusque, elle se jeta sur lui pour l'embrasser, achevant de vider le contenu de sa coupe sur le tapis.

— Eh bien ! s'exclama-t-il en riant. Regardez-moi l'honorable mademoiselle Kezia Saint Martin !

— Pourquoi pas Kezia Johns, d'abord ?

Reprenant sa place, elle lui fit signe de remplir son verre, une moue plaquée sur le visage. Mais Luke avait subitement repris son sérieux :

— Tu disais cela en riant, Kezia ?

— Tu ne veux pas que je pleure pour te demander en mariage !

— Non, mais…

— Alors marions-nous ! Tiens, il suffit de prendre le prochain avion pour Las Vegas, ou Reno, je ne sais plus. Je ne me suis jamais mariée. – Son visage s'illumina de malice : – Tu ignorais que j'étais vieille fille, je parie !

— Tu es surtout complètement ronde !

— Pas du tout ! Comment oses-tu dire ça ?

— Je t'ai assez versé de champagne, depuis ce matin, pour le savoir. Mais dis-moi, sérieusement : tu veux vraiment que nous nous mariions ?

— Oui, et tout de suite.

— Cela me semble difficile pour le moment, mais peut-être plus tard dans la semaine. Cela dépend de… enfin, on verra.

— Tu ne veux pas m'épouser ?

— Je ne veux pas t'épouser quand tu n'as pas toute ta tête.

Mais un sourire radieux dansait sur le visage de Luke. Ainsi, elle voulait devenir sa femme. Kezia Saint Martin, la fille dont la photo apparaissait régulièrement dans tous les journaux. Et il se prélassait dans une voiture de maître, des chaussures Gucci aux pieds, en route pour une suite au *Fairmont*. Il exultait comme un gamin devant dix trains électriques.

— Je t'aime, ma chérie, même quand tu as trop bu.

Il n'avait pas remarqué le véhicule banalisé qui les suivait depuis l'aéroport.

— Alors, on se marie ? insista-t-elle langoureusement.

— Si nous commencions par nous fiancer ?

— D'accord. Tu m'offres une bague ?

— Si tu n'exiges pas un solitaire de dix carats…

— Ce serait d'un vulgaire !

— J'aime mieux ça !

— Je voudrais une pierre bleue, reprit-elle les yeux brillants.

— Une turquoise, par exemple ?

Elle se sentait trop gaie pour se rendre compte qu'il la taquinait.

— Ce serait très joli… ou un lapis patchouli…

— Tu veux dire un lapis-lazuli.

— Oui, c'est ça. J'aime bien les saphirs, aussi, mais c'est trop cher et ça se casse. Ma grand-mère en avait un qui…

Il la fit taire d'un baiser puis demanda au chauffeur de les arrêter devant un bijoutier.

— Mon Dieu, Luke, nous allons vraiment nous fiancer ? interrogea-t-elle les yeux pleins de larmes.

— Oui, mais tu vas rester sagement dans la voiture à m'attendre. Je ne veux pas que les journaux apprennent demain au monde entier que Kezia Saint Martin a dévalisé une bijouterie en état d'ébriété.

— Ronde comme une queue de pelle, tu veux dire !

— C'est cela.

Lui prenant sa coupe, il la rangea avant d'ouvrir la portière.

— Ne bouge pas et laisse le champagne tranquille, promis ?

— Va te faire voir !

— Moi aussi, je t'aime.

Renversant la tête en arrière, elle rit doucement, en regardant le ciel bleu qui dansait dans la lunette arrière. Luke revint, peu après. Elle n'eut pas l'impression que cinq minutes s'étaient écoulées.

— Fais voir ! s'écria-t-elle mourant d'impatience.

L'air navré, il reprit place à côté d'elle et fit signe au chauffeur de redémarrer.

— Je n'ai rien déniché d'extraordinaire, soupira-t-il confus. Je ne savais pas le prix des pierres précieuses.

Néanmoins, il lui posa sur les genoux une petite boîte bleue.

— Oh, Luke, c'est ravissant ! C'est… je l'adore.

Dans le velours brillait une fine aigue-marine taillée en marquise.

— Elle te va ? demanda-t-il d'un ton gêné.

Prenant l'anneau, il le lui glissa lui-même au doigt, avec infiniment de précautions, comme s'il était en train d'accomplir un rite magique.

— Elle était faite pour moi, murmura Kezia d'une voix étranglée. Je suis fiancée.

— Tiens c'est drôle, moi aussi. Veuillez me rappeler votre nom ?

— Mildred. Mildred Schwartz.

— Mildred, je vous aime. Mais je croyais que vous vous appeliez Kate.

— Ça, c'était au début.

— Vous étiez déjà une jolie menteuse.

— Et je vous aimais déjà.

La mémoire pleine de ces souvenirs émouvants, elle se blottit contre lui.

— Tu m'aimais ? reprit-il surpris.

— Enfin… je te trouvais super. Mais j'avais tellement peur que tu ne découvres ma véritable identité.

— Tu me l'as enfin dévoilée. Mildred Schwartz. Et nous voici rendus au *Fairmont*.

La voiture ralentit et s'arrêta devant le dais qui courait jusqu'à la monumentale entrée. Deux porteurs s'empressèrent aussitôt.

— Je te prends dans mes bras jusqu'à la chambre, annonça Luke.

— Ce sera pour le jour de notre mariage. Nous ne sommes que fiancés.

— Pardon si je te vexe, mais j'ai bien peur que tu ne sois pas en état de marcher.

— Tu vas voir !

Mais elle faillit trébucher quand ses pieds touchèrent le trottoir.

— Tais-toi donc, mon ange, et souris !

La soulevant de terre, il fit signe aux porteurs de les suivre en expliquant que madame avait mal supporté le voyage, tandis qu'elle lui mordillait consciencieusement l'oreille.

— Arrête, marmonna-t-il.

— Non !

— Arrête tout de suite ou je te laisse choir sur le tapis !

— Dès le premier jour ? Tu m'as offert une si jolie bague ! Je t'adore.

Abîmée dans la contemplation de sa main, elle se laissa emmener dans l'ascenseur après que Luke eut demandé sa clef en urgence à cause de l'état de Mme Johns et prié qu'on lui envoie les formulaires d'inscription dans la chambre.

Arrivée à l'étage, Kezia insista pour marcher seule. Mais elle trébucha et il la rattrapa de justesse, se mordant les lèvres pour ne pas rire.

— C'est drôle, Luke, lança-t-elle.

Quand elle avait trop bu, elle reprenait sa voix mondaine de Palm Beach, Londres et Paris.

— Qu'est-ce qui est drôle, ma chérie ?

— Eh bien, tout à l'heure, j'avais l'impression de voir la terre entière, et le ciel, et le Golden Gate… Est-ce parce que je suis fiancée que je me sens pousser des ailes ?

— Non, c'est parce que nous avons emprunté un ascenseur panoramique.

— Ah !…

Le porteur les attendait devant leur suite qu'il venait d'ouvrir avec des gestes solennels. Luke lui glissa un pourboire royal et le laissa partir en fermant derrière lui.

— Je te suggère de t'étendre un peu, mon chaton, ou de prendre une douche, ou les deux.

— Attends, je veux d'abord…

D'un pas toujours aussi mal assuré, elle s'avança vers lui, une lueur égrillarde dans le regard.

— Il se trouve que moi aussi, mon ange ! s'esclaffa-t-il.

— Debout, madame. Il fait un temps superbe !

— Déjà ?

— Le soleil brille depuis plus de quatre heures.

— J'ai la tête comme une citrouille.

— Non, tu as mal aux cheveux, c'est tout. Je t'ai fait monter du café.

Additionné d'aspirine et une bonne douche aidant, elle se sentit ensuite beaucoup mieux.

— J'ai l'impression que j'ai pris une bonne cuite, hier, observa-t-elle amusée. Je ne me rappelle même plus comment nous sommes montés dans cette suite.

— En volant.

— Ah oui ! L'ascenseur panoramique… Seigneur ! Je devais en tenir une sévère !

— Pire que ça. Au fait… te rappelles-tu que nous nous sommes fiancés ?

— Plusieurs fois, répondit-elle avec un sourire câlin.

— Non, petite dévergondée, je voulais parler de la bague, tu n'as pas honte ?

— Pourquoi ? Que je sache, je n'étais pas seule à…

— Veux-tu te taire ! Je disais que nous étions fiancés, t'en souviens-tu ?

Comprenant son anxiété, elle s'attendrit :

— Bien sûr, mon chéri ! Et cette bague est telle-ment jolie !

— Pour une très jolie femme, ma douce. Je voulais t'acheter un saphir mais quand je lui ai annoncé mes moyens, la vendeuse m'a dit froidement que j'étais loin du compte…

— Je préfère celle-ci. Ma grand-mère avait un saphir qui…

— Tu me l'as déjà raconté.

Il éclata de rire devant son air étonné.

— Moi ? Je t'ai raconté que…

— Une dizaine de fois, au moins.

Elle se frotta la tête en riant.

— Ma foi, si tu le dis.

— Bon. Veux-tu que nous passions la journée au lit ou que nous sortions un peu ?

— Tu crois que nous pouvons sortir ?

— Cela nous ferait le plus grand bien. Nous aurons toujours le temps pour le reste…

— Tu me le promets ?

— Jusqu'ici, tu n'as pas eu beaucoup à me pousser, il me semble ?

— Pas vraiment.

— Que veux-tu faire ? Si nous allions rouler le long de la côte ? Nous pourrions louer une voiture à la réception de l'hôtel.

— Excellente idée.

Elle voulait qu'aucune fausse note ne vînt troubler cette journée idyllique. Tous les moyens seraient bons pour le gâter au maximum, comme on le ferait avec un enfant qui allait mourir d'un cancer… Parce que bientôt… parce que trop tôt…

Luke choisit lui-même un coupé rouge qu'il lança avec gourmandise à l'assaut des collines qui longeaient le littoral.

C'était une belle journée d'hiver, claire et ensoleillée. Il ne faisait jamais très froid à San Francisco et, quand la brume se levait, on pouvait se croire au printemps. Ils s'arrêtèrent plusieurs fois, pour se promener sur les plages désertes ou escalader les rochers. Il était trop tard, désormais, pour parler ; ils s'étaient tout dit, à leur façon, avec leurs corps, leurs cadeaux, leurs baisers, leurs regards. Il ne leur restait plus qu'à attendre.

Une Ford vert clair les suivit toute la journée et Luke trouva mauvais signe qu'elle se montrât si ouvertement. Il n'en souffla pas mot à Kezia mais crut comprendre qu'elle avait deviné son souci. Elle riait et plaisantait de plus en plus fort, comme pour se cacher son angoisse, ou simplement la fuite du temps.

Ils dînèrent dans un restaurant chinois puis rentrèrent à l'hôtel se reposer avant de repartir pour l'aéroport. L'avion d'Alejandro devait arriver à dix heures.

Le Mexicain fut l'un des premiers à sortir. Il paraissait inquiet et fatigué et haussa les sourcils en se voyant accueilli par ce jeune couple de touristes en pleine forme, les joues rosies par le grand air. Il eut presque l'impression de s'être déplacé pour rien.

— Nous sommes fiancés ! annonça Kezia d'emblée.

Levant la main, elle lui montra fièrement sa bague.

— Bravo ! Mes félicitations. Cela s'arrose.

Luke lança un coup d'œil complice à la jeune femme :

— Nous ne nous en sommes pas privés, depuis hier, commenta-t-il.

— On s'est soûlé la gueule.

— Kezia !

Alejandro n'en revenait pas de l'entendre parler ainsi.

— Parle pour toi, mon ange !

— Ouais. Je me suis envoyé deux bouteilles de champagne, facile.

Dans la voiture, le jeune homme ne put s'empêcher de revenir sur la nouvelle :

— Vous êtes vraiment fiancés ? Pour de bon ?

— Pour de bon, confirma Kezia. Nous allons nous marier.

Son intonation prenait une inflexion d'acier, comme si elle essayait de se convaincre elle-même, attisant son espoir de volonté farouche, de larmes et de terreur. Ils allaient se marier. S'ils le pouvaient.

Ils firent installer un lit dans le salon de la suite, afin qu'Alejandro n'eût pas à se chercher d'hôtel, et passèrent le reste de la soirée à rire et à se raconter des blagues. Ce ne fut que lorsque Kezia bâilla que Luke reprit un air sérieux.

— Si tu allais te coucher, mon chaton ? Je te rejoins tout de suite.

Ainsi, songea-t-elle, il voulait parler seul à seul avec Alejandro. Pourquoi refusait-il de partager ses craintes avec elle ? Mais à quoi bon lui avouer maintenant sa déception ? À quoi bon lui faire la tête en de telles circonstances ?

— Si tu veux, mon chéri, mais ne tarde pas trop.

Après l'avoir embrassé dans le cou, elle envoya un baiser du bout des doigts à leur ami.

— Et ne buvez pas trop, tous les deux.

— C'est toi qui dis ça ? s'esclaffa Luke.

— Ce n'est pas pareil. Je fêtais mes fiançailles.

Elle avait voulu prendre un ton sévère mais un sourire vint contredire sa détermination.

Elle ne parvenait pas à s'endormir, les yeux fixés sur le rai de lumière qui filtrait sous la porte du salon. Malgré son envie de se lever pour leur dire qu'elle mourait de peur elle aussi, elle ne bougea pas. Elle ne pouvait faire cela à Luke. Elle devait rester stoïque. Noblesse oblige…

Le lendemain matin, elle se rendit compte qu'il ne s'était pas couché du tout. Alejandro lui confia qu'il avait fini par s'endormir dans son fauteuil à six heures du matin. Lui-même s'était alors couché sur le divan. Pour se lever deux heures plus tard.

L'audience avait lieu à quatorze heures, et l'avocat de Luke devait arriver au *Fairmont* à neuf heures.

Le cœur gros, Alejandro commençait à regretter d'être venu. Comment pourrait-il prendre soin de Kezia, ainsi que le lui avait demandé son ami ? Comment réconforter une femme pareille si la sentence lui retirait son fiancé ?

Il ne voulait pas voir cela. Il ne voulait pas assister à la déchéance de Luke, ni se trouver en face de Kezia à ce moment.

26

Tendue, Kezia accueillit l'avocat d'un rigide :
— Bonjour, maître.

Puis lui présenta « M. Vidal, un ami ».

En offrant du café, elle observa qu'il faisait un temps magnifique. Dès lors, l'atmosphère devint plus lourde. Le petit rire acide de l'homme de loi avait le don de vriller les nerfs de Kezia. Il ne lui inspirait aucune confiance, malgré sa renommée et les honoraires exorbitants qu'il demandait. Pour tout arranger, il mit violemment les pieds dans le plat :

— Les matins comme celui-ci, mon père disait que c'était une belle journée pour mourir.

Le visage de la jeune femme tourna au livide et Luke lui lança un regard impérieux pour l'empêcher de sortir de ses gonds.

La réunion dura deux heures au cours desquelles ils n'apprirent rien qu'ils ne savaient déjà. Tout reposait en fait sur la bonne volonté du jury et l'avocat partit à onze heures en assurant que Luke ne ferait « sans doute pas plus de deux ou trois ans »... Ils devaient se revoir à une heure et demie au tribunal. D'ici là ils étaient libres.

— Si nous allions déjeuner ? proposa Alejandro sans conviction.

— Je n'ai pas faim, marmonna Kezia qui contrôlait de plus en plus mal sa nervosité.

Elle faisait peine à voir, pâle et désemparée, ne sachant plus à qui confier son désarroi. Si seulement elle avait pu téléphoner à Edward, ou à Totie, ou même à Hilary ou à Whit… à n'importe qui mais quelqu'un qu'elle connaissait bien. C'était comme si elle attendait dans le couloir d'un hôpital le chirurgien qui allait lui dire si le patient allait survivre… et si… et sinon… sinon… Seigneur, pitié !

— Allez, on y va ! lança Luke.

Sa voix paraissait calme, seul le tremblement à peine perceptible de ses mains trahissait sa tension.

Ils déjeunèrent dans l'un des plus grands restaurants de la ville, luxueux et snob au possible. La nourriture devait y être bonne mais Kezia fut bien incapable d'en juger. Tout cela sonnait tellement faux ! Pourquoi le *Fairmont* et *Trader Vic's* ? Pourquoi ne s'étaient-ils pas contentés d'un simple hot dog sur la plage ? Elle avait l'impression de se trouver lestée d'une chape de plomb. Si elle l'avait pu, elle serait retournée à l'hôtel, pour s'étendre et pouvoir enfin pleurer, ou dormir, ou faire n'importe quoi d'autre que de rester dans ce restaurant à manger un dessert dont elle ne percevait même pas le goût. La conversation languissait et, quand le café arriva, plus personne ne disait rien. Le seul bruit audible à leur table, Luke qui pianotait sur son assiette, résonnait dans la tête de la jeune femme comme un inexorable mouvement de pendule. Elle se sentait liée à lui par toutes les fibres de son être, par l'âme et par le cœur.

— Il est temps de partir.

Luke fit signe au serveur pour payer puis repoussa la table pour se lever. Ce n'était pas possible ! L'heure fatidique était arrivée ? Elle suivit ses compagnons comme dans un mauvais rêve, incapable de croire que leurs six semaines de sursis étaient écoulées, que tout s'achevait… avant d'avoir commencé.

Dans la voiture, elle éclata d'un rire violent, inextinguible.

— Qu'y a-t-il de si drôle ? demanda Luke crispé.

— Tout, mon amour. C'est… c'est tellement absurde.

Elle ne cessa que lorsqu'il lui prit la main pour la serrer à l'en faire crier. Elle en voulait à tous ces gens idiots de *Trader Vic's*, qui devaient maintenant se rendre à un concert, ou chez le coiffeur, ou à un bridge, enfin qui vivaient, normalement, tranquillement. Tout cela n'avait pas de sens. Elle ne savait plus si, ouvrant la bouche, elle allait de nouveau rire, ou fondre en larmes, ou hurler, hurler comme un chien.

Ce trajet n'en finissait plus par les rues éclairées d'un pâle soleil d'hiver. Les passants s'affairaient, actifs, occupés, mécontents ou heureux, peu importait, l'après-midi n'allait pas s'achever, pour eux, sur un coup de couperet. Bientôt apparut le dôme de l'hôtel de ville, brillant d'un bel or patiné au bout de l'avenue. Terrifiant. Et, à quelques mètres d'eux, de longues voitures noires en cortège déversaient les spectateurs de l'Opéra tout proche. Tout cela ne rimait à rien.

Ivre de détresse, elle ne voyait ni ne comprenait plus rien et seule la présence de Luke d'un côté, d'Alejandro de l'autre, lui donnèrent la force de poser les pieds à terre, de monter les interminables marches, de passer les portails pour pénétrer dans le hall d'entrée au sol de marbre glacial... Oh non, Seigneur !... Non...

— Je vais chercher des cigarettes, annonça Luke en se détachant d'eux.

Ils le suivirent et la jeune femme prit la main d'Alejandro.

— Ça va, Kezia ?

Pour toute réponse, elle l'interrogea du regard et il répondit :

— Oui, vous avez l'air de tenir le coup.

Avec un petit sourire triste, elle leva la tête pour contempler l'intérieur du dôme, ces statues, ces arches, ces colonnes, l'écho des pas dans le hall. Pourtant, ils étaient bien le 8 janvier, le jour de l'audience, et la jeune femme se retrouvait nez à nez avec la réalité.

Quand Luke revint, elle lui prit la main pour ne plus la lâcher, se serrant contre lui dans l'ascenseur, aussi fort qu'elle le pouvait, comme pour se glisser sous sa peau, se cacher dans son cœur.

La cabine stoppa au quatrième étage, où ils étaient convenus de rencontrer l'avocat, et ils suivirent un corridor donnant sur des bureaux aux portes vitrées, et un tribunal aux portes capitonnées. Brusquement, Luke poussa la jeune femme sur le côté, manquant de lui faire heurter Alejandro.

— Qu'est-ce que...

— Les salauds !

Rouge de fureur, il lui passa un bras autour du cou et lui fit presser le pas. Le Mexicain avait déjà compris.

— Mais dis-moi…

— Viens, mon chaton, nous en parlerons tout à l'heure.

Les deux hommes échangèrent un regard entendu et elle saisit ce qui se passait quand elle aperçut les caméras de télévision.

Se glissant dans la bibliothèque, ils attendirent l'avocat qui les rejoignit bientôt, un épais dossier sous le bras, l'air tendu. Dans ces lieux solennels, Kezia le trouva plus impressionnant que le matin à l'hôtel.

— Tout le monde est prêt ? s'enquit-il d'un ton qui se voulait jovial.

— Déjà ?

Il n'était pas deux heures et Kezia commençait à s'affoler, bien qu'Alejandro lui pressât l'épaule. Quant à Luke, il allait de long en large devant des rayons de livres.

— Nous avons encore quelques minutes. Je vous retrouverai ici pour vous avertir quand le juge arrivera.

— Peut-on accéder au tribunal par une autre entrée ? interrogea Alejandro.

L'avocat arrondit les yeux sans comprendre.

— Pourquoi ?

— Parce que le vestibule grouille de journalistes.

— Le juge ne les laissera pas entrer, ne vous inquiétez pas.

— Peut-être, mais nous allons devoir passer devant eux.

— Non, intervint Luke. Tout au moins pas Kezia, si c'est ce qui t'ennuie, Al.

— Luke, je veux y aller !

Petite comme elle l'était, elle venait de se dresser

sur ses ergots, rouge de fureur, apparemment prête à frapper.

— Il n'en est pas question, dit-il d'un ton sans réplique. Je veux que tu restes ici. Je viendrai te chercher quand ce sera fini.

— Mais je ne veux pas te laisser y aller seul !

— Tu préfères affronter les gens de la télévision ?

— Ils n'entreront pas dans la salle.

— Ce serait inutile. Il leur suffira de te voir entrer et sortir. Ni toi ni moi n'avons besoin de ce genre de publicité. Et puis je ne veux pas discuter, Kezia ! Tu restes dans cette bibliothèque ou tu retournes à l'hôtel, vu ?

— Bon…

L'avocat sortit et Luke se remit à faire les cent pas, puis s'arrêta, vint vers la jeune femme, la physionomie métamorphosée. Alejandro se tassa discrètement dans son coin.

— Mon chaton…

Il venait de s'arrêter à quelques centimètres d'elle, mais il n'avança pas les mains pour la toucher, il se contentait de la regarder, comme s'il comptait chacun de ses cheveux, chaque fil de sa robe.

— Luke, je t'aime.

— Mon ange, sais-tu que je ne t'ai jamais tant aimée qu'en ce moment ?

— Oui. Et sais-tu combien moi je t'aime ?

Il acquiesça d'un mouvement des paupières.

— Pourquoi nous font-ils cela ?

— Parce que j'en ai pris le risque il y a longtemps, avant de te connaître. Sinon, j'aurais peut-être agi différemment, ou peut-être pas, d'ailleurs… Je suis un agitateur, même si c'est pour la bonne cause. J'ai toujours pensé que c'était une folie qui en valait la peine. Seulement, à l'époque, j'ignorais quel mal cela te ferait.

— En vaut-elle toujours la peine, si tu ne comptes pas ma présence ?

— Oui.

Surprise par cet aveu auquel elle ne s'attendait pas, elle lut pourtant dans ses yeux une lassitude et une tristesse qu'elle ne lui connaissait encore pas.

— Même ici et maintenant, Luke ?

— Oui, même maintenant. Mon seul regret te concerne. Je n'aurais jamais dû t'entraîner dans cette histoire.

— Tu es le seul homme que j'aie jamais aimé. Si tu ne m'avais pas entraînée dans cette histoire, ma vie n'aurait pas eu de sens. Je supporterai ce qui nous arrive, quelle qu'en soit l'issue.

À cet instant, elle se sentait aussi forte que lui, comme si sa détermination avait déteint sur elle.

— Et si je pars ?

— Tu ne partiras pas.

« Je t'en empêcherai… »

— Tu dois pourtant l'envisager.

Il paraissait presque détaché, comme s'il s'attendait déjà au pire.

— Alors je l'assumerai.

— Prends bien soin de toi, ma chérie. Jamais je n'ai aimé aucune femme comme je t'aime. Je ne laisserai rien t'atteindre, pas même moi. Ne l'oublie pas. Et quoi que je fasse, sache que c'est pour notre bien, à tous deux.

— Que veux-tu dire ? murmura-t-elle effrayée.

— Fais-moi confiance.

Franchissant alors le court espace qui les séparait, il la prit dans ses bras, la serra à l'en étouffer.

— Kezia, en ce moment, je suis l'homme le plus heureux du monde. Même ici.

— Tu es seulement le plus aimé.

Des larmes au bord des cils, elle cacha son visage contre son torse. Alejandro était oublié, la bibliothèque disparaissait autour d'eux.

— Prêt ?

Le visage de l'avocat apparut comme une vision de cauchemar. Ils ne l'avaient pas entendu entrer.

— Oui, je suis prêt.

— Luke…

S'accrochant à lui, elle ne le lâcha que parce qu'il la repoussait, doucement mais fermement.

— Calme-toi, mon ange. Je reviens.

Avec un sourire en coin, il serra tendrement sa main. Elle s'accrochait encore, dans un besoin désespéré de l'arrêter, de le retenir, de le garder pour elle, de ne jamais plus le laisser s'en aller…

— Il faut nous dépêcher… insista l'avocat en désignant sa montre.

— Allons-y.

Après avoir serré une dernière fois Kezia dans ses bras, il adressa un signe au Mexicain qui lui emboîta le pas et tous trois se dirigèrent vers la sortie.

— Luke !

Devant la porte, il se tourna pour l'entendre ajouter d'une voix fervente :

— Dieu te protège !

— Je t'aime.

Pas un bruit, pas même le tic-tac d'une pendule. Rien. Le silence. Assise dans un fauteuil à haut dossier, Kezia regardait danser la poussière dans un rayon de soleil oblique. Elle ne fumait pas. Elle ne pleurait pas. Elle attendait. Ce fut la demi-heure la plus longue de sa vie. Son esprit s'était dilué dans l'atmosphère compacte de la pièce. Son siège n'était pas confortable, mais elle ne s'en rendait pas compte. Elle ne pensait à rien, ne ressentait rien, ne voyait rien, n'entendait rien. Les pas qui s'approchèrent la surprirent.

Elle vit des pieds devant les siens. Mais ce n'étaient que des boots, trop petites… Alejandro… Où était Luke ?

Son regard remonta le long des jambes, de la silhouette courte et mince. Le visage était sombre et crispé.

— Où est Luke ?

La question était sèche, précise. Son cœur s'arrêta de battre jusqu'à ce qu'il répondît d'une seule traite :

— La liberté conditionnelle est annulée. Ils l'ont arrêté.

— Comment ?

Elle se leva d'un seul coup. La vie reprenait son cours, mais dans le mauvais sens. Tout allait trop vite, maintenant.

— Mon Dieu, Alejandro ! Où est-il ?

— Toujours au tribunal. Kezia, non… n'y allez pas…

D'un bond, elle atteignait la porte. Le jeune homme l'arrêta de justesse au moment où elle l'ouvrait.

— Fichez-moi la paix ! cria-t-elle. Lâchez-moi, bon sang ! Il faut que je le voie !

— Si vous y tenez…

Il la suivit vers le vestibule en criant :

— Il doit être parti, à l'heure qu'il est.

Courant plus vite que lui, ses talons battant le sol au rythme de son cœur, elle arrivait à hauteur des journalistes qui s'égaillaient déjà. Ils tenaient leur article. Luke Johns retournait à San Quentin. Il fallait s'y attendre. Pauvre diable.

Bousculant deux hommes qui lui barraient le passage, Kezia surgit dans le tribunal, Alejandro sur ses talons. Le juge quittait son siège et elle ne vit qu'un homme, calme et seul à sa place, qui lui tournait le dos.

— Luke ?

Ralentissant le pas, elle s'approcha de lui. Il tourna la tête vers elle, le visage fermé. Comme un masque, au regard humide mais impénétrable. Il ne dit rien.

— Mon chéri, je t'aime.

Lui passant les bras autour du cou, elle l'attira contre elle et il se laissa faire, posa la tête sur sa poitrine, mais il ne l'enlaça pas et elle vit bientôt pourquoi. Il portait déjà des menottes. Ils n'avaient pas perdu de temps. Son portefeuille et son argent s'étalaient devant lui, sur la table, à côté des clefs de l'appartement de New York et de sa chevalière, celle qu'elle lui avait offerte pour Noël.

— Luke, pourquoi font-ils ça ?

— Parce que c'est ainsi. Maintenant tu rentres chez toi.

— Non. Je reste, jusqu'à ce que tu t'en ailles. Ne dis rien. Je t'aime !

Ravalant ses larmes, elle se tint droite près de lui. Il ne la verrait pas pleurer. Elle devait se montrer aussi forte que lui. Mais, intérieurement, elle se sentait mourir.

— Moi aussi, je t'aime. Alors fais-moi le plaisir de partir. Fiche-moi le camp !

Il la regardait durement mais elle ne se laissa pas impressionner et se pencha pour l'embrasser, tâchant de l'envelopper de tout son corps, comme si elle se trouvait devant un enfant qui avait soudain trop grandi pour lui sauter encore sur les genoux. Pourquoi faisaient-ils cela ? Pourquoi ne pouvait-elle l'emmener avec elle ? Pourquoi n'avait-elle pu les acheter ? Pourquoi cette peine, cette horreur, pourquoi ces menottes... pourquoi ne pouvait-elle rien faire ? Saleté de jury, crétin de juge...

— Allons, monsieur Johns.

Elle entendit cette inflexion moqueuse dans la voix qui venait de retentir derrière elle.

— Kezia, va-t'en !

C'était plus un ordre qu'une prière.

— Où t'emmènent-ils ?

Les yeux agrandis par le chagrin et la colère, elle sentit les mains d'Alejandro se poser sur son épaule.

— À la prison du comté. Alejandro la connaît. Puis à San Quentin. Maintenant file.

Se levant de toute la hauteur de sa taille, il s'apprêtait à suivre le garde qui l'emmenait.

La jeune femme se hissa sur la pointe des pieds pour l'embrasser une dernière fois puis se laissa entraîner par le Mexicain sans plus savoir ce qui lui arrivait. Dans le vestibule, elle s'arrêta, les yeux brouillés par les larmes. Alors elle le vit qui passait, enchaîné entre deux agents. Il ne se retourna pas et longtemps, très longtemps après, elle sentit une douleur métallique lui vriller la gorge tandis qu'un son perçant retentissait dans le vestibule. Une femme hurlait quelque part.

Des bras l'entourèrent, la retinrent, des flashs se mirent à crépiter, des voix l'assaillirent.

Soudain, elle volait par-dessus la ville dans une cage de verre, puis se retrouvait dans une curieuse pièce où il faisait très froid. On empila des couvertures sur elle et un homme avec de drôles de lunettes et une petite moustache la frappa. Elle se mit à rire tant il lui paraissait ridicule, puis ce bruit terrifiant revint, avec cette même douleur dans sa gorge et sa poitrine. La femme hurlait, comme un loup aux abois. Et cet interminable cri emplit toute la pièce jusqu'à ce que la lumière fût éteinte et qu'il fît noir partout.

27

Quand Kezia émergea, Alejandro se tenait assis à côté d'elle, en train de la regarder. Dans la semi-obscurité de leur suite du *Fairmont*, elle le voyait assez pour lui trouver les traits tirés ; en devinant les nombreuses tasses vides près de lui, elle comprit qu'il avait passé la nuit dans ce fauteuil.

Longtemps, elle le contempla sans rien dire, les yeux grands ouverts.

— Vous voilà réveillée ? demanda-t-il soudain.

— Je n'arrive plus à fermer les paupières.

Il sourit.

— Vous m'avez l'air encore passablement sonnée. Essayez de dormir.

Comme elle secouait la tête, de lourdes larmes lui emplirent les yeux, sans lui permettre pour autant de les fermer.

— Je veux me lever.

— Pour quoi faire ?

— C'est l'heure, non ? Si vous voyiez votre tête ! On dirait que vous ne vous êtes pas couché de la nuit.

— Il y a de cela, mais ne vous en faites pas pour moi.

Sortant les pieds, elle les laissa se balancer entre le sol et le lit trop haut.

— Alejandro, quand pourrai-je voir Luke ?

— Pas avant demain.

— Pourquoi faut-il attendre si longtemps ?

— Parce que les prisons de comté n'ont que deux journées de visite par semaine, le mercredi et le samedi. Demain, nous serons mercredi, vous pourrez alors vous y rendre.

— Les abrutis.

Le visage blafard, les yeux cernés, elle n'offrait pas l'image d'une personne en parfaite santé...

— Avec votre mine, vous feriez mieux de vous recoucher.

Il s'aperçut alors qu'elle fondait en larmes, tout doucement, comme une pauvre petite fille désolée.

— Pourquoi ont-ils fait ça ? articula-t-elle.

— Ce sont des choses qui arrivent. La fatalité, si vous voulez.

— Justement, je n'en veux pas.

— Il y a autre chose, Kezia. Je ne sais pas si vous vous rappelez, mais les journalistes ont pris des dizaines de photos quand on emmenait Luke.

— Les fumiers ! marmonna-t-elle. Ils ne pouvaient pas le laisser s'en aller dignement ?

— Kezia... ils vous ont vue aussi... et reconnue.

— Moi ? lâcha-t-elle dans un souffle.

— Oui.

— Seigneur ! Et ils ont publié les clichés ?

— Vous faites la une de toute la presse, ici. Vous apparaissez déjà en quatrième page à New York. Edward a téléphoné une dizaine de fois depuis qu'il est levé.

Renversant la tête en arrière, elle partit d'un grand rire nerveux.

— Cette fois ils ne m'ont pas ratée ! Ce pauvre Edward, il doit être à l'article de la mort !

— C'est peu de le dire !

— Eh bien, j'ai joué, j'ai perdu. Voilà tout ! À quoi ressemblent ces photos ?

Au pire. Elle était en pleine crise de nerfs quand ils l'avaient surprise, s'effondrant dans les bras d'Alejandro. La jeune femme ne put s'empêcher de frémir en lisant les commentaires :

« *Kezia Saint Martin, héritière et femme du monde, mais aussi l'égérie secrète du syndicaliste Luke Johns, s'évanouit au tribunal après... *»

La honte.

— Votre tuteur s'inquiète terriblement pour votre santé.

— Allons donc ! S'il doit avoir une crise cardiaque, ce sera à cause de cette histoire, pas de ma santé. On voit que vous ne le connaissez pas.

Elle ressemblait à une enfant effrayée par un père trop sévère.

— Était-il au courant, pour Luke ?

— À peine. Il savait que je l'avais interviewé et il savait qu'il existait quelqu'un d'important dans ma vie, mais je ne crois pas qu'il avait fait la relation, encore qu'il aurait fini par l'apprendre, d'une façon ou d'une autre... Nous avons plutôt eu de la chance jusqu'à maintenant. Je regrette seulement qu'il ait dû le lire ainsi dans les journaux. Au fait, et les journalistes ?

— Ils ont voulu vous voir, mais je leur ai dit que vous repartiez aujourd'hui pour New York. Ils vous guetteront à l'aéroport.

— Et dans le hall de l'hôtel.

— Je n'y avais pas songé.

— Nous allons appeler le directeur et déménager au *Ritz*. Ils ne nous trouveront jamais, là-bas.

— Non, mais attendez-vous à ce qu'ils ne vous lâchent plus si vous rendez visite à Luke.

Elle le toisa d'un regard glacial :

— Pas « si », Alejandro, « quand ». S'ils tiennent absolument à jouer les vautours, tant pis.

La journée s'écoula dans une brume de silence et de fumée de cigarette. Leur déménagement pour le *Ritz* passa inaperçu grâce au directeur qui, dûment gratifié, leur montra un passage dérobé par lequel ils pourraient échapper aux journalistes. Il garda bien le secret puisque le téléphone ne sonna pas une fois.

Kezia restait perdue dans ses pensées, se rappelant la physionomie de Luke quand ils l'avaient emmené, mais, surtout, chacun de leurs derniers instants dans la bibliothèque, alors qu'il était encore libre...

Elle appela Edward de sa chambre et ne put s'empêcher de pleurer en se rendant compte à quel point il était bouleversé.

— Comment as-tu pu faire cela ? répétait-il sans cesse.

Ce qui voulait aussi bien dire « *me* faire cela », songea-t-elle. Il voulait qu'elle rentrât immédiatement, à moins que ce ne fût lui qui la rejoignît, et il s'indigna quand elle refusa.

— Edward, pour l'amour du ciel, laissez-moi vivre ! cria-t-elle à travers ses larmes.

— Il faut rentrer, ma chérie ! Te rends-tu compte de ce que la presse peut dire de toi si tu restes un jour de plus ?

— C'est déjà fait, ici. Alors que cela paraisse ou non à New York, maintenant, n'y changera plus grand-chose.

— Tu es proprement incroyable ! Je ne te comprends plus, ma pauvre petite… Tu devais pourtant te douter que cela finirait par lui arriver.

Il parut réfléchir un instant avant d'ajouter :

— J'y repense, tu me racontais qu'il était malade, c'était donc cela ?

— Oui, avoua-t-elle d'une toute petite voix.

— Pourquoi ne m'as-tu rien dit ?

— Comment l'aurais-je pu ?

Ils restèrent encore longtemps à évoquer chaque détail du passé, de l'interview, de ce qu'elle aurait dû faire ou ne pas faire, jusqu'à ce qu'elle explosât :

— Et puis ça suffit comme ça, Edward ! Cessez de caqueter comme une mère poule affolée. J'ai fait ce que j'ai fait et voilà tout ! J'étais heureuse, alors que maintenant je suis malade de chagrin, et lui encore plus au fond de sa prison !

— Crois-tu ? répondit-il sèchement. M. Johns doit pourtant avoir l'habitude de la prison !

Elle faillit lui raccrocher au nez mais n'osa pas, de peur de rompre un lien dont elle avait plus que jamais besoin, malgré ses imperfections. Après Luke, Edward était tout ce qui lui restait.

— C'est tout ce que vous aviez à me dire ?

— Non. Reviens immédiatement.

— Certainement pas. Ensuite ?

— Je me demande ce qu'il faudrait dire pour te ramener à la raison. Enfin, tu pourrais regretter ta vie entière la bêtise que tu as commise.

— En effet, mais nous ne devons pas parler de la même.

— Te rends-tu compte de ce que tu gâches…

— Quoi ? Mon rang ? Mes chances de trouver un mari ? Si vous saviez à quel point je m'en moque ! Je ne pense qu'à Luke. Je l'aime !

De nouveau elle éclata en sanglots et son tuteur parut s'attendrir :

— Dis-moi si je peux faire quelque chose pour toi.

C'était la voix de son avocat, de son éducateur, de son homme de confiance. Pas celle d'un ami. Quelque chose venait de se briser entre eux.

— Je n'y manquerai pas.

Sans se dire au revoir, ils raccrochèrent et Kezia demeura un long moment assise au bord du lit, le regard dans le vide devant le téléphone. En deux jours, elle venait de perdre les deux seuls hommes auxquels elle tenait, depuis son père. Car elle venait bel et bien de perdre Edward. Elle l'avait trahi. Ce qu'il redoutait tant de voir se reproduire pour la fille après avoir été fatal à la mère, cette déchéance contre laquelle il avait tellement tenté de la prévenir, venait d'arriver.

À l'aube du mercredi, elle frappa à la porte d'Alejandro. Mal réveillé, il se dressa sur son lit en se frottant les yeux.

— Que se passe-t-il ?

— Levez-vous, nous allons voir Luke.

— Kezia… vous êtes folle, il est six heures du matin.

325

— Je ne peux plus dormir. J'ai faim. Excusez-moi de vous avoir réveillé.

— Ce n'est rien. Je me lève en général à cette heure-là.

Il avait juste quelques heures de sommeil à rattraper.

— Est-il trop tôt pour commander du café ?

— Ma chère, nous ne sommes pas au *Fairmont*, ici. Tenez-vous absolument à partir maintenant ?

— Quand pourrai-je le voir ?

— Pas avant onze heures ou midi.

— Ce n'est pas vrai ! maugréa-t-elle. Qu'allons-nous faire, maintenant que nous sommes levés ?

Personnellement, il se serait bien recouché, mais elle allumait une cigarette, apparemment peu décidée à lui laisser ce loisir. De guerre lasse, il se retira dans la salle de bains d'où il ressortit, dix minutes plus tard, lavé, habillé et coiffé.

— Vous voilà tout beau ! observa-t-elle malicieusement.

— Ne me cherchez pas, vous ! Vous ignorez donc qu'il ne faut jamais provoquer un homme avant qu'il ait bu son café du matin ?

— ¡ *Pobrecito* !

Comme il agitait un index menaçant, elle se mit à rire.

— Et maintenant que vous m'avez arraché à mon lit douillet, vous allez mettre deux heures à vous préparer, je suppose ?

— Donnez-moi cinq minutes.

Elle tint parole et tous deux se retrouvèrent bientôt prêts à partir, avec cinq bonnes heures à tuer avant d'aller voir Luke.

28

— Prête ?

Hochant la tête, elle prit son sac.

— Kezia, vous m'étonnerez toujours.

Avec son élégant manteau noir et ses coûteux escarpins de daim, Alejandro lui trouvait l'air d'une jolie femme insouciante. Le maquillage y était pour beaucoup, mais elle gardait la tête haute et sa bonne éducation faisait merveille dans ces moments-là.

— Merci, monsieur.

À croire qu'elle n'avait rien à voir avec la malheureuse épave qu'il avait ramenée du tribunal, deux jours auparavant.

Seul le tremblement de ses mains la trahissait. Pour le reste, toute son attitude était calquée sur les préceptes qui avaient guidé sa vie jusque-là : « Pas d'états d'âme, recoiffez-vous, rangez votre peigne dans son étui de cuir, repoudrez-vous le nez, souriez et parlez d'une voix basse et retenue. N'oubliez pas de dire merci et s'il vous plaît, et soyez aimable avec le portier. » Comme un chien de cirque ou un cheval de course.

— Venez-vous, Alejandro ?

— Comment faites-vous pour avoir l'air si paisible quand je parviens à peine à rassembler mes idées ?

— C'est une question d'habitude.

— Je la trouve malsaine.

— Tout à fait. C'est pourquoi une personne sur deux, parmi celles que je fréquente, est alcoolique. L'autre moitié se gave de médicaments et, d'ici à quelques années, beaucoup mourront d'une crise cardiaque. À force de tout refouler, ils finissent par littéralement exploser.

— Et vous ?

— Moi ça va. Je décompresse en écrivant. Et puis je peux rester naturelle avec des gens comme Luke… et vous.

— Et personne d'autre ?

— Pas jusqu'ici.

— Ce n'est pas une vie.

— Tant et si bien qu'à la longue on en oublie qui l'on est vraiment, ce que l'on éprouve. On devient l'image qui devait vous représenter.

Tandis qu'ils montaient dans le taxi, le Mexicain se demandait avec effroi jusqu'à quel point son monde ne l'avait pas encore dévorée, tant elle paraissait froide et calme.

Quant à Kezia, elle pensait à Tiffany, la deuxième de ses amies qui se suicidait de ne plus pouvoir exister qu'à travers un miroir impitoyable.

— Cela fera du bien à Luke de vous voir.

Ne serait-ce que pour cette raison, Alejandro était heureux de lui amener la jeune femme, cependant, il savait que ce n'était pas pour lui qu'elle avait revêtu ce pantalon, ce manteau, ces lunettes et ces chaussures noirs mais pour la prochaine photo d'elle qui figurerait immanquablement le lendemain dans la presse. Au moins y apparaîtrait-elle dans toute sa dignité habituelle, élégante, posée, distinguée. C'en était fini des crises de nerfs.

Kezia et Alejandro descendirent du taxi sous les flashs d'une dizaine de photographes. Alejandro la dévisageait du coin de l'œil tandis qu'un gardien examinait le contenu de son sac avant de la laisser entrer, mais elle paraissait étonnamment calme.

Au sixième étage du Palais de justice, ils sortirent de l'ascenseur pour emprunter un sinistre petit escalier de bois.

— Voilà que nous franchissons le Styx ! observat-elle en plaisantant.

Les lunettes toujours sur ses yeux, elle s'assit près de lui dans un corridor meublé de bancs capitonnés où attendaient un ivrogne, une femme noire et obèse en larmes, des enfants turbulents jouant près d'elle, deux punks adossés au mur et qui riaient. Un par un, ils se présentaient dans un bureau où il leur fallait décliner leur identité, celle du prisonnier qu'ils venaient voir. Ils recevaient alors un ticket rose avec un numéro en chiffres romains indiquant un groupe. Kezia et Alejandro faisaient partie du groupe II. Au moins aucun journaliste n'avait-il droit de cité dans ces lieux.

Ils furent introduits dans une pièce éclairée au néon, avec des chaises le long du mur et des gardiens armés aux portes. Elle en jouxtait une autre, tout en longueur, avec des étagères et des téléphones sous une vitre. Le groupe I l'occupait, pour une visite de cinq à vingt minutes, selon l'humeur des gardiens. Une femme présentait en pleurant et riant à la fois son bébé à un prisonnier qui les dévorait tous deux des yeux. Alejandro les regardait avec une compassion mêlée de colère.

À sa place, Kezia ne bougeait pas, ne manifestait rien. Quand elle alluma une seconde cigarette, elle lui sourit. C'est à ce moment que les journalistes surgirent dans un beau remue-ménage de caméras et de micros. Les autres visiteurs les virent avec étonnement entourer la jeune femme aux lunettes noires qui demeurait immobile et ne disait rien.

— Êtes-vous sous calmants ?
— Avez-vous parlé à Luke Johns depuis l'audience ?
— Êtes-vous…
— Avez-vous…
— Comptez-vous…
— Comment…
— Pourquoi…
— Pas de commentaire, finit-elle par répondre.

À côté d'elle, Alejandro se sentait aussi désemparé qu'inutile. Pourtant, elle ne réagissait pas plus que si ces gens n'existaient pas.

Jusqu'à ce qu'elle se levât brusquement pour leur intimer d'une voix calme :

— Ça suffit, maintenant ! Je vous ai dit que je n'avais rien à déclarer.

Les flashs crépitèrent de nouveau, et les gardiens arrivèrent enfin pour mettre bon ordre à cette mascarade qui dérangeait même les prisonniers, trop surpris par cette scène inhabituelle pour continuer à discuter avec leurs visiteurs.

À l'appel de son nom, elle se leva, suivie d'Alejandro. L'un des gardiens leur proposa de les faire escorter, après la visite, vers une sortie dérobée et de leur faire appeler un taxi, afin qu'ils ne soient pas de nouveau incommodés par la meute des photographes. La jeune femme accepta avec reconnaissance. Elle paraissait plus pâle que jamais et ses mains semblaient habitées d'une maladie nerveuse.

Elle en profita, cependant, pour demander si elle pourrait voir M. Johns dans une pièce à part mais cette faveur lui fut refusée. Une voix dans un haut-parleur indiqua que le groupe I était prié d'évacuer le parloir. Les visiteurs sortirent docilement en file, par une porte différente de celle qui allait s'ouvrir sur le groupe II, afin de ne pas gêner les nouveaux arrivants. Leur air triste et concentré tranchait péniblement avec les rires entendus le temps de la visite. Certaines femmes serraient précieusement des listes, toujours les mêmes : chaussettes, dentifrice, le nom d'un avocat conseillé par un compagnon de cellule.

— Groupe deux !

Alejandro prit la jeune femme par le coude. Son ticket rose était mou et chiffonné mais il fut vérifié afin qu'elle prît le numéro de chaise correspondant.

Exceptionnellement, un gardien empêcha d'occuper les places voisines, afin d'éviter une indiscrétion toujours possible : les journalistes avaient parfois de ces stratagèmes pour obtenir des renseignements... elle était bien placée pour le savoir.

L'attente leur parut interminable. Dix minutes, peut-être un quart d'heure. Et puis ils arrivèrent. Une lourde porte de fer s'ouvrit au fond de la salle, et les prisonniers entrèrent, dans leur uniforme orange sale, la barbe hirsute, riant de toutes leurs dents mal brossées. Luke venait le cinquième. À sa mine, Alejandro

331

put constater qu'il allait plutôt bien. Alors il se tourna avec inquiétude vers Kezia.

Machinalement, celle-ci s'était levée en apercevant Luke, très droite, le sourire aux lèvres. Elle avait quitté ses lunettes et ses yeux semblèrent s'animer enfin. Elle rayonnait de beauté.

Leurs regards se croisèrent et ne se quittèrent plus. La jeune femme trépignait et, enfin, il prit le téléphone.

— Qu'est-ce qu'il fiche près de toi, ce zigue ?

— Luke !

— Pardon, ce gardien ?

— Il empêche les curieux d'approcher.

— Quels curieux ?

— Les journalistes.

— Ah oui ! Quelqu'un a dit qu'il y avait une vedette de cinéma dans nos murs. C'était donc toi ?

Elle fit oui de la tête.

— Ça va ?

— Bien.

Il n'insista pas, d'ailleurs elle n'avait pas l'intention d'en dire plus sur son état ; il interrogea son ami du regard et celui-ci sourit.

— Tu n'étais pourtant pas belle à voir dans le journal, mon ange.

— Non, je sais.

— J'ai sauté au plafond en voyant ça. J'ai cru que tu avais une attaque.

— Mais non, ce n'était rien, et aujourd'hui je suis en pleine forme.

— Qu'avais-tu besoin, aussi, d'entrer dans cette salle ? Cela n'a fait qu'empirer les choses, pour toi.

— Je t'assure que non. C'est passé maintenant. Et

puis ils auraient bien fini, un jour ou l'autre, par tout apprendre.

— J'aurais préféré que ce soit dans des circonstances plus heureuses.

Le Mexicain n'en revenait pas : ils bavardaient comme s'ils se trouvaient devant un verre, sur le canapé du salon.

— Et toi, mon chéri, comment vas-tu ?

— Je savais à quoi m'attendre, alors ça se passe plutôt bien.

— Nous sommes toujours fiancés.

— Je t'aime, mon ange.

— Et moi je t'adore.

Les yeux dans les yeux, ils enchaînèrent sur une conversation plus technique, elle notant les divers coups de téléphone qu'elle devrait donner pour lui, puis ils se mirent à plaisanter et à se taquiner, comme toujours. Au grand étonnement d'Alejandro, il paraissait avoir un moral d'acier. Les deux amis échangèrent quelques paroles avant que Kezia ne reprît le téléphone.

— Je crois que ça va être l'heure, annonça Luke. Écoute, je voudrais que tu me rendes un grand service. Rentre à New York ce soir. J'en ai déjà touché un mot à Alejandro.

— Mais pourquoi ?

— Que ferais-tu ici ? Tu ne vas pas attendre mon transfert à San Quentin, d'autant qu'une fois là-bas, je ne pourrai plus recevoir de visites pendant trois semaines. Ensuite, ce sera une heure par semaine. Alors à quoi bon perdre ton temps ?

Tant qu'elle resterait en Californie, il craindrait pour sa sécurité, même si ceux qui le cherchaient avaient peu de raisons de vouloir s'en prendre à elle. Il suffisait d'un excité...

— Que ferai-je, là-bas, Luke ?

— Ce que tu as toujours fait. Travailler, écrire, vivre. Ce n'est pas toi qui te trouves en prison, mais moi.

— Tu... mon chéri... je t'aime. Je veux rester à San Francisco.

Il était encore plus déterminé qu'elle.

— Non. Pars. Je serai transféré à San Quentin dès vendredi prochain. À ce moment, j'entreprendrai les démarches nécessaires pour que tu sois autorisée à me rendre visite. Alors seulement tu pourras revenir. Je te tiendrai au courant.

— Pourrai-je t'écrire ?

— Autant que tu voudras.

— Porte-toi bien.

— Et toi aussi. Et dis à mon imbécile d'ami qu'il a intérêt à veiller sur toi ou qu'il y aura dès ma sortie un Mexicain mort à New York.

— Charmant ! Il va avoir très peur.

Soudain c'était fini. Un gardien s'approcha de Luke, le haut-parleur annonça aux visiteurs qu'ils devaient partir. Elle sentit Alejandro la prendre par le bras, vit Luke se lever.

— Allons, mon ange. Je t'écrirai.

— Je t'aime.

— Moi aussi.

Si la terre avait pu cesser de tourner sur ces mots ! Dans un dernier regard, ils se confièrent tout leur amour puis abandonnèrent leurs téléphones. Elle le suivit des yeux jusqu'à ce qu'il eût disparu derrière la porte de fer dans un dernier sourire et un signe de la main qu'elle lui rendit vaillamment.

Le gardien qui se tenait près d'elle les emmena à travers de longs couloirs jusqu'à un ascenseur de service qui menait à un garage. Un taxi les y attendait tranquillement. Pas un journaliste en vue.

Bientôt, ils quittaient le bâtiment, s'éloignaient de Luke. Kezia se sentit affreusement seule et démunie, elle n'avait plus rien à espérer dans un avenir proche. La visite était finie. Et ces mots résonnaient dans ses oreilles, et ses yeux ne voyaient plus que le reflet d'un visage. Elle avait envie de se retrouver seule, afin de mieux revivre chacun de ses souvenirs. L'aigue-marine à son doigt tremblant brillait comme le dernier témoignage d'un rêve, d'une illusion…

— Il veut que nous rentrions à New York, dit-elle d'une voix cassée sans regarder son voisin.

— Je sais.

Il s'attendait à devoir insister et fut surpris de l'entendre en parler aussi posément.

— Si nous partions directement ? proposa-t-il.

Au diable ses bagages, elle aurait toujours la possibilité de se les faire réexpédier.

— Si vous voulez, répondit-elle. Je crois qu'il y a un vol à quatre heures.

— Je ne sais pas si nous y serons à temps.

— Essayons toujours.

Un mouchoir dans la main, elle s'essuyait discrètement les yeux. Ils n'échangèrent plus une parole jusqu'au décollage de l'avion.

29

La voix au téléphone lui devenait aussi familière que chère :

— J'ai faim. Avez-vous quelque chose pour moi ?

C'était Alejandro. Ils étaient rentrés à New York depuis une semaine. Une semaine au cours de laquelle il n'avait cessé de l'appeler, de lui rendre visite à l'improviste, de lui apporter de petits bouquets de fleurs, de lui faire part de difficultés qu'à coup sûr elle seule pourrait solutionner, sous mille prétextes tendres.

— Peut-être une boîte de thon, si cela vous tente.

— C'est tout ce qu'on mange à Park Avenue ? À tout prendre, je préfère encore les hamburgers de mon quartier ! Mais les gens sont moins drôles, ici. Et puis j'ai un problème à vous soumettre.

— Encore ? N'importe quoi ! Vous n'avez pas besoin de ces excuses à la gomme pour venir !

— Avez-vous des nouvelles de Luke ?

— Oui. Deux énormes lettres et un formulaire de visite à remplir. Youpi ! Plus que quinze jours et je pourrai y retourner.

— Tenez-vous prête. A-t-il raconté autre chose, ou seulement de ces fadaises d'amoureux qui ne m'intéressent pas ?

— Des tonnes de fadaises. Et il a aussi indiqué qu'il se trouvait avec un autre type dans une cellule d'un mètre cinquante sur trois. Sympa, non ?

— Très. Vous avez beaucoup d'autres bonnes nouvelles comme ça ?

Il n'aimait pas le ton de sa voix. La tristesse, en elle, semblait faire place à l'amertume.

— Pas tellement. Il vous envoie ses amitiés.

— Je vais lui écrire, cette semaine. Et vous, qu'avez-vous fait de votre journée ?

— J'ai préparé un article pour le *Washington Post*.

— Bravo. J'espère que vous me le lirez, ce soir.

Il arriva deux heures plus tard, apportant une petite plante en pot et des marrons chauds.

— Que cela sent bon ! s'exclama-t-elle. J'en veux tout de suite !

S'installant devant la cheminée, elle demanda des nouvelles du centre.

— Ça va, répondit le Mexicain. Mieux qu'avant.

Il n'aimait pas en parler. Au rythme où allaient les choses, il devrait mettre la clef sous la porte d'ici à un mois ou deux, tout au plus. Mais la jeune femme avait assez à supporter de son côté pour qu'il n'en rajoutât pas avec ses ennuis.

— Alors, quel est ce problème dont vous vouliez me parler ?

— Moi ? Ah oui !

— Menteur… Mais vous êtes un adorable menteur. Et un excellent ami.

— C'est bon, j'avoue. Je cherchais une excuse pour venir vous voir.

Elle souriait, mais d'un petit sourire triste. À la lumière du jour, elle paraissait pâle comme une morte, mais cela se voyait moins devant ce feu. Elle maigrissait à vue d'œil et ses mains n'en finissaient plus de trembler. Il n'aimait pas cela.

— Depuis combien de temps n'êtes-vous pas sortie, Kezia ?

— Je n'ai pas fait attention… Il y a un moment, je crois.

— Un moment de trois jours, d'une semaine ?

— Je ne sais pas. Quelques jours… J'ai toujours peur de me laisser surprendre par les journalistes.

— Allons donc ! Vous m'avez dit, il y a trois jours, qu'ils ne téléphonaient plus. Votre affaire, c'est de l'histoire ancienne pour eux. Alors, qu'est-ce qui vous tient ainsi enfermée ?

— Rien. La fatigue. La peur.

— La peur de quoi ?

— Je n'y ai pas encore bien réfléchi.

— Écoutez, je sais que bien des choses ont changé pour vous, ces derniers temps, mais il faut bouger, voir du monde, faire quelque chose de vos dix doigts. Vous avez l'air d'un fantôme. Tenez, si nous sortions faire un tour, maintenant ?

Elle n'en avait aucune envie mais savait qu'il insisterait.

— Si vous voulez…

Ils se promenèrent silencieusement à travers Central Park, main dans la main, les yeux baissés. Ils marchaient depuis près d'une demi-heure quand elle se décida enfin à parler :

— Alejandro, que vais-je devenir ?

— Commencez par voir venir, jour après jour. Vous vous adapterez petit à petit. Pour le moment, vous êtes encore sous le choc.

— C'est bien mon impression. J'en oublie de manger, de lire mon courrier. Je ne sais plus quel jour nous sommes. Quand je me mets au travail, je rêvasse tellement que deux heures après j'en suis toujours au même point. C'est dingue ! Je me sens vieille et oisive comme une de ces mémés qui s'enterrent dans leurs appartements sans plus jamais s'habiller ni s'alimenter.

— Vous n'en êtes pas là, vous avez dévoré vos marrons à belles dents, tout à l'heure.

— Peut-être, mais je m'y dirige à grands pas, Alejandro. Je me sens tellement triste… tellement perdue…

— Essayez d'abord de mieux vous occuper de vous, le reste viendra tout naturellement.

— Et pendant ce temps, je regarde ses vêtements dans le placard, je passe mes journées au lit, je crois entendre sa clef tourner dans la porte, je me raconte qu'il se trouve à Chicago et qu'il va bientôt rentrer. Je deviens complètement folle.

— Cela ne m'étonne pas. Enfin, rappelez-vous tout de même qu'il n'est pas mort.

— Non. Mais il est parti. Et je m'étais mise à tellement dépendre de lui. C'était la première fois de ma vie que cela m'arrivait. Avec lui, je me laissais aller, je comptais sur lui. Et maintenant… J'ai l'impression que je vais me casser la figure.

— Là, tout de suite ?

— Oh ! Soyez sérieux, cinq minutes !

— Vous aussi. Il faut vous ressaisir au plus vite.

Elle approuva de la tête, enfonça les mains dans ses poches et ils pressèrent le pas, jusqu'à la sortie du parc donnant sur le *Plaza*.

— Ce ne doit pas être mal à l'intérieur, observa le jeune homme, rêveur.

— Vous n'y êtes jamais entré ?

— Non. Pourquoi voudriez-vous ? D'ailleurs, je ne venais jamais par ici.

— Venez, je vais vous montrer.

— Je ne porte pas de cravate.

— Et moi j'ai l'air d'une clocharde. Mais ils me connaissent. Ils nous laisseront entrer.

— Je n'en doute pas.

En riant, ils traversèrent la rue et grimpèrent les marches de l'entrée, en se donnant l'air conquérant de clients capables d'acheter tout le bâtiment sur-le-champ.

À travers couloirs et salons feutrés, ils virent des douairières attablées devant des pâtisseries, des musiciens en train d'exécuter de la musique douce, ils entendirent parler japonais, espagnol, suédois et quelque chose qui ressemblait à du français. Alejandro se croyait transporté dans un film d'avant-guerre, comme si Greta Garbo allait surgir au détour d'un corridor, dans toute la splendeur de sa jeunesse.

Dans un bar à peine éclairé, ils commandèrent deux scotches et bavardèrent plaisamment. Kezia semblait se détendre dans cet établissement calme et luxueux.

— Quand je pense que la presse m'a déjà oubliée, soupira-t-elle en souriant. Voyez-vous, les gens sont prêts à tout pardonner à ceux qui ont beaucoup d'argent. Tout juste aurai-je le droit d'être taxée

340

d'« excentrique », on dira que je me divertis. Alors que ceux qui sont sans fortune deviennent des pervers et des imbéciles pour trois fois rien. C'est révoltant mais c'est comme ça. Vous seriez abasourdi par le nombre de « petits péchés » commis par mes amis, devant lesquels tout le monde ferme les yeux. Mon histoire avec Luke est devenue un scandale mondain, rien de plus.

Après un troisième scotch, ils quittèrent la place, tous les deux aussi gai l'un que l'autre. Riant à gorge déployée, ils s'offrirent un tour du parc en calèche.

— Je vais vous confier un secret, Alejandro.

— Oh oui ! J'adore les secrets.

— Je me soûle tous les soirs depuis notre retour de San Francisco.

Malgré la brume qui lui encombrait l'esprit, il fit la grimace :

— C'est idiot. Il ne faut pas faire ça !

— Vous êtes si gentil, Al ! Je vous adore !

— Moi aussi.

Leur promenade achevée, ils rentrèrent silencieusement à l'appartement de Kezia.

— Mon pauvre Al, je crois que je suis trop partie pour vous faire la cuisine !

— Ça ne fait rien, je suis trop parti pour manger.

— Vous reviendrez dîner demain, à la place ?

— Oui, et je vous ferai la morale pour que vous vous nourrissiez un peu.

— Alors je ne vous laisserai pas entrer.

— Dans ce cas, je soufflerai si fort sur la porte que je la forcerai à s'ouvrir…

Tous deux se mirent à rire et il l'embrassa sur la joue.

— Il faut que je m'en aille, maintenant. Mais vous allez tout d'abord me faire une promesse.

— Laquelle ?

— Ne buvez plus une goutte, ce soir.

— Je… bon… d'accord.

C'était là une promesse qu'elle n'avait pas l'intention de tenir.

En regagnant la cuisine, elle sortit la bouteille entamée la veille, pour constater qu'il n'en restait que le fond, trois fois rien…

Comme elle tentait de remplir au moins un verre, la vision de l'enterrement de Tiffany lui passa devant les yeux. Quelle façon idiote de mourir !

Le téléphone sonna mais elle ne se donna pas la peine de répondre. Ce ne pouvait être Luke. Il était parti en voyage… à Tahiti… à un safari… il n'y avait pas de téléphone, là-bas. Mais il rentrerait à la fin de la semaine. Elle en était sûre. Vendredi. Voyons… quel jour était-on ? Mardi ? Lundi ? Jeudi ! Il serait là demain.

Elle ouvrit une nouvelle bouteille. Du bourbon, cette fois. Pour Luke. Il rentrait bientôt.

30

— Ma petite, tu es affreusement maigre !

— Marina m'a trouvée « divinement mince », elle.

Celle-ci était venue lui rendre visite avec son nouveau mari.

Edward se pencha vers Kezia. C'était leur premier déjeuner ensemble depuis presque deux mois et elle avait tellement changé qu'il n'en croyait pas ses yeux. Et tout cela pour ce... ce repris de justice...

Seulement il avait promis de ne rien dire ; c'était la condition sine qua non à la présence de Kezia dans ce restaurant.

La première chose qu'il remarqua fut son manteau négligemment jeté à côté d'elle sur la banquette.

— Comme te voilà bien mise, en tout cas ! Tu ne portais presque jamais ce vison... avant.

— Je me rends directement à un comité de charité, cet après-midi.

La surprise fut bonne pour Edward qui ne pouvait évidemment se douter qu'il la devait à Luke en personne. Celui-ci, dans sa dernière lettre, avait en effet insisté pour qu'elle reprît ses anciennes activités, n'importe quoi plutôt que de rester chez elle à boire et tourner en rond. Il savait déjà tout par Alejandro…

— Je reviens à mes anciennes amours, ajouta-t-elle avec une ironie désespérée.

Son tuteur en resta bouche bée :

— Whitney ? risqua-t-il.

— Je n'ai pas dit que j'allais redevenir complète-ment idiote ! Non, je vais voir ce qui se passe chez mes amis.

Il leva sa coupe de champagne :

— Alors je lève mon verre à ton retour.

Sans oser lui demander si la leçon avait été profi-table, il constatait qu'elle paraissait mûrie, plus adulte dans sa robe lilas, avec le collier de perles de sa grand-mère. Et puis il remarqua la bague.

— Très joli, observa-t-il. C'est nouveau ?

— Oui, Luke me l'a offerte à San Francisco.

Il ne put s'empêcher de tiquer mais ne dit rien tandis qu'elle vidait sa coupe d'un seul trait.

— Et tes articles ? reprit-il. Sur quoi es-tu, en ce moment ?

— Sur rien, mais je vais m'y remettre, un de ces jours. Et ce n'est pas la peine de me regarder comme ça, Edward, je sais que vous n'approuvez pas. Vous me trouvez maigre et laide, vous ne comprenez pas que j'aie si peur, tout d'un coup, d'affronter la presse. Mais c'est comme ça, et vous savez très bien pourquoi. Alors nous n'allons pas réveillonner dessus. Cessez de me faire ces yeux de merlan frit et passons à autre chose !

— Kezia !

— Oui, Edward ?

Une seule explication plausible : elle avait trop bu. Déjà il l'avait trouvée qui l'attendait devant un verre ; à bien y réfléchir, c'était peut-être le troisième… Éberlué par cette découverte, il la fixait si intensément qu'elle se mit à rire.

— Bon ! Qu'est-ce qui ne va pas, encore ? Mon mascara a coulé ?

— Tu es ivre, murmura-t-il d'une voix à peine audible.

— Oui. Et ça ne fait que commencer.

En reculant dans sa chaise pour trouver les mots qui convenaient en ces circonstances, il se tourna légèrement et la vit à une table voisine : la petite journaliste aux dents longues, devenue l'une des plus redoutables commères de New York, et qui poursuivait Kezia avec tant d'impudence depuis ses treize ans.

— Sapristi !

— Est-ce tout ce que cela vous inspire, mon cher ? ricana-t-elle. Je deviens alcoolique et vous dites sapristi ! C'est vrai qu'il faut savoir rester homme du monde en toute circonstance !

La vigueur avec laquelle il lui saisit le bras la surprit.

— Kezia, cette femme de *Women's Wear* est là et si tu fais quoi que ce soit pour te faire remarquer je… tu le regretteras.

La jeune femme partit d'un grand rire guttural avant de l'embrasser sur la joue. Alors il eut peur. Non seulement elle tombait dans les travers de Liane, mais elle devenait agressive, violente, infiniment plus dure que sa mère… et tellement plus belle ! Il l'aimait plus que jamais et, pourtant, en cet instant, il aurait voulu pouvoir la secouer, la gifler.

— Edward, susurra-t-elle en lui tapotant la main, elle ne fait que son travail, voyons !

Il se sentait pris au piège. Quoi qu'il fasse, l'impitoyable bonne femme le rapporterait avec délices dans ses colonnes.

— Je t'en prie ! implora-t-il.

Ce fut le choc salutaire pour Kezia, ce regard peiné, bouleversé. Elle avait assez de ses propres malheurs sans en créer d'autres.

— D'accord, soupira-t-elle. Je me tais. Excusez-moi.

D'un coup d'œil en coin, elle put constater que la commère griffonnait quelques notes sur un carnet. Elle n'en aurait pas plus à se mettre sous la dent.

Soulagé, Edward fut pris d'une bouffée de tendresse pour la jeune femme.

— Que puis-je faire pour toi, ma chérie ?

— Rien. Personne n'y peut rien.

Souvent elle se demandait si Tiffany n'avait pas commencé ainsi, avec cette atroce impression qu'aucun avenir ne pouvait exister pour elle, qu'on le lui avait volé. On lui avait laissé sa grosse émeraude sertie de diamants, mais on lui avait pris son espérance. Comment l'expliquer à Edward ? Il était toujours si plein de certitudes.

— Regrettes-tu le passé, Kezia ?

À l'expression meurtrie qui s'afficha sur son visage, il regretta cette question déplacée.

— Si vous faites allusion à Luke, alors non, je ne regrette rien. Il est le seul événement de ma vie dont je sois un peu fière. Ce que je regrette, c'est qu'il se retrouve en prison. Et je reste totalement impuissante. On ne revient pas sur l'annulation d'une libération sur parole. Cela ne servirait strictement à rien.

— Pardon. Je ne me rendais pas compte que tu étais encore tellement attachée à… à cette histoire. Je pensais qu'après…

Elle l'interrompit gravement :

— Vous pensiez mal. Et pour que vous ne mourriez pas d'une attaque en l'apprenant par les journaux, sachez que j'y retourne sous peu.

— Mais pourquoi, au nom du ciel ?

Il avait beau parler très bas pour que personne ne pût l'entendre, elle répondait d'une voix normale :

— Pour lui rendre visite, quelle question ! Et j'insiste : je refuse d'en discuter davantage. D'ailleurs, vous êtes certainement la dernière personne qui pourrait me conseiller utilement sur ce point et je me demande bien ce que je fais encore là !

Tressaillant, Edward se prit à redouter ce qu'elle allait pouvoir inventer pour le tourmenter un peu plus. Alors, tandis qu'elle vidait son verre, il prit les devants :

— Tu es si pâle, ma chérie. Je ne te trouve pas bien du tout.

— Je suis en pleine forme, au contraire !

— Veux-tu que je te fasse appeler un taxi ?

— Ce ne serait pas une mauvaise idée. J'ai l'impression que tout le monde nous regarde comme si j'allais sortir un lapin de mon chapeau. J'ai plutôt envie de les envoyer tous au diable.

— Mais tu n'en feras rien.

— Pourquoi pas ? Ce serait drôle, non ?

347

Bouleversé, il se leva, prit la jeune femme par le bras.

— Kezia, je n'ai plus envie de jouer, maintenant.

Son ton glacial, son air outré l'impressionnèrent et elle baissa la tête comme une petite fille en train de se faire gronder.

— Il ne faut pas m'en vouloir... balbutia-t-elle.

— Je ne t'en veux pas, je suis seulement très déçu...

La guidant d'une main ferme jusqu'à la porte, il répondit à quelques sourires glacés. Les gens n'avaient pas besoin de savoir ce qui se passait.

Devant le vestiaire, elle fut sur le point de fondre en larmes.

— Pas ici ! lui intima-t-il durement.

Comme elle l'avait toujours appris, elle sut encore contenir ses pleurs, enfila son manteau et ses gants en se mordant les lèvres.

— Où vas-tu maintenant ? Chez toi, j'espère, pour te reposer et te calmer.

— Je voulais assister à ce comité pour le bal des petits polios, mais je ne suis pas sûre d'être assez en train...

— Non, tu ne l'es pas du tout.

— Pourtant, il y a si longtemps que je ne m'y suis pas rendue...

Et puis il fallait remplacer Tiffany... mais pas aujourd'hui. Elle avait viré au verdâtre. Si elle s'évanouissait, les journalistes en feraient leurs choux gras.

La reprenant par le bras, Edward l'emmena dehors. L'air frais lui fit du bien.

— Te rends-tu compte de ce que tu es en train de te faire ? Et pour... pour...

Elle voulut l'interrompre d'un regard effrayé, mais en vain, cette fois :

— Pour rien. Pour ce… ce rien du tout. Kezia, il est encore temps de te ressaisir ! Écris-lui, dis-lui que tu ne veux plus le revoir. Dis-lui…

— Dois-je comprendre, lança-t-elle sèchement, que vous me donnez à choisir entre lui et vous ? Dans ce cas, je vous dis adieu tout de suite.

Se dégageant, elle héla un taxi qui s'arrêta dans un hurlement de freins.

— Non, Kezia, je…

— À un de ces jours.

Là-dessus, elle lui envoya un baiser du bout des doigts en guise d'au revoir, s'assit à l'arrière et fit signe au chauffeur de démarrer.

Elle arriva juste à temps pour la réunion. En payant le chauffeur, elle pensa qu'elle allait revoir tous ces visages trop maquillés, trop coiffés, ces visons, ces saphirs, ces émeraudes et… une onde de terreur l'envahit. Ce déjeuner avec Edward l'avait exténuée, elle n'allait pas encore affronter ces rombières qui devaient toutes mourir de curiosité après avoir vu sa photo devant le tribunal de San Francisco.

Elle prit sa décision en un quart de seconde. Elle n'irait pas. Elle avait eu plus que sa part pour aujourd'hui.

La neige crissait sous ses pieds tandis qu'elle longeait le trottoir à la recherche d'un autre taxi. La seule perspective de revenir à sa vie d'avant Luke la révulsait. De taxi en taxi, de déjeuners en réunions qui ne menaient à rien, à boire, à écluser, à picoler.

Il neigeait de plus en plus fort et elle allait tête nue, sans bottes ; s'enveloppant dans son vison, elle mit les mains dans ses poches en frissonnant. Elle ne se trouvait qu'à un petit kilomètre de sa rue, le parcourir à pied lui ferait le plus grand bien.

En arrivant chez elle, ses chaussures en daim perdues, les cheveux pendants sous une mantille de neige, les joues rouges de froid, les jambes gelées, elle se sentait au moins revigorée et vivante.

Le portier se précipita pour la faire entrer au plus vite sous son grand parapluie et elle l'accueillit en riant, ravie de cette petite escapade.

Ses oreilles ne bourdonnaient plus, elle se sentait soudain légère, enchantée de la liberté qu'elle venait de se donner en abandonnant le programme de sa journée et ses obligations, en pataugeant dans la boue comme une gamine turbulente que plus personne ne viendrait gronder. Tout cela, c'était le passé. Jusqu'aux vapeurs de l'alcool balayées par le froid et le vent.

La sonnette retentit au moment où elle se débarrassait de son collant trempé, s'apprêtant à plonger les pieds sous une douche d'eau chaude. Elle en attendait un tel délice qu'elle décida de ne pas répondre et regarda, l'un après l'autre, ses orteils rougir et s'enflammer, revenir à la vie, prêts à danser. L'intrus ne pouvait être qu'un livreur qui se débrouillerait avec le portier. Un visiteur se serait annoncé par l'interphone. Cependant, il paraissait insister, allant jusqu'à frapper à la porte, si bien qu'à la fin, elle s'essuya les pieds et courut dans l'entrée.

— Qui est là ?

— Cesar Chavez.

— Qui ?

— Alejandro, voyons !

Elle ouvrit toute grande la porte.

— Bonté divine ! Vous avez l'air d'un bonhomme de neige. Vous êtes venu à pied ?

— Depuis chez moi, oui.

Il en paraissait fort réjoui.

— Finalement, je crois que j'aime bien New York. Surtout par ce temps. C'est génial, non ?

— Oui, mais entrez tout de même.

— J'avoue que j'y comptais bien. J'ai sonné cinquante fois à l'interphone mais vous ne répondiez pas. Finalement, le portier a bien voulu m'ouvrir en disant que vous veniez de rentrer.

— Il doit vous connaître, depuis le temps... Je ne vous entendais pas, avec la douche.

Considérant ses pieds rouges et gonflés, elle se mit à rire.

— Moi aussi, j'ai marché pour rentrer. C'était formidable.

— Que vous est-il arrivé ? Vous ne trouviez pas de taxi ?

— Si, mais j'avais envie de profiter un peu de cette belle neige. Et puis il fallait que je me change les idées.

— Vous aviez des ennuis ?

— Pas vraiment. J'ai juste voulu rentrer un peu dans mon ancienne peau, mais elle ne me va plus du tout. Et puis ces fichus journalistes qui me guettent sans cesse comme des vautours...

Elle lui raconta en détail sa matinée et comment elle venait de changer d'avis au dernier moment en laissant tomber ses comités de charité, le bien qu'elle en ressentait tout d'un coup.

351

— Voilà, acheva-t-elle. J'ai tout laissé tomber et je me demande maintenant ce que je vais pouvoir faire. Loin de Luke, je n'ai plus l'impression d'exister. Donnez-moi des idées, vous.

— Tout de suite : commencez donc par nous faire une bonne tasse de chocolat.

— D'accord. Avec un doigt de cognac ?

— Non merci, nature.

Il ne voulait pas lui donner un prétexte pour recommencer à boire.

Peu après, ils se retrouvaient devant la table basse, une tasse de chocolat fumant dans la main.

— Et vous ? demanda-t-elle, comment allez-vous ?

— Mal, merci. Je me suis battu toute la journée avec mon syndic. Je crois que je vais tout laisser tomber.

— Pourquoi ?

— Toujours ces mêmes questions financières. Je n'en sortirai jamais. Alors je commence par me donner deux jours de vacances. Cela me permettra de vous accompagner à San Francisco. Quand partez-vous ?

— Quand vous voudrez.

— Seulement je ne peux pas m'offrir une première classe. J'espère que vous ne verrez pas trop d'inconvénients à voyager parmi les ploucs du fond du bus !

— Je devrais pouvoir le supporter. Jouez-vous au backgammon ? Je peux apporter mon jeu.

— Et au poker ?

— Adopté. Pour tout vous dire, je suis contente que vous veniez. Je n'ai cessé de me faire du souci toute la journée. Ce voyage me fait affreusement peur.

— Pourquoi ?

— San Quentin. Quelle horreur, quand j'y pense !

— Ce ne sera pas une partie de plaisir, je vous l'accorde, mais vous n'en mourrez pas.

Cependant, il préférait l'accompagner. Luke l'en avait prié instamment et le Mexicain se doutait que ce n'était pas sans une excellente raison. Il pourrait y avoir du vilain.

31

Cette fois, Kezia ne trouva pas le voyage amusant du tout. Elle avait déjà vu le film et Alejandro avait apporté des revues professionnelles. D'ailleurs elle n'avait pas le cœur à plaisanter. Ils bavardèrent un peu pendant le déjeuner mais, le reste du temps, n'échangèrent pas une parole. Sauf quand il la vit sortir une flasque d'alcool.

— Kezia, vous ne devriez pas.

— Pourquoi ?

— Vous pourriez vous contenter de ce qui vous a été servi au repas.

Le ton ferme sur lequel il avait répondu la vexa encore plus que ses paroles. Rangeant la bouteille dans son sac, elle le défia du regard :

— Satisfait ?

— C'est pour vous que je dis cela.

Là-dessus, il se remit à lire et elle se remit à penser. Drôle de garçon, parfois tellement indépendant et autoritaire, parfois perdu et tendre. Pourquoi se préoccupait-il tant d'elle ? Elle se doutait qu'il faisait ce voyage pour ne pas la laisser seule, au risque d'en perdre son travail.

Ils avaient réservé au *Ritz* et elle se sentit envahie d'une folle émotion en retraversant cette ville qui signifiait à la fois tant de joies et tant de peines pour elle. Et puis cette odeur salée, ces cornes de brume qu'elle ne pouvait désormais plus dissocier du souvenir de Luke. Lui aussi les entendait.

— Je suis heureuse, ici, murmura-t-elle.

Malgré les épreuves qu'elle lui avait apportées, elle aimait cette ville.

— Vous savez, reprit-elle en souriant, c'est incroyable. Je parcours près de cinq mille kilomètres pour venir le voir une heure !

— Je suppose que vous auriez fait le tour du monde s'il l'avait fallu.

— Plutôt deux fois qu'une !

— Deux fois ? Vous en êtes certaine ? demanda-t-il d'un ton faussement sceptique.

— Alejandro ! Vous êtes impossible.

Il était une heure du matin pour la région, cinq heures pour eux, mais ils n'avaient pas sommeil.

— Si nous allions prendre un verre ? proposa-t-elle.

— Je préférerais une petite marche à pied.

— Vous avez signé un pacte avec les ligues de tempérance ?

Ernestine, en robe de chambre verte, les accueillit avec sa bonhomie coutumière mais, paraissant choquée de voir Kezia en compagnie d'Alejandro et non de Luke, elle leur attribua deux chambres séparées par toute la longueur du corridor.

Ils ressortirent dîner sur le port et Alejandro choisit un restaurant mexicain.

— Vous êtes peut-être venue pour votre homme, lança-t-il, moi c'est pour les *tacos*. Je n'en pouvais plus des pizzas new-yorkaises.

Après la première bouchée brûlante de cette crêpe dure fourrée de légumes, de viande hachée et de fromage râpé, il poussa un immense soupir de satisfaction. Kezia s'adossa à son siège. Elle se sentait bien en sa compagnie. Même si elle n'avait pas faim.

— Vous savez ce qui est drôle, Alejandro ?

— Oui, vous.

Il entamait son troisième *taco*.

— Non, je suis sérieuse.

— Pas possible ?

— Écoutez-moi, une seconde ! C'est tout l'un ou tout l'autre avec vous, ou on ne peut pas vous tirer une parole, ou on ne peut plus en placer une.

— Ce qui prouve que vous vous y prenez toujours à contretemps.

Elle éclata de rire, lui versa de la bière et lui tendit la chope pleine avant de poursuivre :

— C'est bizarre, mais j'ai de plus en plus besoin de votre présence. Je serais complètement perdue, sans vous. Cela me fait tant de bien de vous savoir près de moi.

Il ne répondit pas immédiatement, les yeux perdus dans le vague, puis :

— Oui. C'est bien l'impression que vous me donnez. Moi aussi je me sens mal à l'aise quand je reste deux jours sans vous voir. J'aime être certain que tout va bien pour vous.

— Cela me fait vraiment plaisir de vous l'entendre dire. Imaginez-vous que j'en arrive à craindre ce qui a pu vous arriver quand vous me laissez trop long-temps sans nouvelles ! Je vous vois déjà mort assassiné dans le métro par Dieu sait quel voyou.

— Voilà ce que j'aime chez vous !

— Quoi ?

— Votre optimisme. Votre foi en la nature humaine… assassiné dans le métro… Qu'allez-vous chercher là ?

— Cela se produit tous les jours, Al, vous n'êtes pas à l'abri d'une attaque.

— Oui, et les bateaux coulent, et les avions s'écrasent. Vous vous rendez compte ? J'ai pris l'avion aujourd'hui !

Ils continuèrent à se disputer en riant après être sortis du restaurant. Ils marchèrent un moment puis s'arrêtèrent silencieusement devant la baie plongée dans la nuit scintillante des mille lumières d'une grande ville. Un voile de brume légère dessinait un halo irréel d'où surgissait le pont, comme relié à un nuage de velours bleu sombre.

— Je finirai par m'installer ici, murmura le Mexicain songeur. J'y trouverai sans peine du travail…

— Non. Vous aimez trop votre centre de désintoxication à Harlem.

— C'est lui qui ne m'aime pas. Chaque jour il me pèse davantage sur les épaules. Ici, les gens ne sont pas aussi cinglés. Et puis, il y a ces installations dont je vous ai parlé. Un de ces jours, ils auront besoin de moi, là-bas.

— Et alors ?

— Alors j'aviserai.

Elle fit la grimace, inquiète à l'idée qu'il pût quitter

New York. Mais peut-être disait-il cela en l'air, histoire de parler. Elle préféra ne pas le prendre au sérieux.

— Vous n'avez même pas une amie qui vous retient, là-bas ? interrogea-t-elle malicieusement.

— Pourquoi me demandez-vous cela ?

— Parce que vous n'en parlez jamais. N'avez-vous pas quelqu'un à aimer ?

— Non, enfin pas particulièrement. J'aime beaucoup de gens à la fois, certains des enfants avec lesquels je travaille, vous, Luke, d'autres amis, ma famille.

— Cela fait trop. Il est pratique d'aimer trop de personnes, tellement plus difficile de n'en aimer qu'une. Cela ne m'était jamais arrivé avant Luke. Il m'a beaucoup appris sur ce point. Il n'a pas peur de ce que j'étais… alors que vous, si, sans doute. N'existe-t-il donc pas une femme que vous aimiez d'amour ?

Elle n'avait pas le droit de poser de telles questions, mais elle voulait savoir.

— Non, pas en ce moment. Cela viendra peut-être, un de ces jours.

— Vous devriez y penser. Vous finirez bien par rencontrer quelqu'un.

Au fond d'elle-même, elle espérait cependant que non. Il méritait la meilleure des femmes, capable de lui rendre tout ce qu'il lui donnerait, et il avait tant à donner. Mais pas maintenant, s'avouait secrètement Kezia. Elle avait trop besoin de lui.

— À quoi pensez-vous, petite fille ? Vous avez l'air si triste !

— Oui, ce n'est pas grave. Nous ferions mieux de rentrer.

— Ne vous en faites pas. Vous le verrez demain.

Pour toute réponse, elle lui sourit.

32

Au détour de l'autoroute, ils aperçurent la masse sombre de San Quentin. Au bord de la baie, derrière une langue d'eau qui l'entourait comme une île sinistre ou comme un château fort de cauchemar. Kezia ne quitta plus le bâtiment des yeux jusqu'à ce qu'ils s'engagent sur une route communale bordée d'arbres derrière lesquels il disparaissait.

La monstrueuse forteresse la laissa sans souffle quand elle reparut, toute proche cette fois, grise et menaçante avec ses donjons et ses murs gigantesques percés çà et là de minuscules fenêtres. De hautes palissades métalliques l'encerclaient, surmontées de fils barbelés, et des gardiens apparaissaient dans des dizaines de miradors.

De quoi pouvaient-ils avoir peur ? On ne s'échappait pas du ventre d'un tel enfer. Néanmoins, elle comprenait pourquoi certains préféraient risquer la mort plutôt que d'y rester.

Seules quelques maisonnettes entourées de jardins pimpants donnaient à ces lieux un semblant de gaieté. Sans doute l'habitation des gardiens et de leurs familles. Elle en frémit. Ce devait être comme de vivre au milieu d'un cimetière.

Le parking n'offrait que peu de places libres. Une interminable queue de visiteurs s'étirait devant l'entrée. Il leur fallut deux heures et demie pour y pénétrer à leur tour. Ensuite, ils furent fouillés puis dirigés vers une porte grillagée surveillée par des gardiens armés de mitraillettes.

À la suite des autres visiteurs, ils furent invités à s'asseoir dans une immense salle d'attente enfumée et surchauffée. Personne ne riait, personne ne parlait. Le seul bruit provenait parfois des pièces tombant dans la machine à café, de l'eau sous pression qui coulait dans les gobelets. Chacun restait plongé dans ses pensées et sa frayeur.

Kezia se sentait à la fois si proche et si loin de Luke. Il lui fallut encore deux heures de patience sur ces horribles bancs. Il y avait si longtemps qu'elle ne l'avait vu, qu'elle ne l'avait embrassé, qu'elle ne s'était blottie dans ses bras, qu'il n'avaient fait l'amour... quand referaient-ils l'amour ? Quand s'étreindraient-ils ? Quand se marieraient-ils ?

Cinq heures après leur arrivée devant la forteresse, ils entendirent enfin les paroles tant attendues :

— Visite pour Johns... Luke Johns...

La jeune femme se dressa d'un seul bond et se précipita vers la porte qui leur était désignée. Luke s'y trouvait déjà, sur le point de s'asseoir, un sourire paisible aux lèvres. Une longue table séparait la pièce en deux et l'on pouvait s'embrasser, se tenir les mains, sous la surveillance de deux gardiens, les pistolets bien en vue. La scène avait quelque chose d'irréel, comme un rêve dont Kezia allait bientôt émerger pour s'apercevoir que Luke habitait Park Avenue, avec elle, qu'il mangeait avec une fourchette et un couteau, qu'il riait, qu'il lui donnait des baisers dans la nuque. Il n'était pas fait pour vivre ici. Cela ne rimait à rien. Les visages des autres prisonniers avaient des traits rustres, des expressions lasses et brutales. Pas Luke. Quelque chose avait changé. En se jetant dans ses bras, elle se sentit prise d'une indicible terreur… Que faisaient-ils dans les entrailles de cette tombe ? Mais, dès qu'il la serra contre lui, tout alla mieux. Avec lui, rien ne pouvait lui arriver. Elle en oublia tout le reste pour ne plus voir que ses yeux. Alejandro lui-même disparut dans les limbes de sa mémoire.

Luke l'étreignait avec une force bien réelle et leurs souffles se mêlèrent pour ne plus faire qu'un. Longtemps ils demeurèrent ainsi enlacés puis, doucement, il s'écarta avant de lui donner encore un baiser. Une sorte de désespoir semblait l'habiter et ses bras paraissaient amaigris. Kezia avait aussi senti les os de ses épaules qu'elle avait connues autrefois si musclées. Il portait un jean et une chemise bleue et des chaussures ouvertes qui paraissaient trop petites. Les Gucci et tout le reste avaient été expédiés à New York.

Luke adressa un signe de la tête à son ami qui se tenait discrètement derrière eux. Puis tous trois prirent place à la table.

— Mon chéri, murmura-t-elle. Je suis tellement heureuse de te revoir ! Si tu savais comme tu me manques ! Je t'aime.

Doucement, il lui caressa le visage de ses paumes rendues calleuses par le travail manuel.

— Moi aussi, mon chaton. Tu veux me faire plaisir ?

— Oui.

— Défais tes cheveux.

Aussitôt, elle détacha les épingles qui retenaient son chignon. Au moins pouvait-elle lui donner cela.

— C'est mieux, comme ça, apprécia-t-il les yeux brillants. Mon ange, je t'aime tant !

— Tu vas bien ?

— Ça se voit, non ?

— Je ne me rends pas compte. Peut-être que oui.

Alejandro trouvait plutôt bonne mine à son ami, mais ces deux-là étaient tellement aveuglés par leur amour qu'ils ne voyaient plus rien.

— Toi, en tout cas, tu as une mine épouvantable, Kezia. Al ! je croyais que tu devais t'occuper d'elle !

— Écoute, tu ne connais pas encore cette tête de mule ? répondit en riant le Mexicain.

— Si, je sais.

Les deux amis se mirent à rire et Luke regarda de nouveau Kezia qui lui serrait si fort les mains que ses ongles s'enfonçaient dans ses poignets.

Malgré le fol élan qui les poussait l'un vers l'autre, la jeune femme avait l'impression qu'il était retenu par autre chose, une hésitation, une parole ravalée, elle ne parvenait à déterminer quoi mais il ne lui disait pas tout.

L'heure passa trop vite. Un des gardiens leur fit signe et Luke se leva aussitôt, donna un dernier baiser à la jeune femme.

— Mon chéri, je reviendrai dès que j'en recevrai l'autorisation.

Elle envisageait de rester toute la semaine en Californie, pour ne pas s'éloigner, mais la présence du gardien la mettait mal à l'aise. Elle voulait passer plus de temps avec Luke…

— Mon ange…

Il semblait la dévorer des yeux.

— Tu ne reviendras pas ici.

— Tu vas être transféré ailleurs ?

— Non. Mais tu ne pourras plus venir.

— C'est idiot. Je… les papiers ne sont pas en ordre ?

Brusquement, elle était saisie de frayeur. Il fallait qu'elle revienne. Elle avait besoin de le voir. Personne n'avait le droit de l'en empêcher.

— Les papiers sont en ordre. Pour aujourd'hui. Mais ce soir, je te raye de ma liste de visites.

Il parlait tellement bas qu'elle l'entendait à peine. Alejandro, lui, comprenait maintenant pourquoi Luke avait tellement tenu à sa présence.

— Tu es fou ? protesta-t-elle. Pourquoi fais-tu cela ?

Les yeux brûlants de larmes, elle s'agrippait à sa main. Qu'avait-elle fait de mal pour mériter pareil châtiment ?

— Parce que tu n'es pas faite pour des endroits comme celui-ci. Ce n'est pas une vie, pour toi. Mon chaton, tu as beaucoup appris en quelques mois et accompli des choses que tu n'aurais jamais accomplies sans moi. Certaines t'ont fait du bien mais pas celle-ci. Le temps que je sorte et tu te seras consumée à force de m'attendre. Regarde-toi, si maigre, si nerveuse… Retourne à ta vie et assume-la.

— Luke, comment oses-tu dire ça ?

— Il le faut… parce que je t'aime… maintenant, sois gentille et pars.

— Non. Et je reviendrai. Je… Oh, Luke ! Je t'en prie !

Les yeux de celui-ci cherchaient Alejandro par-dessus son épaule. Il se pencha sur elle, l'embrassa une dernière fois, lui serra les épaules puis se tourna vers le gardien.

— Luke ! Non !

Elle se précipita pour l'arrêter mais il tourna vers elle un visage de marbre.

— Maintenant, arrête, Kezia ! N'oublie pas qui tu es.

— Je ne suis rien sans toi.

— C'est là que tu te trompes. Tu es Kezia Saint Martin et tu te dois de vivre ta vie.

Là-dessus, il fit signe au gardien et s'en alla. Une porte de fer se referma sur l'homme qu'elle aimait. Luke ne s'était pas retourné pour lui envoyer un der-nier signe, un dernier regard. Il n'avait rien dit à Ale-jandro. Mais celui-ci sut se contenter du coup d'œil entendu qu'il lui avait lancé. Il lui confiait la jeune femme. Il savait qu'elle serait en sécurité avec lui. Il ne pouvait lui offrir davantage que cet ultime sacrifice.

Kezia restait immobile, hébétée de chagrin.

— Je… Alej… je… pourrais…

— Viens, il faut partir.

— Si tu veux…

Blême, la démarche incertaine, elle se laissa emmener sans résistance.

Presque aussi bouleversé qu'elle, Alejandro voulait la sortir au plus vite de ce lieu de cauchemar. Avant qu'elle ne s'effondre. Il s'était douté qu'une nouvelle déplaisante les attendait mais sans deviner les arrière-pensées de Luke. Dieu seul savait ce que devait lui coûter une telle décision ! Dieu seul savait combien il pouvait avoir besoin d'elle, de ses visites, de son amour, de son soutien ! Mais la jeune femme y eût brûlé sa vie entière, au point, sans doute, de devenir une sorte d'épave tendue vers le seul but de revoir un jour Luke, oubliant tout le reste, jusqu'à sa propre existence.

Le Mexicain songeait que lui-même n'aurait sans doute jamais eu le courage d'en faire autant, mais Luke était un homme exceptionnel, confronté à une situation exceptionnelle. En coupant les ponts avec la femme qu'il aimait, il la sauvait, au prix de sa vie. Tout était fini pour lui.

— Où… où allons-nous ? demanda faiblement Kezia tandis qu'il démarrait.

— Nous rentrons. Ne t'inquiète pas, tout ira bien, maintenant.

Il lui parlait comme à une petite fille ou à un grand malade ; en ce moment, elle était d'ailleurs les deux.

— Nous sommes rentrés, Kezia. Te voilà chez toi.

— Je voudrais prendre un bain.

Assise sur une chaise, dans son salon, elle ne semblait pas plus comprendre ce qui lui arrivait que dans l'avion du retour.

— Je vais t'en faire couler un.

— Totie s'en chargera.

Il dut la laver, comme il lui était arrivé de le faire avec ses nièces, puis la sécher et la coucher. Elle se laissa faire avec beaucoup de bonne volonté.

— Maintenant, tu vas dormir, n'est-ce pas ?

— Oui. Où est Luke ?

— Il est sorti.

— Ah bon !

Avec un petit sourire, elle l'embrassa et se mit au lit, ses pieds cherchant leur place dans les draps. Il la borda, éteignit la lumière.

— Kezia, tu veux voir Totie ?

En cherchant dans son carnet d'adresses, il la trouverait bien, de même que son médecin mais, pour le moment, le plus important semblait de la faire dormir.

— Non, merci. J'attendrai Luke.

— Si tu veux. Appelle-moi si tu as besoin de quelque chose. Je serai à côté.

— Merci, Edward.

Il fut peiné de voir qu'elle ne le reconnaissait même pas.

Assoupi sur le canapé, il ne l'entendit pas se lever, à six heures du matin. Ce fut elle qui le réveilla et il fut surpris de la trouver totalement lucide :

— Alejandro, je t'aime beaucoup, mais il faut que tu rentres chez toi.

— Pourquoi ?

— Parce que je vais bien, maintenant. Je me suis réveillée à quatre heures du matin, j'ai réfléchi à tout ce qui s'était passé. Je sais bien qu'il va me falloir apprendre à vivre autrement. Tu ne vas pas rester ici à me servir d'infirmier, mon grand. Tu as mieux à faire.

— Pas si tu as besoin de moi.

— Pas comme ça… Écoute, il faut que tu t'en ailles… Je voudrais rester seule.

— Tu me jettes dehors, quoi ?

Malgré ses efforts, il ne parvenait pas à prendre l'air désinvolte.

— Tu sais bien que non. Je te demande simplement de reprendre tes occupations habituelles. J'en ferai autant de mon côté.

— Que veux-tu faire, au juste ?

— Ne fais pas cette tête-là. Je n'ai pas l'intention de me suicider si cela peut te rassurer.

Il s'assit, soupira.

— Bon, mais je te téléphonerai.

— Non, Alejandro, ce n'est pas la peine.

— J'y tiens. Je n'ai aucune envie de tourner en rond dans mon coin à me demander ce que tu deviens. Si tu ne veux pas me parler, laisse un message sur ton répondeur. Je m'en contenterai.

— Pourquoi fais-tu tout cela ? Parce que Luke te l'a demandé ?

— Non, parce que j'en ai envie. Je ne sais pas si tu as remarqué, mais tu comptes beaucoup pour moi. Je t'aime, figure-toi.

— Moi aussi, Alejandro. Je t'aime beaucoup. Mais je voudrais rester seule pour le moment.

— Alors, promets que tu me téléphoneras.

— Un de ces jours, oui. Quand j'y verrai un peu plus clair. Je crois que je sentais depuis longtemps que c'était fini, très exactement depuis le moment où il a quitté la bibliothèque du tribunal pour se rendre à l'audience. Seulement je n'ai pas eu le courage de me l'avouer. Et le pire c'est que je l'aime encore.

— Lui aussi, il t'aime. Sans quoi il n'aurait jamais fait cela.

Elle se détourna sans répondre.

Elle ne dessoûla pas de cinq semaines. La femme de ménage cessa de venir. Elle passait ses journées entre ses bouteilles et des boîtes de conserve entamées mais jamais finies, sans changer une seule fois de robe. Son unique visiteur restait le livreur du supermarché qui lui montait de quoi boire et, occasionnellement, de quoi manger. Il sonnait deux fois et laissait son paquet devant la porte.

Alejandro ne téléphona pas jusqu'à ce que les journaux annoncent la nouvelle. Alors il prit un taxi, épouvanté à l'idée qu'elle ait pu les lire avant son arrivée. Mais, quand il franchit sa porte, il trouva cinq semaines de courrier en vrac dans l'entrée. L'appartement ressemblait à une bauge… sale… avec ces cadavres de bouteilles qui traînaient partout… ces assiettes… ces boîtes… ces cendriers… cette odeur épouvantable. Et Kezia. Elle avait l'air d'une folle échevelée, le visage ravagé par les larmes. Mais, au moins, elle ne savait pas.

Il la prépara du mieux qu'il put mais, après la quatrième tasse de café, les fenêtres grandes ouvertes laissant entrer un air glacial dans toutes les pièces, les titres des journaux parlèrent à sa place. Elle releva la tête et il vit qu'elle avait compris. Au point où elle en était, elle ne risquait sans doute pas de tomber plus bas.

Luke était mort. Poignardé dans la cour de la prison, du moins était-ce la version officielle. Une sœur surgie de nulle part avait réclamé son corps et l'enterrement avait lieu en ce moment même à Bakersfield. Cela n'y changeait pas grand-chose. Les enterrements n'étaient pas le genre de Luke. Les sœurs non plus. Il était parti, rien d'autre n'avait d'importance.

Et elle était aussi morte que lui, rongée par l'alcool autant que par le chagrin. Elle avait raison, tout s'était terminé le jour de l'audience, quand il était parti, la tête haute, sûr de lui. Le reste n'existait plus. Et Alejandro avait perdu son ami, ce jour-là, et la femme qu'il aimait sans oser l'avouer. Il ne pouvait plus le lui dire. Pas maintenant que Luke était mort.

— Ne pleure pas, Alejandro. – D'une main hésitante, elle lui essuya la joue. – Je t'en prie, ne pleure pas.

Mais il se désolait autant sur lui-même que sur eux deux. Alors, très doucement, elle lui releva la tête et se pencha pour lui déposer un baiser sur la bouche.

— C'est drôle, mais je t'aime, toi aussi. Je ne peux pas t'expliquer ce qui se passe. En réalité, je t'aime depuis très longtemps. N'est-ce pas extraordinaire ?

Bien sûr, elle n'avait pas tous ses esprits, et il ne sut que répondre. Devenait-elle folle, ou était-ce lui ? L'avait-elle seulement embrassé ou était-il en train de rêver ?

— Alejandro, je t'aime.

— Kezia ?

Son nom résonnait bizarrement sur ses lèvres. Elle était la femme de Luke. Et Luke était mort, maintenant. Mais comment pouvait-il être mort ? Et comment pouvait-elle les aimer tous les deux ? C'était fou.

— Kezia ?

— Tu m'as bien entendue. Je t'aime. Je suis amoureuse de toi.

Le temps d'une éternité, il la contempla, le visage encore mouillé de larmes.

— Moi aussi, je t'aime. Depuis le jour où il t'a amenée chez moi. Néanmoins, je n'aurais jamais cru... Je pensais...

— Moi non plus. C'est comme dans les mauvais romans, et c'est très, très bizarre.

L'amenant vers le divan, elle s'assit près de lui, posa la tête sur son épaule et ferma les yeux.

— Moi aussi, avoua-t-il. Je suis un peu perdu.

— Nous devrions nous séparer un moment pour essayer de comprendre, suggéra-t-elle.

— Pour que tu recommences à boire et que tu achèves de te détruire ? demanda-t-il amèrement.

Il la savait parfaitement capable de continuer de plus belle et de tout massacrer.

— Non, dit-elle. Pour que je puisse réfléchir.

— Sans boire ?

— Ça ne te regarde pas.

— Alors tu peux aller au diable !

Il venait de se lever et criait avec l'énergie du désespoir :

— Je ne donnerai pas mon amour à une bonne femme qui se laisse mourir ! Je ne suis pas là pour ça. Si c'est tout ce qui t'importe, maintenant, eh bien je m'en vais ! Mais je ne reviendrai pas ! Nom de Dieu, Kezia... Va au diable et vas-y seule !

— Tais-toi et fiche-moi la paix !

— Je t'aime ! Tu n'as pas compris ?

— Non, et je ne comprendrai jamais. Je ne comprends plus rien. Je t'aime, pourtant. Et alors ? Qu'est-ce que ça change ?

— Tout. J'ai besoin de toi.

— Si tu veux, Alejandro, si tu veux... hoqueta-t-elle

entre ses larmes. Maintenant, tu vas me faire le plaisir de ficher le camp !

— Bon. C'est toi qui décides.

La porte se referma doucement derrière lui. Alors Kezia saisit la pile de journaux et l'envoya par la fenêtre en hurlant de rage, brisant un carreau au passage.

33

À la fin de la semaine, Alejandro vit dans le journal la photo de Kezia Saint Martin qui embarquait dans un avion en partance pour Genève. Il en éprouva un choc. Edward, lui, en fut peiné, mais aussi rassuré. L'article précisait qu'elle avait besoin de se reposer après « une longue saison mondaine ». Sa relation avec Luke semblait déjà passée sous silence. Le public oubliait si vite !

Le Mexicain resta longuement devant cette photo où on la voyait si mal, le visage disparaissant sous son chapeau. Quand reviendrait-elle ? Il gardait encore sur ses lèvres le souvenir de son baiser, et maintenant elle partait. Le cœur gros, il songea qu'il détestait cette ville, ces gens, ce travail inutile. Il aimait une femme qu'il n'aurait jamais. Même si Luke l'avait voulu.

Genève. Il détestait cette ville.

L'hôtel de Villars-sur-Ollon était gigantesque. Elle pouvait s'y perdre en toute quiétude, mais aussi se promener, se reposer, se gaver de chocolat et se coucher tôt. Seuls Edward et Simpson savaient où la joindre. Elle n'écrivit plus rien, pas même une lettre, et décida de ne pas bouger avant la mi-avril.

Elle prit alors le train pour Milan, puis continua jusqu'à Florence, puis Rome. En mai, elle se sentait déjà mieux. Le soleil la réchauffait agréablement, les Italiens étaient gais, il y avait toujours de la musique dans les rues. Elle se fit de nouveaux amis, dîna avec eux, sortit. Petit à petit, la santé lui revenait.

Au début de juin, elle loua une Fiat pour aller découvrir l'Ombrie puis Spolète avec son festival de musique. Enfin, elle traversa les Alpes et se rendit en France.

En juillet, elle dansait à Saint-Tropez, jouait à Monte-Carlo, partait en croisière sur un yacht avec des amis de Saint-Jean-Cap-Ferrat, s'achetait des bagages Gucci à Cannes. Elle se remit à écrire en visitant la Provence où elle passa trois semaines dans un petit hôtel perdu entre les arbres.

Le livre de Luke lui parvint au fond de cette campagne, envoyé par Simpson après de longues hésitations. Elle ne s'attendait pas à ce qu'elle allait découvrir en ouvrant le paquet, un matin, en chemise de nuit et pieds nus sur le balcon de sa chambre ensoleillée. Elle resta près d'une heure, assise en tailleur à contempler le paisible paysage de montagnes et de garrigue, le livre sur les genoux, incapable de l'ouvrir. Au dos apparaissait une magnifique photo de Luke, prise avant leur rencontre. Une photo qu'elle connaissait bien pour la lui avoir subtilisée. Il marchait dans une rue de Chicago, en pull à col roulé blanc, ses cheveux noirs soufflés par le vent, un imperméable jeté sur l'épaule. Haussant un sourcil, il posait un regard sarcastique sur l'objectif de l'appareil qui l'avait surpris.

En relevant la tête, elle ne vit plus le paysage qu'à travers la brume de ses larmes. S'essuyant les yeux avec sa chemise, elle eut l'impression de le voir lui sourire. Il resterait avec elle à jamais. À New York, en Suisse, en France. Il faisait partie d'elle, désormais.

Lentement, retenant son souffle, elle tourna enfin la couverture. Il ne le lui avait jamais dit, mais elle s'y attendait presque : le livre lui était dédié.

De nouveau, ses yeux se mouillèrent, non de chagrin, mais de tendresse, de gratitude, de gaieté, d'amour. Tels étaient les trésors qu'il lui léguait. Il était trop vivant pour évoquer un instant la mort.

« *À Kezia qui reste près de moi où que j'aille. Ma compagne, mon amie, mon* alter ego. *Femme courageuse, tu es la lumière que j'ai si longtemps cherchée et, maintenant, nous sommes enfin rentrés chez nous. Puisses-tu être fière de ce livre, c'est ce que j'ai de meilleur à t'offrir, avec mes remerciements et mon amour.*

L. J. »

« Et maintenant, nous sommes enfin rentrés chez nous... »

C'était vrai, en cette fin du mois d'août. Il lui restait une dernière épreuve à passer pour s'en assurer. Marbella. Et Hilary.

— Grands dieux, ma chérie, tu es divine ! Quelle mine tu as ! D'où nous ramènes-tu ce magnifique bronzage ?

— D'un peu partout.

En riant, elle chassa les cheveux qui lui tombaient dans les yeux.

— Combien de temps peux-tu rester ? Ton télégramme n'en disait rien, vilaine petite !

Cette fois, elle se retrouvait bien dans son monde familier. Mais elle fut amusée de se voir traiter de vilaine petite. Chère tante Hilary !

— Quelques jours, si vous avez une chambre pour moi.

— C'est tout ? Mais c'est affreux ! Bien sûr que j'ai une chambre pour toi, voyons !

Elle avait au moins de quoi loger quatorze personnes, sans compter les domestiques.

— Pourquoi ne veux-tu pas rester plus longtemps ?

— Parce que je devrai rentrer.

Devant les courts de tennis où jouaient les autres invités, elle prit le thé glacé que lui apportait le maître d'hôtel ; celui-ci ressemblait comme un frère à Whitney, ce qui l'amusa prodigieusement.

— Rentrer où, voyons ?

— À New York.

— À cette époque de l'année ? Mais, ma chérie, tu es folle ?

— Peut-être, mais j'en suis partie depuis plus de cinq mois.

— Et alors, un mois de plus ou de moins n'y changera pas grand-chose.

— J'ai du travail.

— Quoi ? Quel travail ? Des œuvres de charité ? Enfin, personne ne se trouve là-bas en cette saison. Et puis ne me dis pas que tu travailles !

— Si, j'écris.

— Quelle idée ! Depuis quand ?

— Depuis que Martin Hallam existe, très exactement, annonça la jeune femme avec un sourire malicieux.

La surprise de sa tante la combla :

— Comment ? Ne dis pas de sottises ! Tu… Grands dieux, Kezia, comment as-tu pu ?

— Cela m'amusait. Quand j'en ai eu assez, j'ai arrêté. Et ne faites pas ces yeux, je n'ai jamais rien dit de mal sur vous, que je sache !

— Non, mais tu… enfin, Kezia, je n'en reviens pas ! – Secouant la tête avec scepticisme, elle ajouta : – De toute façon tu es folle de vouloir rentrer à New York en août. D'autant que cette chronique n'existe plus…

Kezia pouffa de rire, comme si sa tante cherchait à lui faire avouer qu'elle venait de lui raconter une blague.

— Non, en effet, mais je prépare un livre.

— Sur les potins mondains ?

— Mais non ! Il sera plutôt politique. Mais ce serait trop long à vous expliquer.

— Comme tu voudras. Mais j'aimerais bien que tu restes le plus longtemps possible… tant que tu promets de ne pas écrire de méchancetés sur mes invités.

Elle s'étira voluptueusement, comme si elle s'apprêtait à bien s'amuser. « Imaginez-vous, mon cher, que ma nièce se cachait derrière Martin Hallam ? »

— Ne vous inquiétez pas, ma tante, je n'écris plus ce genre de chose.

— C'est dommage.

Tandis qu'elle buvait un Martini, Kezia reprenait un thé glacé.

— As-tu vu Edward ?

— Non. Il est là ?

— Tu ne le savais pas ?

— Non.

— Il sera content de te voir en si bonne forme.

— Certainement.

Ce serait bon de faire la paix avec lui.

Pour la première fois de sa vie, elle regretta presque de quitter Marbella. Elle s'était réconciliée avec mille fantômes, y compris celui de sa mère. Enfin. Maintenant, elle pouvait rentrer chez elle.

Dans l'avion, elle se rappela une parole que lui avait dite Alejandro, il y avait une éternité :

— Cette vie fait partie de vous, Kezia, vous ne pouvez la renier.

Tout en refusant de la vivre à nouveau telle quelle, elle n'avait plus besoin de l'exorciser. Elle se sentait libre, désormais.

Comme toujours en cette saison, New York était écrasée de chaleur humide, mais, surtout, tellement belle ! Hilary avait tort de ne pas l'aimer à cette époque ! Les gens du jet-set ne s'y trouvaient peut-être pas, mais tous les autres étaient là. La cité palpitait de vie.

Aucun photographe ne l'attendait à l'aéroport, ni personne, que New York. Et cela lui suffisait. Elle avait tant à faire en ce vendredi soir. Rentrer chez elle, défaire ses bagages, se laver la tête et, dès le lendemain matin, prendre le métro pour Harlem. Elle était rentrée d'Espagne pour son livre, mais aussi pour voir Alejandro. Elle était prête, maintenant. Pour lui. Pour elle. Il faisait partie de son passé, mais pas de

378

celui qu'elle avait écarté, de celui qu'elle chérissait et préservait pour le présent.

Le présent lui semblait magnifique, parce que libre, enfin. Tant de projets l'attendaient. Tous ces gens à voir, toutes ces choses à faire, ces livres à écrire, ces nouveaux mondes à conquérir. Par-dessus tout, elle était parvenue à se reconquérir. Que pouvait-elle encore craindre ? Rien. Là résidait la source de son bonheur. Elle n'appartenait plus à rien ni à personne, qu'à elle-même.

Son temps passé avec Luke demeurerait à jamais en elle, comme le plus rare des trésors. Mais une nouvelle aurore s'était levée... un matin plein de lumière bleu argenté. Ce jour, elle le passerait avec Alejandro, s'il l'avait attendue, sinon, elle repartirait en riant à la conquête de midi.

Vous avez aimé ce livre ?
Vous souhaitez en savoir plus sur Danielle STEEL ?
Devenez, gratuitement et sans engagement, membre du
CLUB DES AMIS DE DANIELLE STEEL
et recevez une photo en couleurs dédicacée.

Pour cela il suffit de vous inscrire sur le site
www.danielle-steel.fr
ou de nous renvoyer ce bon accompagné d'une enveloppe
timbrée à vos noms et adresse au
Club des Amis de Danielle Steel
– 12, avenue d'Italie – 75627 PARIS CEDEX 13

Monsieur – Madame – Mademoiselle

NOM :
PRÉNOM :
ADRESSE :

CODE POSTAL :
VILLE :
Pays :

E-mail :
Téléphone :
Date de naissance :
Profession :

La liste de tous les romans de Danielle Steel disponibles
chez Pocket se trouve au début de cet ouvrage. Si un ou
plusieurs titres vous manquent, commandez-les à votre
libraire.

Composé par PCA
à Rezé

Imprimé en France par

à La Flèche (Sarthe)
en avril 2014

POCKET – 12, avenue d'Italie – 75627 Paris Cedex 13

Nº d'impression : 3005497
Dépôt légal : mai 2014
S24106/01